Albert Ducloz *écrit depuis l'enfance romans, poésies, contes et nouvelles. Pourtant, après une carrière de directeur d'établissement de soins, ce n'est qu'en 2002 qu'il publie son premier roman,* Citadelles d'orgueil. *En 2007, il obtient le prix Claude Favre de Vaugelas pour* Les Amants de juin.

I

Le sosie

THOMAS-ANTOINE-BARTHÉLÉMY GAILLARD, dernier baron de Ceyssac, seigneur de Couteaux, Senillac et autres places, rectifia la portée de sa longue-vue. Vers les huit heures du matin, ce dix octobre 1792, par l'escalier de pierre s'agrippant tel un lierre à l'intérieur de la muraille pour y grimper jusqu'aux créneaux, il était monté au plus haut du donjon de son vieux château féodal. Il voulait s'assurer qu'aucune bande de coupe-jarrets ne se profilait dans le vallon ou sur les montagnes vertes des forêts feuillues et chevelues qui les couvraient. Ainsi faisait-il chaque jour depuis les troubles de la Révolution. En 1789, à l'inverse de la plupart des châtelains du pays vellave, sa famille comme lui-même avaient choisi de ne pas fuir, de ne pas émigrer. D'abord pour conserver leurs biens qui inévitablement auraient été vendus comme nationaux, ensuite par fidélité à leur roi, fidélité qui pourtant risquait de coûter fort cher à la famille. L'un de ses seize enfants, Philibert, servait aux gardes-françaises, les anciens gardes du roi, et point n'était question de trahir cet engagement. De plus, émigrer alors que la famille royale se trouvait prisonnière, en danger de mort dans la Tour du Temple, eut été déshonneur pour les Ceyssac, toujours demeurés parmi les plus fidèles du roi de France. Au pied du château, les fermes et les habitations, y compris la maison commune, se pelotonnaient ; la famille du baron, considérée, vivait en bonne entente avec les villageois. Au pied et en amont du donjon, tout au long du val de la Ceysse, des champs soigneusement labourés, des forêts, des prairies en cascade déroulaient leurs ondulations ; des horizons infinis s'ouvraient de toute part que le lecteur d'aujourd'hui aura plaisir à découvrir.

Justement, ce dix octobre 1792, la longue-vue de Thomas-Antoine, profitant du beau soleil d'automne qui allégeait l'horizon, cadra dans sa loupe le visage tanné d'un paysan ; avec sa paire de bœufs limousins dont la robe rouillée tranchait peu sur la terre rouge que retournait le soc de la charrue, il labourait le champ pentu tout au long d'un chemin ocre. Celui-ci reliait le donjon au hameau de Brossac. Thomas-Antoine détaillait ce visage épais, au nez bourbonien, aux lèvres gourmandes, au menton trop timide.

« Dire que cent fois j'ai vu cet homme sans jamais me représenter à qui il ressemblait. Un jour, je le surpris derrière un buisson à lutiner sa jeune servante ; il craignait que sa femme ne l'apprît. Je fis semblant de n'y prêter aucune attention et poursuivis ma promenade. »

Thomas-Antoine dut laisser là son observation. Le laboureur arrivait au bout de son sillon, sans forcer soulevait sa charrue, faisait se retourner ses bœufs si bien dressés que d'eux-mêmes ils auraient pu réussir la manœuvre. Dans tout le pays de Ceyssac était connue la force herculéenne de l'homme ; elle contrastait d'autant plus avec la crainte qu'il laissait voir face à sa femme, menue de corps, mais une vraie virago aux traits durs et à la pingrerie notoire devant laquelle il filait droit. Les bœufs tournèrent sur eux-mêmes dans le sens de la descente, entreprirent de tracer un nouveau sillon. Le laboureur présentait son dos à la longue-vue, et ce jusqu'au bas du champ.

– Il faut que j'observe son profil ; si vu de près il vaut la face, je ferai prévenir par Philibert les autres gentilshommes du roi.

Le comte s'écarta du créneau du donjon depuis lequel il observait, replia sa longue-vue non sans jeter sur son château un fier regard circulaire. Il y avait de quoi. Avant 1789, la baronnie de Ceyssac, bien que ne comptant pas parmi celles ayant le droit d'être représentées aux États du Velay, était cependant plus ancienne que la plupart d'entre elles ; elle se perdait dans les ombres du Moyen Âge et son château fort comptait dans le petit nombre de ceux édifiés dans la province dès le XIe siècle. Cette seigneurie possédait beaucoup de relief à cause de la valeur défensive de son château, lequel avait repoussé victorieusement de nombreux assauts pendant la guerre de Cent Ans et celles de religion, et aussi en raison de la notoriété doublée de la grande autorité de ses seigneurs. (*Histoire de Ceyssac* – Louis de Bécourt – 1916.)

Demeurée en France, la famille de Ceyssac appréciait d'être laissée en paix par les révolutionnaires.

Une fois descendu dans la cour intérieure du château, sise sur la terrasse du dyke, le comte se dirigea vers une porte d'épaisses planches de chêne, renforcée sur chaque face d'une croix de saint André de même bois, cloutée de pointes forgées et recourbées en griffes pour les serrer entre elles ; derrière cette porte disparaissait un escalier en spirale taillé dans la lave froide, et débouchant sur une salle souterraine, première d'une série creusée depuis le Haut Moyen Âge ; dans celles des étages supérieurs, devenues pièces et chambres, logeait la famille du baron ; d'autres en dessous et selon les étages servaient de magasins, d'écuries, de casemates, de logements pour les serviteurs et les hommes d'armes aux temps anciens de la splendeur des Ceyssac. Des cheminées, des armoires, des crèches, toutes creusées dans le roc, apportaient à ces troglodytes le strict nécessaire à la vie quotidienne dans cette forteresse. Des trous forés dans des colonnes de pierre remplaçaient les anneaux pour y passer les liens d'attache des animaux. Enfin, suprême nécessité au cœur du Moyen Âge, dans le roc avait été excavée une moitié de l'église paroissiale : la famille de Ceyssac y accédait du creux du dyke ; l'autre moitié la jouxtait, s'y collait, construite à l'extérieur pour les habitants du village. Ils y grimpaient par un escalier de pierres donnant sur la base du dyke.

Grand, robuste, le visage fier sous des sourcils broussailleux qui renforçaient ses petits yeux noirs, Thomas-Antoine était bel homme. En petit costume de chasse, chaussé de bottes à revers qui serraient ses mollets sous la culotte blanche, un gilet de daim sur sa chemise, il vivait en cheveux coiffés d'un catogan, ayant laissé la perruque pour ne point trop paraître ci-devant. Thomas poussa la lourde porte d'une petite salle voûtée, éclairée de deux flambeaux et tempérée de l'air chaud apporté par un conduit à partir de la cheminée de la grande salle. Il savait y trouver Marie-Anne, son épouse, avec Mélanie et Anne-Françoise, leurs deux filles, qui faisaient conversation.

– Savez-vous où se trouve Philibert ? questionne-t-il.

– Je l'ai vu seller Achille pour se rendre au Puy, lui répond Mélanie, belle brune de dix-sept ans, aux yeux noirs comme ceux de son père.

– En ce cas, ma mie, demande le baron à son épouse, il faut m'accompagner à la place de votre fils. Deux regards valent mieux qu'un ; vous, mes filles, vous étiez trop jeunettes pour être présentées à Versailles et faire la comparaison.

– Qu'y a-t-il, mon ami ? s'enquiert Marie-Anne, étonnée du ton de son époux.

– Il y a que peut-être celui que nos amis cherchent par tout le royaume, ou plutôt, toute la France puisque la monarchie se retrouve abolie, demeure paysan à Ceyssac. Mais il convient de bien l'examiner de près pour s'en assurer. Je ne l'ai vu que de face, et encore au bout de ma longue-vue ; il faut considérer son profil.

– Qui est-ce ?

– Un paysan de Ceyssac, vous dis-je, Hyppolite Moulouses, dont la ferme se tient dans le bourg même. Jamais autant n'avais-je remarqué la ressemblance, peut-être parce que je ne cherchais pas. Vous le connaissez toutes trois, et Philibert de même, il nous livre son vin au château.

Anne-Françoise et Mélanie échangent un sourire.

– Nous le croisons parfois, mais restons sur nos gardes ; son regard déshabille. Pour la comparaison, père, comme vous l'avez dit, jamais nous n'avons été présentées à Versailles et ne connaissons que le portrait, ce qui est de peu d'utilité pour comparer. Il est vrai qu'à cette heure, depuis que vous l'avez décrit, quelques traits pourraient correspondre.

À quinze ans, Anne-Françoise se montrait vive comme sa sœur ; de son grand-père maternel, monsieur de Froment, elle tenait par contre sa blondeur et ses yeux bleus, sa personnalité plus prononcée ; dans leurs escapades, c'était elle qui souvent entraînait Mélanie.

– Avec votre mère, il me faut examiner cet homme de plus près. Si votre frère rentre avant notre retour, dites-lui de nous rejoindre. Cela fait plus de trois ans que nous n'avons plus croisé celui que nous voulons sauver. Aux Tuileries, Philibert le côtoyait chaque jour jusqu'il n'y a pas six mois ; parmi les gardes-françaises, souvent même ils s'entretenaient en aparté. Le dix août, il resta l'un des derniers parmi ses gentilshommes à combattre avec les Suisses, à tenter de le dissuader de se rendre à l'Assemblée. Pauvre homme ! Si seulement tout son entourage s'était comporté comme Philibert !

Pour se rendre à l'écurie, le baron marcha vers la porte donnant sur un autre escalier également à vis, descendant de trois étages jusqu'au plus bas de la forteresse. Il convenait en effet qu'écuries, étables, bergeries, porcheries et basse-cour se trouvent de plain-pied avec la base du dyke, les animaux ignorant toujours malgré le siècle des Lumières l'art de monter et descendre les escaliers.

– Ma mie, je vais moi-même seller nos chevaux ; moins nos manœuvres seront repérées, mieux cela vaudra.

Marie-Anne sourit ; le baron n'avait pas grand mérite à vouloir lui-même jouer le palefrenier. Peu soucieux par ces temps dangereux de se faire remarquer au service d'un baron, même non émigré, presque tous leurs serviteurs les avaient quittés. La France vivait l'une de ses périodes noires où chacun se soupçonnait, où nul ne savait s'il allait dans le sens des maîtres du moment, qui eux-mêmes craignaient d'être emprisonnés le soir, guillotinés le lendemain, victimes de calomnies et autres dénonciations mensongères. C'était tout juste si les couples osaient encore les confidences sur l'oreiller. Seuls Jacques et Louise, vieux ménage de Ceyssac, demeuraient fidèles au château. Jacques cultivait le potager, prenait soin des chevaux, réparait ce qu'il pouvait dans la forteresse qui se délabrait au sommet de son dyke et même en son intérieur. Louise cuisinait, lessivait, faisait le gros ménage. Toutes les autres charges domestiques devaient depuis 1790 être assumées par les Ceyssac eux-mêmes. Au reste, la diminution des dépenses s'avérait nécessaire. Les fermiers renâclaient à payer leurs fermages, le baron ne pouvait songer à saisir une justice révolutionnaire peu encline à lui donner raison contre des paysans qui s'affichaient désormais républicains et dont, de surcroît, certains des fils avaient répondu oui à la levée en masse.

Thomas-Antoine sella Octave et Diane. Il les sortait de l'écurie obscure éclairée seulement de quelques étroits fenestrons percés au pic dans les parois épaisses du dyke volcanique, lorsque Marie-Anne parut. À quarante ans passés, la baronne de Ceyssac restait belle femme, une vraie blonde aux yeux bleus qu'elle tenait de son père ; sa peau d'une blancheur parfaite se laissait caresser par le soleil d'automne, trop faible pour la hâler. À Versailles, son petit nom de cour était Fleur de lys. Lorsqu'en 1768, à seize ans, elle avait été présentée, sa juvénile beauté provoqua des émois dans les cœurs masculins, des envies dans les yeux féminins. Thomas-Antoine se montra le plus entreprenant, demanda sa main et l'obtint. Tous deux avaient vécu un amour passion, rare dans ces temps de mariages arrangés. Le baron lui-même se montrait fier jeune homme, officier aux mousquetaires noirs. Au Trianon où souvent la jeune dauphine Marie-Antoinette les invitait à ses fêtes, comme au pays vellave dans les bals châtelains, le jeune couple faisait l'admiration ; tous les citaient comme merveilleux danseurs, des amoureux dansants, disait d'eux leur voisine, la marquise de Sanssac.

La baronne, pour mieux sentir son cheval entre ses longues jambes, montait en homme et non en amazone ; vêtue d'un costume de chasse en velours bleu azur, elle laissait ses longs cheveux dorés libres de flotter au vent de la course. Avant 1789, dans les chasses royales en forêt de Fontainebleau ou de Rambouillet, elle hissait aussi fière allure que dans les bals.

Après que la famille royale eut été ramenée de Varennes prisonnière aux Tuileries, le baron, la baronne, leurs deux filles, rejoignirent définitivement Ceyssac pour tenir et protéger leurs biens.

Philibert, entré à dix-huit ans aux gardes-françaises, choisissait, lui, de demeurer auprès du roi. Ce fut seulement le onze août 1792, au lendemain de la prise des Tuileries, écœuré de cette journée, de cette absence de lutte, de cette démission, qu'il n'avait pu qu'abandonner la famille royale pour rejoindre les siens à Ceyssac. Il revoyait ce petit officier corse aux cheveux noirs plaqués sur ses tempes, observant le roi s'en aller sans résister, laissant avec dérision glisser de ses lèvres ce commentaire méprisant :

« Che coglione ! » ; pensif, le jeune capitaine Napoléone de Buonaparte regardait crouler le trône et la populace envahir les Tuileries. Trop respectueux de son roi, Philibert ne pouvait s'exprimer de même. S'étant approché de l'officier, il s'était présenté, lui avait parlé. Malheureusement, alors que la monarchie ne se trouvait pas même abolie, le si jeune capitaine revendiquait déjà être républicain.

– Quel dommage que cet homme ne soit pas avec nous !

C'est alors qu'avec quelques gentilshommes de ses amis aux gardes-françaises Philibert avait mûri l'idée du complot. Une année auparavant, ils ne pouvaient qu'assister impuissants à la fuite de la famille royale, lamentablement échouée à Varennes.

Cassandre non écoutée, il avait bien prévu qu'au petit matin l'absence du roi dans son lit serait découverte, que très rapidement les cavaliers de la garde nationale rattraperaient la trop lourde berline, qu'arrêté, le roi ne pourrait être que ramené, destitué, jugé puis emmené dans la charrette jusqu'au pied de la guillotine. Pour le sauver, et surtout la monarchie, il fallait le faire évader, y compris contre son gré. Mais l'évasion pour réussir devait être camouflée de telle sorte qu'elle soit découverte le plus tard possible, et si Dieu le voulait, jamais ! Le temps de cacher le roi en un lieu où il ne serait pas recherché, et sous une identité que nul ne soupçonnerait.

Le 11 août, au lendemain de la prise des Tuileries, Philibert mûrissait son plan. Le 12, déguisé en bourgeois, il partait au galop sur les routes de France, visitait ses amis sûrs, tous anciens gardes-françaises réfugiés chez eux, ruminant leur tristesse.

En trois mois, du nord au sud, du Rhin à l'Atlantique, de la Bretagne jusqu'à l'Auvergne, il convainquit et entraîna les six meilleurs et les plus sûrs.

Leur soutien promis, le jeune baron de Ceyssac, dans le plus grand secret, les rassemblait sans attendre dans la forteresse féodale paternelle ; sous les regards admiratifs de son père mais encore plus de sa mère et de ses sœurs, les sept gentilshommes du roi, comme ils s'appelaient entre eux, organisaient la stratégie du complot. Chacun repartirait aux quatre coins du royaume, rencontrerait des fidèles du monarque, connaissant bien sa personne et surtout son visage, leur donnerait consigne de se mettre en chasse de qui conviendrait pour la substitution imaginée par Philibert.

Ce matin du dix octobre, Philibert s'était rendu au Puy où l'attendait un contact. C'était le vicomte de Vergezac, enraciné dans le pays vellave. Pendant tout le marché du samedi matin sur la place du Plot, dissimulé sous les arcades du bas de la rue Chênebouterie, il avait observé les passants, à l'affût du bon visage sur la silhouette adéquate. Mais ce matin, la providence voulait que ce fût le baron Thomas Antoine de Ceyssac qui découvrît le laboureur.

Octave et Diane trottaient bon train ; leurs robes gris pommelé se fondaient tant soit peu dans les chaudes couleurs d'automne, striées d'écorces grises, mordorées de camaïeux jaunis et terreux à la fois. Le sentier bordé de noisetiers aux feuillages pâlis, déjà clairsemés par les premières gelées, sentait la forêt mouillée ; à cause de cette humidité de l'air, la lumière paraissait même plus épaisse que d'habitude. La terre retournée se colorait d'un rouge foncé, les arbres d'un vert déjà passé, et le soleil d'octobre prenait la teinte et la consistance de la blondeur du miel. En quelques minutes, les deux montures amenèrent leurs maîtres près du champ déjà labouré d'un bon tiers de sa surface. La belle terre à vif fleurait un parfum d'humus que connaissent bien les gens attentifs aux senteurs des champs ; les vers de terre remontés par le soc attiraient les mésanges, les moineaux et les merles qui se gorgeaient de cette chair offerte.

– Citoyen Hyppolite ! héla le comte. Ma mie, tandis que je vais le faire parler, regardez-le bien de face, observez toutes ses mimiques et tous les muscles de son visage. Arrangez-vous pour tourner autour de lui ; étudiez sa personne, son profil. Descendons de cheval et marchons vers notre homme pour nous trouver plus près, il en sera flatté.

Le comte et la comtesse sautèrent de leurs chevaux, nouèrent leurs brides à des frênes qui, épars, poussaient dans la haie fermant le champ. Tous deux s'avancèrent sur la terre glanée que la charrue allait retourner. Hyppolite Moulouses avait reconnu la voix du comte.

– Ho… ! dit-il à ses bœufs, deux superbes limousins placides et musculeux que la voix de leur maître aussitôt planta sur place.

Le laboureur lâcha les mancherons de sa charrue, planta devant le joug sa baguette de noisetier, signe pour les bœufs de demeurer tranquilles où ils se trouvaient.

– Je préfère que vous m'appeliez Hyppolite tout simplement, le terme citoyen est trop nouveau pour moi.

– Mon brave Hyppolite, puisque vous y tenez, vous ne le savez peut-être pas, mais depuis le 21 septembre, la monarchie est abolie, nous sommes tous citoyens et devons nous désigner ainsi.

– Le roi n'est donc plus, monsieur le comte ?

– Pas plus que de monsieur le comte ! Le roi a été déchu, il est même prisonnier.

– Vous devez être bien triste, citoyen monsieur le comte !

Thomas-Antoine sourit de l'antinomie, plus difficilement Marie-Anne dissimula son amertume. Tandis qu'Hyppolite parlait, elle observait le paysan ; non seulement se confondaient les traits des deux visages, mais, élément déterminant, les yeux étaient du même bleu. Enfin, autre atout primordial pour le succès de l'opération, Hyppolite s'exprimait d'une voix nasillarde, presque à l'identique. Cependant la comtesse releva des difficultés, à commencer par le teint de la peau. Privée d'air vif et de lumière extérieure, celle du prisonnier devait être d'une pâleur extrême ; exposés au soleil et aux intempéries, le visage et les mains du paysan se montraient tannés comme cuir. La comtesse observait les mains : Hyppolite déployait des paluches peu comparables à celles auxquelles elles se substitueraient, même si ces dernières parfois avaient œuvré à des travaux de serrurerie, de forge, et soulevé des pierres à Trianon devant des ouvriers médusés. À ces deux difficultés Marie-Anne réfléchissait. Elle ferait coudre pour Hyppolite des gants à sa mesure, propres à dissimuler la rudesse de ses poignes. Quant aux habits, les corpulences lui paraissaient comparables : le prisonnier lui aussi était taillé en hercule. Le réel obstacle restait le teint de la peau. Il faudrait tanner celle du captif et éclaircir le cuir du paysan afin que leurs proches ne se doutent de rien. Les plus à craindre seraient non seulement les geôliers qui recevraient le laboureur mais la femme du paysan lorsque le prisonnier deviendrait son mari. Marie-Anne se souvint des dames blanches, compagnes des charbonniers. Ces tribus restées celtes dans le corps et dans l'âme vivaient comme des ours au cœur de la forêt gauloise et chevelue des monts Devès et Recours, autrefois volcans à bouches de feu béantes ; maintenant en sommeil ils ne lançaient plus vers le ciel leurs bombes rougeâtres et leurs laves ardentes, attendant pour cela leur réveil au prochain millénaire. Cette forêt ne s'étalait qu'à quelque temps de galop au sud-est de Ceyssac ; pour y aller il fallait remonter la Ceysse par ses rives vers Ramourouscle, éviter le dolmen après la croix où parfois des sorcières se réunissaient pour y célébrer dans le secret le culte de leurs dieux gaulois, tandis qu'officiait un vénérable druide de celtique lignée. Malheur à qui s'y laissait voir ! Aucun de ceux-là n'en était jamais revenu ; parfois on remarquait un corps flottant sur le lac du Bouchet au pied du mont Devès, que personne n'osait aller chercher ! Ces dames blanches pourtant n'inspiraient aucune terreur ; mais seules certaines femmes pouvaient les approcher. Avec des herbes, des sèves, des laits de champignons, des miels sauvages, des argiles, elles composaient des onguents pour les femmes sans appâts en mal de séduction. Le samedi matin au Puy sur le marché du Plot elles proposaient des petits pots que s'arrachaient à prix d'or les dames fortunées. Mais elles préparaient bien d'autres panacées que nombre de gens ne soupçonnaient pas. Marie-Anne figurait sur la liste fermée des initiées ; au temps de Versailles, la baronne secrètement ravitaillait quelques dames de la cour. Elle irait les solliciter, seule.

– Bien sûr que je suis triste ! Mais nous nous y ferons. À Ceyssac comme au Puy nous avons toujours vécu en bonne intelligence, roi comme république !

– Il est bien vrai que nous vous aimons bien. Et puis, votre famille est demeurée parmi nous, ce n'est pas comme celles qui ont fui. Que me vaut votre visite ? Vous n'êtes pas tous deux venus jusqu'à moi en plein champ seulement pour m'annoncer la République !

– Non, encore qu'il soit important que vous connaissiez les changements. Vous reste-t-il du vin de votre dernière récolte ? Nous n'aimons que celui du vallon de Vigneau, et de votre vigne personnelle, non pas de celles de ces bourgeois du Puy ! Si vous pouviez nous en livrer une pièce ? J'en profiterai pour vous rendre votre dernier tonneau, maintenant qu'il est vide. Pas plus tard qu'hier nous l'avons terminé.

– Mon labour sera achevé en fin d'après-midi ; ce soir même, je pourrai vous le porter.

– C'est parfait, la porte sera ouverte ; à propos, votre prix n'a pas trop augmenté ?

– Oh, que si ! Leurs assignats flambent ; si vous pouviez me payer en or ?

– Pas de problème, il me reste des louis ; à ce soir, donc.

– À ce soir.

Pour rentrer à la forteresse, le baron et la baronne allaient mettre le pied à l'étrier, lorsque au grand galop de son destrier noir un cavalier s'approcha. Vêtu d'un simple frac sur sa culotte de daim, chaussé de bottes de chevreau souples comme un tissu de lin, à revers et tirants, il montait sans chapeau. Ses cheveux châtain clair encadraient un visage qui aurait paru dur sans la douceur du regard qui l'éclairait. À son front perlaient des gouttes de sueur ; elles indiquaient l'effort de sa course venant du Puy, sans même s'être octroyé le temps de souffler au château après le message de ses sœurs. C'était Philibert. Le destrier noir était son cheval des gardes-françaises, ramené des Tuileries ; outre l'attachement à son compagnon, il se payait ainsi de sa solde non perçue que le roi prisonnier ne lui paierait jamais. Achille, étalon de course et de guerre, alliait vitesse et robustesse ; impassible dans le bruit, immobile dans les mouvements de foule les plus brusques, il connaissait l'émeute comme le canon et la fusillade. Doué de la parole, il aurait pu raconter la Révolution jusqu'à la prise des Tuileries. Nul autre que Philibert ne l'aurait monté. Fort de l'éducation reçue dans la maison militaire du roi, il sentait les ordres de son maître et avant même de les avoir reçus les exécutait presque ; les paroles de Philibert, il semblait les comprendre ; les fossés les plus larges et les plus profonds, il les franchissait d'un bond ; les obstacles les plus hauts, il les sautait ; dans les exercices militaires, à la nage il traversait la Seine, son maître sur le dos. Depuis son retour à Ceyssac, lorsque dans la campagne il courait au galop, le sol tremblait sous ses sabots !

« Gare ! Gare ! clamaient les paysans ! Voilà le cheval du roi ! » Dès la vue du baron et de la baronne, il freina des quatre fers.

– Mélanie et Anne-Françoise m'ont transmis l'invite de vous rejoindre, déclara Philibert à ses parents.

– Oui, lui répondit le baron. Arrangez-vous pour bien dévisager cet homme de face.

Hyppolite avait repris son labour, serrait les mancherons de sa charrue ; traçant son sillon en remontant le champ, il tournait le dos à Philibert et ses parents. Du regard, le fils interrogea son père :

– Je ne vous dis rien, Philibert ; il est préférable de vérifier par vous-même et sans savoir si vos conclusions corroborent les nôtres.

Avec fierté et tendresse, Marie-Anne admirait son fils, portrait d'elle-même. Le regard ardent, les doigts longs et racés, la voix bien placée signaient la noble lignée. Un catogan de soie blanche, couleur peu républicaine, liait les longs cheveux blonds, à peine plus foncés que ceux de sa mère.

La caresse d'une main, qu'Achille apprécia, induisit le destrier à s'engager sur le chemin creux qui derrière la haute haie longeait le champ labouré. Ainsi dissimulé, Achille piqua un petit galop jusqu'après le haut du champ, entra comme un daguet dans la forêt roussie d'automne qui en bordait le sommet. Derrière les hêtres et les sapins éclaircis de quelques bouleaux, il s'arrêta ; de la fonte gauche de sa selle retira une longue-vue ; dans la droite se tenait prêt son pistolet. Il ajusta la lunette ; pendant un temps suffisant, comme pour l'imprimer dans son iris, maintint dans la visée le visage d'Hyppolite. Le laboureur s'avançait vers lui, son visage grossissait, se précisait. Peinant devant son maître, l'attelage des bœufs ne gênait pas l'observation ; une déclivité opportune plaçait en contrebas les énormes animaux, laissait voir le laboureur au-dessus d'eux.

– Dire que cent fois, sans faire le rapprochement, j'ai vu à loisir ce visage de tout près !

Philibert n'était pas mauvais observateur, mais ici il voyait un homme. Le personnage en grand habit de cour, poudré, pomponné, perruqué, cachait l'homme derrière lui. L'étiquette imposait de ne jamais, sur le visage auguste, poser le regard. Chacun lui parlait courbé, les paupières baissées ; à part son valet de chambre, son barbier, et la reine, nul ne connaissait l'homme. Même le dix août, sa perruque de travers, son visage où la sueur faisait dégouliner la poudre, son habit mal reboutonné après la sieste, toujours il était en représentation. La seule fois où Philibert avait surpris le vrai visage se situait au retour de Varennes ; après plusieurs jours sans toilette et nuits sans sommeil, Marie-Antoinette et lui se retrouvaient homme et femme. Une barbe de trois jours lui mangeait le visage, les joues du laboureur paraissaient de même ; d'évidence se manifestait la similitude. Il convenait maintenant de ne plus chercher davantage, de donner le pas à la vitesse d'exécution. Le temps pressait. Au temple, la famille était prisonnière depuis deux mois aujourd'hui, le procès pouvait débuter d'un jour à l'autre, son issue laissait peu de doute. Dès la sentence prononcée, elle serait exécutée.

À vrai dire, la prison et le procès, paradoxalement, faciliteraient la mise en œuvre du complot. Sévères étaient les conditions de détention : le règlement édicté par l'Assemblée bannissait tout luxe, tout confort, toute toilette au-delà du nécessaire ; la figure du prisonnier, de jour en jour, devenait paysanne. La confusion des visages en serait plus aisée. Désormais, sans plus attendre, il se révélait urgent d'activer la phase exécutoire de la substitution.

Philibert résolut de réintégrer sans attendre l'abri troglodyte de la forteresse paternelle, d'y convoquer les six gentilshommes du roi, ses camarades aux gardes-françaises.

De la douceur de ses doigts il effleura le cou d'Achille ; vite l'étalon dévalait la forêt, les sentiers, les chemins, bondissait jusqu'au dyke. Malheur aux girolles, aux trompettes de la mort, aux jeunes pousses de sapins : les sabots furieux les projetaient derrière eux, à leur place ne laissaient que la terre éraflée.

Le baron de Ceyssac, dans la prudente continuité de ses ancêtres, jamais n'avait négligé l'entretien du fossé au pied du dyke, là où la Ceysse ne le protégeait pas. Sur ce fossé sec, profond de douze pieds et large de treize, s'abattait le jour et se relevait la nuit, un pont-levis construit d'épaisses planches de fayards équarries par des scieurs de long et suspendu à la roche par des cordes de chanvre tressées à trois s'enroulant à un treuil. Philibert et son père aidés de Jacques s'attelaient à deux pour cette tâche.

Sur l'épais tablier du pont-levis résonnèrent les quatre fers, puis dans la cour entre les murailles jaillit le gravier. Philibert sauta, dessella, soigna Achille ; dans sa stalle réservée à l'écurie, il lui offrit bonne ration et meilleure litière. Octave et Diane se tenaient dans les leurs, voisines de Mésange et Hirondelle, les montures d'Anne-Françoise et Mélanie. Il sortit de l'écurie, quatre à quatre grimpa l'escalier à vis de la tour d'angle, y trouva à l'étage la grande salle où dans la cheminée de pierres des carrières de Blavozy, braises et flammes aidaient à supporter les premiers frimas d'automne. Les siens l'attendaient, mains offertes à la chaleur ; sur la longue et lourde table de noyer, cinq couverts se trouvaient mis.

– Alors ? demanda le père.

– C'est parfait. J'ai revu le visage du retour de Varennes. Sous sa barbe de trois jours, il m'apparaissait comme ce pauvre Hyppolite. Quand je pense à ce qui attend ce dernier ! Dieu nous le pardonnera, c'est la raison d'État. Il faut sauver la monarchie, la préserver pour plus tard !

– Avez-vous pensé à prévenir monsieur, son frère, à Coblence ?

– Surtout pas, c'est Caïn ! Il s'opposerait à notre projet ; il n'attend que la mort de son aîné pour un jour s'asseoir sur le trône. Seuls connaissent le plan mes six amis des gardes-françaises dont je ne vous donne pas encore les noms car le secret ne m'appartient pas. Avec moi, cela fait sept, les sept gentilshommes du roi. Je vous ai informés de la teneur du projet car les grottes du dyke seront notre quartier général et je sais pouvoir placer ma confiance dans ma famille.

Pour le remercier, s'inclinèrent les quatre visages.

Louise apportait le lapin en civet pris aux collets de Jacques ; il fournirait le repas. Aussitôt, tandis que Thomas-Antoine s'affairait à remplir les verres du bon vin qu'Hyppolite cultivait sur les pentes du Vigneau, Marie-Anne déviait la conversation, attendait qu'après avoir posé son plat Louise fût sortie, eût bien refermé la porte donnant sur la cuisine. Chacun se servit et Philibert se confia. Il s'exprimait doucement, et, tout en parlant, invitait du regard sa famille à converser à l'ordinaire pour brouiller ses paroles, les rendre inaudibles à Louise et Jacques, qui, sûrement derrière la porte, écoutaient. De fait, le risque n'était pas grand ; le dyke creusé de grottes et percé de passages, ronflait en permanence. Le vent y circulait en maître. Malgré les portes fermées, les coulis se glissaient partout ; hiver comme été il convenait de bien se vêtir, de chaudement se protéger des courants d'air. Il fallait de longs jours d'accoutumance à ces bruits de vent, à ces souffles insidieux.

– Mes amis attendent au Puy, à Dijon, Lyon, Strasbourg, et bien sûr à Paris où ils sont deux. Je vais selon notre règle porter un mot anodin à notre contact du Puy. Cet homme est précieux par sa passion et bien davantage son talent pour l'élevage des pigeons voyageurs ; il recopiera ce mot sur cinq petites bandes de papier qu'il enroulera et fixera autour de l'une de leurs pattes. Ils porteront leur message à nos amis ; plusieurs fois déjà nous les avons éprouvés et jamais n'avons rencontré de problèmes. Sitôt ce papier entre les mains de mes cinq amis, ils mettront en application notre plan. Nous devions chacun tenter d'identifier un sosie ; mon ami du Puy dévisageait encore les chalands ce samedi matin dissimulé sous les arcades du marché sur la place du Plot. Père, vous avez eu le mérite de régler le point essentiel de la substitution, repérer le sosie ; et à Ceyssac même, ce qui nous facilite la tâche : imaginez qu'il fût de Bordeaux ! Nous devons donc dès maintenant préparer la substitution. Pour cela, quatre gentilshommes du roi rejoindront à Paris les deux placés en veille ; restera sur place celui du Puy pour les liaisons nécessaires par les pigeons. Moi-même, je préparerai Hyppolite à l'idée de m'accompagner vers la capitale, ce qui ne sera pas chose aisée ; il faudra trouver un moyen, je ne peux l'emmener de force. Sa femme n'est pas naïve, le plus difficile sera de la convaincre ; de plus, c'est une républicaine farouche. Une difficulté me vient à l'esprit : ce matin, je me suis déjà rendu au Puy ; si j'y retourne tantôt, cela peut paraître suspect. La police révolutionnaire quadrille tout, souvent ses informateurs sont ceux que l'on ne soupçonne pas ; même les confidences amoureuses deviennent risquées.

Thomas-Antoine abondait dans le sens de son fils :

– D'autant que ce soir Hyppolite montera au château livrer la pièce de vin que ce matin, pour prétexte à notre visite, je lui ai commandée. Souviens-toi ; il sait que tu loges avec nous ; s'il ne te voit pas, il se posera des questions. Comme tu l'as déjà dit, aujourd'hui, tout le monde suspecte tout le monde.

– Et si nous allions au Puy, Anne-Françoise et moi ? avance Mélanie. Deux jeunes filles ne sont pas suspectées. Certes nous serons absentes lorsque Hyppolite livrera son vin, mais jamais nous ne nous intéressons à lui lors de ses visites.

– Bravo ! Très bonne idée, s'exclame Philibert. Deux objections cependant : Mésange et Hirondelle sont-elles en forme pour être les plus rapides en cas de poursuites ? Où en sont vos entraînements au pistolet et à l'épée ? Par ces temps, tout est à redouter.

– Mon cher frère, riposte Anne-Françoise, Achille mis à part, Mésange et Hirondelle ne craignent aucun coursier. De plus, tous les jours nous tirons et tu iras demander aux corbeaux qui tournent autour du donjon si nous sommes maladroites au pistolet !

– Cela je l'atteste, appuya Thomas-Antoine qui avait élevé ses filles à savoir se défendre.

La mère cependant s'inquiétait :

– Pour l'aller, je suis d'accord ; mais pour le retour, la nuit sera là. Nous sommes en octobre, ce n'est pas prudent du tout.

Philibert réfléchissait, examinait ses sœurs, ses parents.

– De toute façon vous avez besoin de connaître l'identité de mon contact pour le trouver.

Il parlait bas ; plus bas encore, il prononça :

– Je compte sur votre silence, il en va de sa tête et des nôtres. C'est le vicomte de Vergezac ; il habite rue Pannessac, au Puy, une belle maison de pierres haute de quatre étages. Le dernier est ouvert de fenestrous par où entrent et sortent ses pigeons. Le vicomte vous offrira son hospitalité pour cette nuit. Il est prudent que je ne vous remette aucun message écrit ; mais il s'assurera de votre connaissance du nom de code du complot. Mémorisez-le bien : vous lui répondrez « TEMPLE ». Quant au message à faire passer, il est tout aussi simple : « PARIS ». Répétez !

– « Temple », prononça Anne-Françoise.

– « Paris », poursuivit Mélanie.

*

* *

À l'intérieur de la cour fermée de hauts murs, pour une meilleure surveillance, les arbres avaient été sciés. Au milieu de cette cour se dressait la Tour du Temple. Démesurée se dénombrait la garnison : quatre bataillons à l'extérieur des murs ; trente gardes nationaux et seize canonniers à l'intérieur, sans compter les nombreux officiers d'état-major. On eût dit que la Commune de Paris craignait qu'une émeute contre-révolutionnaire ne tentât de délivrer les prisonniers.

Dans la tour et jusque dans le logement, les gardes étaient partout, derrière chaque porte, chaque paravent. Marie-Antoinette comme madame Élisabeth ne pouvaient faire leur toilette dans l'intimité ; consigne de surveiller même le soulagement de leurs besoins naturels ! Afin qu'aucun des gardes et surtout des officiers ne pût s'attacher, s'apitoyer, se laisser acheter, sans cesse et inopinément ils se trouvaient changés. C'était ce dernier moyen qu'en premier, Georges de Charvériat, l'un des deux

Parisiens des sept gentilshommes du roi, avait examiné ; l'argent ne manquait pas.

Les coalisés de Pitt et Cobourg savaient bien que l'évasion génèrerait des troubles, faciliterait l'invasion projetée par Brunswick. Ces subsides de toute façon coûteraient moins cher qu'une guerre longue, difficile, incertaine.

D'abord, approcher le prisonnier, le prévenir, le convaincre d'accepter. Pour l'évasion de sa famille, si les circonstances le permettaient un jour, les sept agiraient ensuite. Le plus sûr après réflexion était de ne l'informer que de l'évasion, sans dire mot de la substitution ; il pourrait en avoir scrupule. Les sept n'oubliaient pas ce six octobre 1789 où à six heures du matin une horde de femmes en furie, dont certaines se révélèrent des hommes déguisés, envahissait Versailles. Il refusait de faire tirer, ce qui lui avait valu d'être de force ramené aux Tuileries avec « la boulangère et le petit mitron ». À Varennes, il s'était opposé à ce que le marquis de Bouillé, qui disposait d'une armée, fît sabrer les révolutionnaires qui l'arrêtaient avec les siens. De force encore il avait été ramené aux Tuileries, tout au long de la route avait dû subir les injures et les crachats, de même toujours que sa famille. Décidément cet homme préférait le martyr au combat. Enfin, le dix août de cette année, avec quinze cents Suisses excellents soldats, bien armés, déterminés à se battre, il préférait demander asile à l'Assemblée qui sous la pression des émeutiers le laissait emmener au Temple. Maintenant, il allait être jugé, condamné, sans aucun doute guillotiné. Cela suffisait. Il ne devait pas savoir que sur l'échafaud un autre le relaierait.

Autour des deux parisiens, le marquis de Charvériat et le comte de La Roche, cette nuit du quatre novembre, le baron de Fromone, le chevalier de Malaval, Philibert de Ceyssac, le duc de Moelsheim se tenaient serrés à presque s'étouffer dans une galerie des catacombes ; elle passait sous la rue du Temple.

Pour n'éveiller aucun soupçon, chacun, chaque jour, se terrait dans une nouvelle cache. Entre eux ils avaient proscrit les rencontres de jour, ne se voyaient que la nuit, et chaque fois dans un lieu différent communiqué au dernier moment au moyen d'un petit savoyard par Georges de Charvériat lui-même. Le gentilhomme autrefois avait tiré cet enfant d'un mauvais pas ; aujourd'hui le garçonnet s'attachait à lui rendre ce qu'il lui devait. Parisien de naissance et depuis plusieurs générations, Charvériat connaissait de la capitale les coins et recoins insoupçonnés. C'était sa passion d'en repérer les coulisses. Toute sa vie pour les rechercher il avait profité de ses temps laissés libres entre deux services à Versailles ; son instinct depuis longtemps le pénétrait de la prémonition de la Révolution et du complot inévitable. Au sommet de la Tour Saint-Jacques de la boucherie se cachait avec l'accord de son curé jureur un moine réfractaire, vrai sanglier de combat. Plusieurs prêtres avaient juré pour cela : n'être pas suspectés afin d'aider leurs frères. Vergezac dressait certains de ses pigeons à porter des messages entre sa haute maison de la rue Pannessac et le donjon de Ceyssac ; Philibert les y réceptionnait, puis leur faisait prendre un nouveau vol vers la Tour Saint-Jacques à Paris où Charvériat venait les recevoir de la main du réfractaire. Frère Cartelinches satisfaisait ainsi son besoin de combattre ceux qui l'obligeaient à se terrer pour ne pas se renier. Entre le dix octobre au soir, lorsque Mélanie et Anne-Françoise de Ceyssac acheminaient au Puy le message de leur frère au vicomte de Vergezac, et cette nuit du quatre novembre dans les catacombes, quatorze jours avaient été nécessaires pour prévenir et faire se retrouver les gentilshommes du roi disséminés entre Paris, Strasbourg, Dijon, Lyon et Le Puy-en-Velay. À Paris, Charvériat se savait surveillé ; pour chacune de ses sorties, il se prémunissait, grimait son visage, modifiait sa tournure, se créait un nouveau personnage, de loin se faisait suivre en appui par La Roche, redoutable bretteur, capable au pistolet de tirer en vol un moineau, doué au pugilat d'une force peu commune. Les deux amis déménageaient souvent, paraissaient, disparaissaient, reparaissaient ailleurs. Les agents du comité de salut public n'ignoraient pas les réseaux qui permettaient aux royalistes de circuler, de se loger, de se rencontrer. Les massacres de septembre mirent à mal ces réseaux ; des milliers de ci-devant furent exterminés, souvent des femmes qui excellaient dans cette guerre souterraine. Les religieuses des couvents se retrouvèrent parmi les premières et principales victimes : leurs crimes étaient d'accueillir et protéger les conjurés.

Pour les amis de la royauté, la vie devenait de plus en plus difficile. Heureusement pour eux, les réseaux dormants de prêtres réfractaires veillaient depuis longtemps. Échappés de la sorte aux massacres, ils assuraient la logistique des conjurations.

Sous la rue du Temple, dans leur recoin de catacombes, les cinq gentilshommes écoutaient, immobiles. Une bougie abritée éclairait faiblement leurs visages. Un courant d'air ou peut-être le souffle de l'un d'eux en dérangea la flamme et fit trembler les fils de soie d'une toile d'araignée accrochée à une aspérité de terre séchée ; l'araignée, dérangée par cette visite dont elle ne pouvait rien attendre de bon, fila et disparut. Les conjurés ne parlaient pas au-delà de quelques dizaines de secondes d'affilée, se taisaient pour écouter, parlaient à nouveau, et ainsi de suite. Minutieusement étudiée et mise au point avait été la multiplicité de leurs précautions.

– J'ai enfin une solution pour le prévenir, dit Charvériat. Toute la famille est enfermée dans la même pièce. La cheminée devait en être ramonée à l'entrée de l'hiver ; ce ramonage se fera demain. Un petit savoyard s'en chargera.

Après ces derniers mots, Charvériat se tut, et, comme ses compagnons, écouta le silence ; les cinq tendaient l'oreille, scrutaient l'absence de bruits. Suffisamment rassurés, il reprit.

– J'ai glissé dix louis d'or dans la main de l'enfant ; une fortune pour lui. En contrepartie, dès qu'il sera descendu dans l'âtre, par curiosité il proposera au petit dauphin d'en regarder l'intérieur. Les gardes ne porteront pas attention à deux enfants qui se parlent. Sous le manteau de la cheminée, le petit savoyard prononcera ces mots à l'oreille de l'enfant : « Dis à ton père qu'il cesse de se raser afin que bientôt il soit plus difficile à reconnaître. Quant à toi, il faudra qu'à quatre heures demain après-midi tu mettes ton visage à la fenêtre pendant quelques instants. Ce sera le signe que tu as bien transmis le message à ton père. » J'ai ensuite demandé au petit ramoneur de se tenir demain à six heures du soir au milieu du pont Neuf. Si le dauphin est bien apparu à la fenêtre de la Tour du Temple, je saurai que le message a été transmis. En ce cas, l'enfant aura dix autres louis.

À nouveau Charvériat s'interrompit, le temps pour les six de scruter le silence, de vérifier qu'ils étaient seuls. Rassuré, Fromone questionna :

– Pourquoi ne doit-il plus se raser ?

– C'est ma consigne, lui répondit doucement Philibert.

Avant de poursuivre, il écouta.

– Le sosie repéré est un paysan de son village. Il ne sera pas rasé de plusieurs jours lui non plus. La confusion s'en trouvera facilitée par la barbe mangeant les deux visages.

Un bruit léger, assourdi par l'épaisse poussière du sol, interrompit Charvériat.

– Ce n'est rien, indiqua Fromone. J'ai fait choir un os du squelette entreposé dans mon dos.

Il faisait beau sur Paris ce cinq novembre 1792. À quatre heures de l'après-midi, dans le ciel d'un bleu très doux, le soleil tel une brioche dorée à peine sortie du four, brillait encore assez haut. Toute cette journée, immobile, s'endormait l'air. Un véritable été de la Saint-Martin dont rendait grâce à la Providence le frère Cartelinches. La Tour Saint-Jacques se situait à quelques centaines de brasses à vol d'oiseau de sa sœur du Temple ; de leurs deux sommets, par temps clair, on se voyait à l'œil nu. Par sécurité, la commune de Paris avait installé le logement au dernier étage. Pour y accéder, il fallait, par un escalier à vis trop étroit pour faciliter les croisements, remonter les étages inférieurs. Cette disposition rendait toute évasion plus difficile, sans compter la cour intérieure militairement occupée, les patrouilles incessantes, nombreuses et surtout inopinées, tout autour du mur d'enceinte et dans les rues. Pour faire bonne mesure, en permanence aux angles des murailles veillaient des postes de garde, et bien sûr à la porte d'accès. Seuls n'avaient pas été prévus les longues-vues et les pigeons ! Le frère Cartelinches saisit sous sa robe la lunette dissimulée, en régla à son optimum la vision, la pointa sur la fenêtre de la Tour du Temple. Pour avoir le soleil derrière lui, il avait demandé quatre heures de l'après-midi ; aucune réfraction sur la vitre ne pouvait être décelée, mais la fenêtre par contre apparaissait parfaitement éclairée. Quatre heures sonnaient au beffroi de Saint-Jacques. Un visage d'enfant, à la peau trop pâle, aux yeux bleus autrichiens, dont les cheveux blonds touchaient aux épaules, apparut à la fenêtre. Il y demeura un peu plus d'un instant, afin que ce ne pût être l'effet du hasard, mais pas assez longtemps pour alerter ses gardiens. D'un sourire qui restait triste, son visage s'éclaira, puis se retira.

Ému autant que satisfait, frère Cartelinches replia sa lunette, la rangea sous sa soutane, disparut par l'escalier qui s'enroulait dans la tour. Un homme à la barbe de deux jours attendait derrière la porte étroite ouvrant sur cet escalier en colimaçon.

– Alors ? s'enquit Charvériat.

– Il s'est montré à la fenêtre, il a souri.

– C'est bien, il est donc prévenu.

Deux heures plus tard, à six heures du soir la nuit s'installait sur le pont Neuf. Une certaine fraîcheur commençait à saisir les passants ; l'air, immobile jusque-là, se réveillait aux approches de la nuit. Un peu de jour traînait encore, suffisant pour se reconnaître ou se dissimuler, selon les intentions de chacun. Assis sur le banc de pierre usée disposé en demi-cercle au centre du parapet marquant le milieu du pont, un petit ramoneur au visage noir de suie se distinguait difficilement. Un homme qui par ses vêtements usés, son visage sale et mal rasé semblait un ouvrier du faubourg Saint-Denis, s'approcha de l'enfant. D'une main dont la finesse, malgré qu'elle fût noircie, contredisait les vêtements et le visage, dix louis glissèrent dans celle poisseuse de suie que présentait le petit savoyard.

– Merci, dit le petit ramoneur, s'empressant de cacher dans sa poche la main serrant les louis.

– Chose promise, chose due, rétorqua Charvériat. Ne dis rien à personne. Maintenant, il convient de rentrer chez toi en Savoie. Paris va devenir dangereux. Je sais que tu t'en sortiras ; avec tes vingt louis d'or, tu peux t'établir, ne plus être ramoneur. Nous ne nous sommes jamais rencontrés.

L'homme poursuivit par le pont Neuf jusqu'au quai de la Mégisserie.

À l'extrémité est du faubourg Saint-Antoine, les masures se succèdent, déroulent la misère après la pauvreté. Les portes en sont ballantes, n'ont plus même de serrure. Il devient difficile de faire la différence entre logis et remise. Dans l'une de ces dernières, plus misérable si possible que les autres, les cinq gentilshommes du roi, dissimulés derrière une futaille vide à moitié défoncée, se tenaient assis sur des caisses poussiéreuses et des fagots oubliés. Charvériat le premier rendit compte de sa mission.

– Il est prévenu ; il cessera de se raser. Et vous Fromone, où en êtes-vous ?

Plutôt que de répondre, Fromone d'abord se tait pour s'assurer du silence. La voix est toujours trop haute pour une conspiration.

– J'ai fait étudier le Temple. Sauf à endormir toute la garnison, l'évasion est impossible. Ce ne peut être la solution. Par contre nous saisirons une opportunité qui sera la bonne car personne n'imaginera quelqu'un assez fou pour y songer !

À nouveau il se tait. La Roche se lève, s'approche sans bruit et presque sans mouvement de l'entrée de la remise. Par des planches disjointes, il scrute la rue, revient vers ses amis.

– Rien, tu peux parler Fromone.

– Je sais maintenant que le procès commencera le onze décembre ; il se tiendra au Manège, au sein de la Convention. Ces conventionnels se prennent pour des Romains ; ils sont occupés à faire transformer le Manège en un décor de stuc et de carton-pâte imité de l'antique avec des colonnes, des loges, des passages, auquel cependant ils ajoutent une buvette. Ils veulent que le procès soit public, tout se déroulera noyé dans la foule ! Du Temple au Manège, rien ne sera possible. Une cinquantaine de gendarmes à cheval renforcés d'un peloton de cavalerie de l'école militaire escorteront la voiture, devant, sur les côtés, derrière. Par contre, dès son entrée au Manège, il sera remis aux mains des conventionnels, placé sous leur protection. À part quelques-uns, les militaires de l'escorte demeureront à l'extérieur, avec les autres troupes qui boucleront l'assemblée. La Convention se méfie d'une émeute royaliste. Le point faible de son dispositif est l'ouverture au public. Lorsqu'il entrera, il passera entre deux parois de carton-pâte ponctuées de colonnes de stuc. L'une de ces colonnes est réduite à un demi-cylindre plaqué contre la buvette. L'affermage de celle-ci sera confié à un marchand de vin dont la famille comme moi-même est de Dijon. Je la connais très bien, elle me fournit en bourgognes. La sœur du marchand a été violentée à Dijon par des émeutiers ; depuis, chaque fois qu'ils le peuvent, les siens la vengent en faisant le pire tort aux révolutionnaires. Voici le plan : le Manège ne sera gardé que pendant les débats ; dès la clôture des séances, l'escorte ramènera au Temple le prisonnier. Personne ne prête attention que le reste du temps, sans aucun contrôle, le buvetier, sa famille qui l'aide, auront accès au Manège pour ravitailler la buvette. Grâce à la charrette où seront chargées les futailles de vin, ils introduiront le sosie avec Ceyssac et moi-même. Elles sont larges et ventrues à point ; l'une sera vide, et avec le sosie nous serons cachés dedans. Les fils du buvetier auront pratiqué deux ouvertures accolées traversant à la fois le stuc du fond plat de la colonne et la paroi en planches de la buvette. Une seconde ouverture donnant sur la salle mais parfaitement dissimulée dans l'arrondi de la colonne sera également pratiquée pour permettre simultanément d'y pousser le prisonnier et au sosie d'en sortir à sa place. Au moment de son arrivée, déguisés dans la foule en habit de ville, les prêtres réfractaires rameutés par Cartelinches organiseront une énorme bousculade pour s'approcher de lui. Il faudra nous tenir prêts pour dix heures. Vous vous éparpillerez dans la cohue qui attendra l'ouverture de la porte. Paisiblement, à votre tour, sans vous faire remarquer, vous entrerez parmi la foule ; soyez vêtus comme tout le monde. Dès que le Manège sera plein, et il devrait l'être à craquer pour un pareil procès, regroupez-vous à la buvette, demandez à boire ; le verre à la main comme tout un chacun, massez-vous vers la colonne de stuc de façon à la cacher de toute vue. Avec le sosie, Philibert et moi-même nous tiendrons prêts à l'intérieur de la buvette. Lorsqu'il entrera, son escorte s'écartera afin de permettre au public de le voir. À cet instant, tous ensemble avec les prêtres réfractaires, vous vous jetterez sur lui comme si vous vouliez sa mort, vous l'insulterez, le menacerez, le plaquerez contre la colonne pour l'y faire entrer par l'ouverture dissimulée tenue à l'abri de tout regard. Aussitôt les quelques soldats d'escorte qui auront pénétré avec lui fonceront et le récupéreront ; mais ce ne sera plus lui, ils ne se saisiront que du sosie.

Fromone s'arrêta, s'inquiétant de n'avoir rien oublié dans l'exposé de son plan, quêtant les opinions des autres gentilshommes. La Roche ressortit s'assurer que nul n'observait de la rue ; rassuré, il reprit sa place. Les cinq gentilshommes réfléchissaient, passant au crible l'exposé. Charvériat le premier choisit de rompre le silence :

– Le plan me parait bon car réalisable, surtout si vous êtes certain de la famille de votre marchand de vin. Mais un problème important demeure.

– Lequel ? Nous avons tout examiné.

– Peut-être l'avez-vous solutionné sans l'évoquer ? C'est la stricte conformité des habits. Les deux hommes n'auront pas le temps d'échanger leurs vêtements.

– Nous y avons songé. Ce sera la mission des fils du marchand ; ce sont eux qui livrent le vin au Temple. Ils montent les tonnelets jusque dans le logement et le voient. Quatre gardes surveillent en permanence. Les fils ne peuvent ni parler, ni remettre un billet ; mais ils peuvent regarder. Cartelinches par un pigeon voyageur fera passer un message à l'enfant qui souvent s'accoude à la fenêtre. Les gardes n'y prêtent plus attention. Le message mandera au prisonnier de s'habiller ce jour exactement comme il le sera au Manège. À la place de l'un des fils sera un tailleur de Dijon, neveu du marchand qui pour cela montera spécialement à Paris. L'œil d'un professionnel est nécessaire pour bien repérer la teinte, la coupe, les tissus d'un habit ; ainsi le sosie sera vêtu à l'identique le jour de la substitution.

– Mais les gardes ne s'étonneront-ils pas du changement d'un livreur de vin ?

– C'est l'autre faille de leur système de surveillance ; à changer sans cesse les gardes pour éviter la compassion et la corruption, il n'existe pas de continuité dans la connaissance du fonctionnement du Temple et plus particulièrement des gardes successifs.

– Bien. Quand donc le sosie doit-il être à Paris ? s'enquiert Charvériat, directement concerné par cette tâche. C'est lui-même par Cartelinches et ses pigeons qui doit expédier pour Philibert le message à Vergezac au Puy.

– Le procès s'ouvre le onze décembre ; il est impératif pour le sosie de disposer du temps nécessaire à bien apprendre son rôle ; il devra être rendu à Paris au moins une semaine auparavant.

Depuis quelques instants, Moelsheim semblait ailleurs, préoccupé d'un autre problème :

– Je m'inquiète pour la séparation d'avec sa famille. Croyez-vous qu'il acceptera de l'abandonner ?

– La Convention nous favorise ; décision a été prise que le prisonnier sera séparé des siens plusieurs jours avant le procès. Nous n'aurons pas à régler ce problème, rassure Charvériat.

– En conséquence, conclut Fromone, le sosie par précaution devra être rendu à Paris le deux décembre au plus tard. Le seul moyen de ne pas se trouver en retard est d'arriver à l'avance ! Charvériat, vous pouvez faire partir votre message.

*

* *

L'étroit postérieur de Charlotte occupait à peine le dessus du trépied ; elle s'affairait à traire ses neuf montbéliardes lorsque discrètement un poing heurta la porte d'épaisses planches de sapin, noircies d'intempéries, qui tenait l'étable à l'abri des frimas de novembre. Elle tourna la tête ; Philibert de Ceyssac poussait la porte après avoir ainsi annoncé sa visite. Quelques minutes auparavant, un pigeon se posait au sommet du donjon. C'était celui de Vergezac. Il portait le message que le vicomte avait ôté de la patte de celui expédié par Cartelinches. À Paris il avait enroulé puis serré ce papier par une bague autour de la patte de son pigeon sous le regard attentif et inquiet de Charvériat. Georges n'arrivait pas à se faire à l'idée de la prouesse du volatile. Cartelinches entre ses deux paumes le soulevait au-dessus de lui, le lâchait dans le vide depuis le haut de la Tour Saint-Jacques de la boucherie. Pendant un moment il survola Paris, se repéra, puis fila vers le sud.

– Pensez que ce pigeon porte sans le savoir la sauvegarde de la monarchie !

Dès la lecture du message, Philibert descendit du donjon, rejoignit la salle d'armes, et d'un pas tranquille passa le pont-levis pour se diriger à pied depuis le dyke jusqu'à la ferme des Moulouses. Cette marche bon enfant, en voisin, lui paraissait plus adaptée à la situation. Simplement, presque à la paysanne, il s'était seulement couvert d'un manteau tendu par Anne-Françoise et jeté sur sa culotte et ses bottes. Philibert depuis longtemps interrogeait sa conscience : expédier un homme à la guillotine pour en sauver un autre s'avérait cornélien. Mais cet autre n'était pas seulement un homme, il incarnait la royauté qui ne devait pas mourir. Lui vivant, la République demeurait fragile ; c'était bien la raison de sa condamnation. Mort, la royauté disparaissait. Cet argument suprême avait convaincu Robespierre et Saint-Just devant l'hésitation de Danton. Bien avant le dix août, après Varennes, Philibert se désaltérait dans un café sous les arcades du Palais Royal ; en présence de Philippe-Égalité, ci-devant duc d'Orléans, un jeune homme déclamait : « Capet doit être jugé en ennemi. Mieux, il n'a pas à être jugé ; sa culpabilité réside dans le pouvoir royal qu'il a exercé. Il doit régner ou mourir, il n'a pas d'autre destinée. » (Jules Michelet – *Histoire de la Révolution Française*.) Le café, bourré de jacobins exaltés, frémissait à ces déclamations. Habillé à leur manière, Philibert s'était aventuré à y aller boire pour entendre ce qui s'y disait. Le jeune tribun pouvait avoir vingt-cinq ans ; fiévreux, la prunelle flamboyante, les lèvres minces, les cheveux bouclés, Philibert le découvrait. Il n'avait osé questionner ses voisins de table sur son identité, mais les conversations surprises lui avaient révélé qu'il s'appelait Saint-Just. L'impératif de la substitution résidait en ce discours, s'imposait. Le sacrifice d'Hyppolite sur l'autel de la monarchie se montrait indispensable.

Philibert, comme tous à Ceyssac, et même jusqu'au Puy, savait le goût pour l'or de Charlotte, l'épouse d'Hyppolite ; nul n'ignorait les orages du ménage. Charlotte était une mégère ; son gros Hyppolite regrettait la royauté, alors que dès les premiers feux de 1789, sa redoutée épouse, sèche et anguleuse comme un sarment de vigne et moitié moins volumineuse que lui, ne cachait nullement sa préférence pour les révolutionnaires. Deux ans après, en 1791, profitant de l'émigration des propriétaires de la maison forte de Ceyssac, Hyppolite et Charlotte rachetaient leur domaine devenu bien national : bâtiment, champs, vignes et forêts ; facilement la maison forte pouvait être transformée en ferme, ce que bien vite ils réalisèrent. Une cave s'y trouvait taillée dans l'argile, parfaite pour le vin des coteaux du vigneau que tous deux y récoltaient. Sur ce domaine d'importance acheté à bas prix, le couple, dur au travail, âpre au gain, n'eut qu'à prendre la suite ; huit arpents de vigne, vingt de terres labourables, quarante-trois en prairies, plus de cinquante de hautes et basses futaies. Avec neuf vaches, deux bœufs et un cheval limousin câlin comme un gamin, sans compter porcs, moutons, chèvres et volailles, ils devenaient les premiers paysans de Ceyssac. En seize ans de mariage, trois fils leur étaient nés : Odilon, Paulin et Gildas ; point de filles pour aider la mère. Charlotte régulièrement engageait une servante que vite elle renvoyait lorsqu'un peu trop souvent elle surprenait la fille à se laisser lutiner par son maître. C'était cela le problème d'Hyppolite : ses amours ancillaires expliquaient peut-être, à moins que ce ne fût l'inverse, la façon si acariâtre de son épouse. Dès qu'une servante s'offrait possible, sans hésitation et sans y attacher d'importance, il la versait dans la paille comme s'il eût été un coq ou un lapin. Pour les femmes, il avait l'instinct du braconnier vis-à-vis du gibier. Cet automne 1792, le rôle restait tenu par Julie, jeune fille accorte gourmande de la chose ; elle y était passée dès la première semaine.

Charlotte pour être sans souci eût pu choisir des servantes laides ou revêches ; elle les choisissait mignonnes. Au lavoir de Ceyssac, les commères disaient qu'elle faisait cela par cruauté pour faire souffrir son Hyppolite ; dès qu'elle le surprenait un peu trop souvent à raffoler du fruit défendu, Charlotte le lui retirait de la bouche. À dire le vrai, la dot de Charlotte, ses relations au comité local révolutionnaire, avaient permis l'achat du domaine ; elle ne se gênait pas pour en user, souvent en abuser.

Le chemin empierré qui traversait Ceyssac séparait Hyppolite et Charlotte de leurs voisins Jacques et Bernadette Charlanches. La ferme de Jacques était de famille, il la tenait de ses parents. Beau bâtiment de pierres avec pigeonnier, elle faisait maison de maître. Dans sa partie nord, le bâtiment avait été rehaussé à deux étages ; construit sous Louis XV en 1758, trente-quatre ans après, en 1792, il se présentait comme neuf. Jacques et Bernadette, paysans comme leurs voisins, de même aisance, faisaient plus distingués, moins nouveaux riches, vivaient plus vrais, existaient par eux-mêmes plus que par leurs biens. Sensiblement du même âge qu'Hyppolite et Charlotte, après vingt années de mariage, ils comptaient parmi ces trop rares couples toujours très amoureux. L'amour leur avait donné quatre enfants. Damien, l'aîné, dut répondre à la levée en masse et rejoindre les armées à même pas vingt ans ; Marc, à dix-neuf ans, aidait son père ; Denise, dès dix-huit ans, trouvait mari à Solignac. La dernière, Isabelle, aurait dix-sept ans bientôt. Mon Dieu, qu'elle était belle ! Plus courtisée que toutes les filles du pays, des bagarres pour ses doux yeux éclataient dans les bals. Bleus comme le ciel de juin, ils fleuraient l'amour sous ses cheveux d'une beauté parfaite, dorés et bouclés, que le vent entremêlait. Sa beauté cependant se révélait farouche et aucun de ses soupirants sans mentir ou se vanter n'aurait pu s'attribuer une seule bonne fortune avec elle. Elle était de ces filles qui attendent l'amour de leur vie et ne se donnent qu'au prince définitif. Elle riait, s'amusait ; ses dix-sept ans, elle les vivait pleinement, se laissait courtiser, mais jamais n'aguichait. Isabelle attendait que pour son cœur l'heure sonnât et aucun garçon de sa connaissance ne l'avait encore fait rêver au point qu'elle s'éveillât en sachant qu'elle l'aimait.

Écrire que ces deux couples en vis-à-vis s'entendaient et voisinaient serait inexact ; ils se supportaient sans plus. Rien ne les rapprochait : Jacques était raffiné, subtil, amoureux de sa femme ; Bernadette, douce et généreuse, n'accordait à l'argent que la nécessaire attention pour qu'il ne manquât point. Toute la famille se retrouvait dans les idées nouvelles, mais de façon paisible. Hyppolite s'affichait rustre, mais de solide bon sens ; à part son travail, il se consacrait pour le reste de son temps au vin et aux filles. Charlotte aimait l'argent et tout de suite avait perçu ce que le changement politique permettrait aux affairistes. Aussi affichait-elle un républicanisme enragé à l'inverse de son époux inquiet des turbulences.

– Que me vaut la visite du ci-devant Philibert de Ceyssac ? répondit Charlotte narquoise.

– Dites plutôt citoyen, citoyenne Charlotte, renvoya Philibert atténuant d'un sourire l'ironie de sa réplique.

– Si vous cherchez mon mari, il se trouve dans la cave à surveiller le vin.

– Je voulais vous voir d'abord.

– De quoi s'agit-il ?

– J'ai besoin d'une personne de confiance pour monter à Paris me rapporter un important dépôt en or laissé chez un ami. Vous savez qu'en ce moment, les nobles, les ci-devant comme vous dites, même non émigrés comme moi, sont suspects. Si je m'y rends moi-même, je risque d'être suivi et mon or réquisitionné. J'ai pensé à vous et tout particulièrement à votre mari. Votre sympathie à tous les deux pour notre famille ne s'est jamais démentie.

Philibert observa une infime pause pour s'assurer que le visage de Charlotte ne sursautait pas de la flagornerie. Mais il avait visé juste : à l'idée de l'or, « l'harpagonne » se fermait à tout autre sentiment, se tenait à son affût tel le braconnier, se faisait sourde à ce qui contrait l'occasion de s'enrichir. Le visage n'exprimait rien, mais Philibert remarqua les doigts cessant de traire, comme préférant se préparer à saisir l'or ; pour un peu, le lait de la traite devenait sans intérêt. Mais Charlotte se ressaisit, reprit sur les pis le rythme de ses doigts pour dissimuler sa convoitise, laisser se dévoiler Philibert.

– J'ai attendu que soient terminés labours et vendanges pour ne pas prendre sur son temps. Maintenant il est plus disponible. Outre les frais de route que bien entendu je prends tout entiers à ma charge, dès que la somme sera entre mes mains, je vous en remettrai à chacun un dixième. Un dixième pour sa peine, un dixième à vous-même pour le dédommagement de son absence.

Philibert ne précisait pas les montants, laissant à Charlotte la soif de les imaginer. Mais Charlotte en silence profondément réfléchissait, donnait libre cours à son cynisme. Dès qu'à Paris Hyppolite détiendrait l'or, il lui suffirait de bien vite le ramener d'abord chez eux à Ceyssac, avant surtout de passer au château. Là, son ascendant sur son brave mari lui permettrait facilement de se le faire remettre. Pendant tout le voyage elle aurait réfléchi à un abri sûr que même Hyppolite ignorerait. Sous un prétexte quelconque, au comité révolutionnaire du Puy elle dénoncerait Philibert. Ledit comité ne demanderait qu'à la croire et à raccourcir le ci-devant Philibert de Ceyssac, ancien garde du roi et fils du baron, tant la balance penchait en faveur d'une acharnée. Sa perversité ne s'arrêtait pas en si bon chemin et lui faisait imaginer d'appliquer quelque temps après le même procédé sur son benêt de mari, insoucieux de dissimuler son regret de la royauté. Elle resterait alors seule possesseur de l'or.

Finaude, Charlotte ne répondait ni oui ni non à Philibert, donnait le change, résistait tant soit peu, faisait monter les enchères. Au-delà du Puy, jamais de toute sa vie Hyppolite n'avait eu idée de quitter le pays ; Charlotte savait qu'il dirait non. Cependant, pour plaire aux Ceyssac, ne pas déplaire à son épouse, il finirait bien par accepter, quitte à ce que pour une fois elle se fasse câline, le persuade sur l'oreiller. De plus, sans être comme Charlotte fasciné par l'appât du gain, il ne se montrait pas pour autant désintéressé.

– Vous savez que mon mari n'aime pas voyager ; il n'a jamais quitté pour ainsi dire Ceyssac. À Paris et avant même en chemin, il se perdra. Je ne vois pas la chose possible ; de plus, il monte à peine à cheval.

– Il n'aura pas besoin de chercher son chemin ; je le mènerai moi-même et dans ma propre voiture prendre la diligence au Puy sur le Breuil. Je paierai son voyage, ses auberges, ses faux frais. Arrivé à Paris, mon ami à qui j'ai confié mon or l'attendra où s'arrête la diligence de Lyon, place Saint-Michel.

Là il l'emmènera à son logis, qui se trouve juste à côté, au 18 quai Saint-Michel. Pendant un jour ou deux, comme il lui plaira, il pourra s'y reposer des fatigues du voyage. Le surlendemain, avec la somme dans une ceinture spéciale dissimulée sous ses habits, à même la peau, serrée autour du corps, il remontera dans la diligence jusqu'au Puy. Je l'y attendrai en personne et dans ma voiture à l'arrêt sur le Breuil pour le ramener à Ceyssac, ici même, dans votre ferme, là où nous causons. Nous sommes le 7 novembre ; le temps qu'il se prépare, dans deux jours il peut partir. Il sera à Paris vers le 23 ; il faut deux semaines pour aller du Puy à Paris, le 25 il en repartira, le 10 décembre il sera de retour au Puy. Le soir même au plus tard je vous le déposerai à votre porte. Vous voyez, il n'aura qu'à se laisser transporter.

Charlotte réfléchissait. Elle commençait à se persuader que convaincre son mari devenait possible ; balourd comme il l'était, seul il se serait perdu. S'il lui suffisait d'être transporté comme un ballot, bien nourri tout du long, il devenait faisable de le convaincre de l'intérêt de l'expédition. Cependant le désir inassouvi de connaître le montant de la somme brûlait Charlotte de concupiscence.

– Vous le savez bien, citoyen Philibert, nous ne sommes pas très portés sur l'argent ; si nous acceptons, c'est seulement par amitié ; mais enfin, les temps sont durs. Ce voyage nous rapporterait combien ?

Philibert bien sûr avait prévu le coup. Charlotte ne se satisferait pas de suppositions, d'espoirs non chiffrés en louis sonnants et trébuchants. Pour l'appâter complètement, il lui lâcha un chiffre énorme.

– Deux cents louis.

Pour le coup, encore une fois, les doigts cessèrent de traire ; surprise, la vache tourna la tête vers sa maîtresse.

– Deux cents louis ! Peste ! La somme est de mille louis ?

– Mille louis. Vous comptez bien les dixièmes.

– Vous êtes riche, citoyen ?

Et les yeux de Charlotte ne pouvaient se cacher de phosphorer de convoitise.

– Cet argent n'est pas le mien. Son destinataire préfère la commission des deux dixièmes plutôt que perdre le tout.

Charlotte, pour traire, tenait son visage pointu au creux du flanc de la vache dont elle avait ficelé la queue à la patte pour éviter d'en être fouettée. À l'énoncé d'une pareille somme, vivement elle tourna la tête vers Philibert. Ses yeux ne brillaient plus de convoitise seulement, mais de réelle fièvre. Quant à lui, il gardait son calme, méprisant comme ceux de sa race envers les gens qui faisait de la richesse le seul but de leur vie.

Sur les marches de pierre de l'escalier, plus usées que patinées, qui remontaient de la cave et débouchaient sur le passage reliant la grande salle à l'étable, se faisaient entendre de lourds bruits de sabots.

– Vous êtes chez nous, monsieur Philibert ? J'étais à surveiller le vin.

Charlotte, impatiente des deux cents louis et plus encore peut-être des mille, ne laissa pas à son mari le temps de répondre.

– Hyppolite !

– Oui ?

– Monsieur nous propose de gagner deux cents louis.

– Deux cents louis ! Vous plaisantez, monsieur le baron ?

Son émotion était telle qu'il en oubliait les conventions républicaines pour revenir aux titres nobiliaires.

– Pas du tout.

Charlotte se détermina à être expéditive, à mettre son mari devant le fait accompli, à profiter de sa sidération pour battre le fer pendant qu'il rougeoyait.

– Monsieur Philibert dans sa voiture va te conduire au Puy ; sur le Breuil, il t'y mettra dans la diligence pour Paris. Tu n'auras qu'à te laisser mener, voyager, dormir, manger dans les auberges aux frais de monsieur. À Paris, l'un de ses amis t'attendra à l'arrêt de la diligence. Au fait, comment s'appelle-t-il ?

– Charvériat.

Charlotte se rassura de la rapidité de la réponse. À vrai dire, Philibert demeurait étonné qu'elle ne lui eût pas posé la question lorsqu'ils ne se trouvaient qu'eux deux et s'était préparé à répondre du tac au tac lorsqu'elle surgirait.

– À Paris, tu te reposeras deux jours. Au moment de reprendre la diligence pour le retour, ce monsieur Charvériat te remettra une ceinture contenant mille louis. Tu n'auras qu'à l'attacher sous ta chemise à même la peau. Mais prends bien tout le temps de compter la somme, on ne sait jamais. Tu te laisseras reconduire au Puy par la diligence, de même que pour l'aller. Là, toujours sur le Breuil, monsieur Philibert t'attendra avec sa voiture pour te ramener chez nous.

Le seau, plein d'un lait épais, mousseux, à la tiédeur maternelle, exhalait à Philibert un vieux parfum d'enfance ; volontiers il l'eût goûté mais n'osa en demander de peur de rompre le charme de la scène jouée au mari par l'épouse tellement avide qu'elle-même s'en persuadait. Elle se tut, se leva pour verser le lait dans la gerle de bois qui attendait à la porte de l'étable en compagnie des chats, lesquels espéraient qu'un peu de lait s'égaraient sur le sol. Le seau vide à la main, elle reprit son propos.

– C'est bien chez nous et dès son arrivée que vous lui remettrez les deux cents louis ?

– Ici même, dans cette salle. Votre mari ouvrira sa chemise, défera la ceinture, comptera lui-même les deux cents louis qui vous reviennent, puis je partirai avec les huit cents restant.

Philibert se tourna vers Hyppolite, insistant du regard pour le convaincre.

– Voyez-vous, citoyen, c'est une mission de confiance. J'ai pensé à vous, eu égard à l'amitié qui lie nos deux familles.

Paysan mi-vellave, mi-auvergnat, Hyppolite restait deux fois prudent. Sous son air balourd, avant de poser son sabot, il aime à regarder où il avançait le pied. Ce qui l'intriguait, et pour le coup Charlotte avait eu la vue basse, se révélait justement être l'enthousiasme de sa femme pour ce voyage, elle qui d'ordinaire veillait à le tenir serré à la ferme comme dans les champs. Le samedi matin, au marché du Plot, elle se rendait avec lui, et c'était sa seule sortie. De temps à autre il trompait sa surveillance par les travaux des champs et surtout lorsqu'il faisait son bois en forêt où elle avouait craindre de le suivre par peur des vipères. Il en profitait pour rejoindre ses amis dans leurs caves, y honorer le vin des vigneaux, ou si l'occasion s'en présentait derrière une haie, surprendre une donzelle. Charlotte décela son hésitation, rectifia sa manœuvre.

– De toute façon, tu ne partiras qu'après-demain ; cela te laisse le temps de réfléchir. Qu'en dis-tu ?

– Je dis qu'il me faut peser le pour et le contre. Je n'ai jamais voyagé, moi.

– Écoutez, citoyen, prenez votre temps ; je repasserai demain. Mais l'occasion de gagner deux cents louis sans transpirer ne se présente pas tous les jours ; je serais navré de devoir chercher quelqu'un d'autre, de vous priver de cette somme.

La nuit, Charlotte s'appliqua au devoir conjugal.

Après Ceyssac et Ramourouscle, Marie-Anne, d'un serrement des cuisses, poussa Diane vers le dolmen. Les dames blanches ne s'y trouvaient pas. La forêt du lac du Bouchet prenait forme ici même, grimpait vers le Devès, puis vers le mont Recours, avant de redescendre vers le lac lové au creux de l'ancien volcan que doucement il comblait, protégé de l'épais manteau d'arbres de l'ancienne forêt arverne rudement domptée par César ; après le lac profond commençaient les bois noirs tous de hautes futaies sur les pentes chevelues d'arbres pleins de sève. Ils poussaient épais et sombres jusqu'aux plus de quatre mille pieds d'altitude du mont Chauvet le mal nommé. Une mousse humide et épaisse en dissimulait l'aspérité du sol ; parfois, sous les sabots de Diane, sa terre dure retentissait comme un pavé. Les troncs élancés des sapins, ceux trop sombres des épicéas, contrastaient avec les hêtres aux teintes plus riantes, éclairés début novembre de leurs feuilles mordorées. Cette enveloppe forestière dissimulait aux yeux des hommes Diane et sa maîtresse, mais non point aux regards attentifs des jeunes demoiselles vêtues de lin blanc et postées dans les troncs creux. Marie-Anne, de ses longues jambes enveloppées du seul velours bleu de sa jupe, hardiment activait Diane. Au galop, les sabots de la jument profondément s'enfonçaient dans la mousse, y rebondissaient sur la terre durcie comme pierre. La vue de la clairière, la senteur des fumées évadées des bûchers à la combustion lente et incomplète où les charbonniers préparaient leur charbon, firent prendre à Diane le trot, puis le pas. Bien vite elle repéra la femme vêtue de blanc, capuchonnée de même ; Marie-Anne, de la seule caresse de ses jambes sur ses flancs, l'incita à s'en approcher.

Longtemps avant la présence de Marie-Anne, sans même que les demoiselles postées aient à la prévenir, la dame blanche, parmi les murmures et les silences de la forêt, avait perçu le galop de Diane, respiré le parfum de la baronne. Depuis des temps immémoriaux, les Celtes, puis les Arvernes, les Vellaves enfin, connaissaient ces dames blanches originelles vénérées pour leurs pouvoirs. Sous les couverts, leurs pas et mouvements étouffés par les murmures du vent, le frôlement des branches, le bruissement des feuilles, le pépiement des oiseaux, elles erraient, ramassaient, cueillaient, prélevaient des essences dont secrètement avec les sèves, elles émulsionnaient des breuvages, des onguents, des gommes, qui produiraient pour les hommes et les femmes ce que leurs organismes ne pouvaient générer. Ces émulsions de sève guérissaient les maladies, rendaient gaillards les hommes auquel l'âge jouait des tours, faisaient plus douce la peau des femmes. Mais les pouvoirs des dames blanches ne s'arrêtaient point aux corps ; elles façonnaient le mental et cela les faisait craindre. Le pire était que leurs dons pour la vie se doublaient de ceux pour la mort ; aussi bien fallait-il de graves raisons pour se rendre au-delà du dolmen, traverser la forêt du lac du Bouchet, grimper au mont Devès. Leurs connaissances, elles se les transmettaient de mères en filles ; leurs hommes n'y avaient pas accès. Elles conservaient pour elles le don étrange de renouer avec les forces primordiales, de pouvoir se laisser pénétrer de la vigueur des arbres, de s'insuffler jusqu'à l'extase le souffle fort du vent dans la forêt. Sous le ciel étoilé le sentiment leur venait d'être plus proches des dieux celtes que des hommes. Sur leur visage et dans leurs yeux se lisait la nostalgie d'une pureté cosmique. La nuit, quand les hommes dormaient, elles recueillaient refroidis les météorites que le jour, invisibles, envoyaient les étoiles.

Marie-Anne descendue de cheval, la dame blanche lui montra son visage pour reconnaître le sien. La baronne s'étonna de ne pas découvrir une figure ridée, mais les traits d'une jeune femme qui n'avait pas vingt ans. Une fillette marchant à peine s'agrippait à la cape de lin blanc qui habillait sa mère. Occupés à leurs bûchers, les charbonniers relevèrent la tête pour s'assurer que la visite était d'une femme et non d'un homme. La baronne reconnue, ils reprirent leur ouvrage.

– Vous me connaissez, madame ? s'étonna Marie-Anne.

– Appelez-moi Macha. Agrippée à ma cape vous découvrez Upanisad ma fille, qui sera reine un jour si les dieux celtes le veulent, détentrice à elle seule de toutes nos vertus. Je vous vois passer le samedi matin sur le marché du Plot où je propose des liqueurs pour guérir et des onguents pour être belle ; mais je n'y parais pas habillée de blanc.

– Je ne vous imaginais pas si jeune.

– J'ai perdu ma mère le dernier été ; mais elle m'avait depuis longtemps confié tous ses secrets.

– Vous n'avez pu l'empêcher de mourir ?

– La foudre du ciel se tient au-dessus des dames blanches.

Les grands yeux noirs de la fillette regardaient sa mère. Déjà peut-être avaient-ils beaucoup vu.

– Vous êtes seule ? Je croyais qu'il était détenu un seul secret par dame ?

– Vous avez mal regardé, baronne.

Marie-Anne inspecta la clairière. Lentement elle tournait sur elle-même, aiguisait un regard auquel rien ou bien peu ne devait échapper. Aux pieds d'énormes roches moussues, disposées entre elles comme chutes célestes, cachée derrière des hêtres aux camaïeux de feuilles ocres ou jaunies, protégée de ronciers impénétrables aux hommes, recluse entre les sapins insensibles aux saisons, se laissait deviner une demi-sphère de verdure. C'était une titanesque hutte posée tel un dôme de soixante-dix-sept pieds de diamètre et dix-sept de hauteur, car telles étaient des dames blanches les mesures d'or premières. Ce zénith totalement se vêtait de lierre, seule plante à garantir sa permanente épaisseur végétale. Sur le visage confondu de la baronne, la dame blanche s'assurait que l'effet produit était bien celui attendu.

– Sous ce dôme sont mes six compagnes ; réunies toutes les sept nous maîtrisons les secrets de la connaissance profonde de la forêt. Upanisad un jour les possédera tous, au-delà de l'humain. La demande de la baronne concerne-t-elle un seul objet ou bien nécessite-t-elle de nous rencontrer toutes les sept ? En ce cas, vous devez être prévenue. Une seule d'entre nous tour à tour se montre chaque jour ; aujourd'hui c'est moi-même. Si sous le dôme nous devons nous rencontrer les sept dames blanches ensemble, vous devrez boire un breuvage qui de votre mémoire effacera tout ce que vous aurez vu, entendu ou pratiqué en notre présence. Personne ne peut connaître ce que le dôme recèle. Que pour son malheur un humain ordinaire y pénètre par effraction, la lumière verte le tuera ! Nous autres dames blanches chargerions alors son corps sur nos quatorze bras pour le remettre à nos compagnons charbonniers qui le brûleraient au cœur le plus profond d'un bûcher jusqu'à ce qu'il n'en reste que cendres.

Marie-Anne réfléchissait ; elle était allée trop loin pour ne pas aller plus loin. Aucune autre solution n'existait pour la réussite de la cause. Si elle reculait, qui sait si la dame blanche ne lui jetterait pas un sort pour quand même effacer sa mémoire ? Pire, elle se persuadait que la dame blanche lisait dans ses pensées. Ces blanches silhouettes des forêts du lac, toutes les femmes en parlaient, mais aucune ne se souvenait les avoir jamais vues. Pas étonnant pour sûr : toutes celles qui dans la clairière étaient venues solliciter avaient eu leur mémoire effacée dès la remise du charme demandé. Elle se remémorait la liste des obstacles que les sept gentilshommes de roi avaient inventoriés pour la complète réussite de la substitution. Elle ne devait rien oublier, tout était indispensable ; elle n'avait rien écrit, tout confié à sa mémoire pour le secret de la conjuration.

– Il me faudrait pouvoir blanchir la peau d'un homme, tanner celle d'un autre, endormir à volonté, hypnotiser, insuffler en quelques heures à un être tous les événements d'une autre vie, amener deux sosies à se nourrir de l'autre jusqu'aux moindres détails.

Marie-Anne se tut, hésitante à dévoiler la septième difficulté.

– Exprimez le dernier obstacle, madame, c'est le plus important, le plus souvent sollicité. Je le devine, mais vous devez le nommer vous même sinon la dame blanche qui en a le pouvoir ne pourra vous l'accorder.

– Stimuler à l'excès l'appétit pour les femmes.

Sans nul étonnement, la dame blanche comptait :

– Votre requête nécessite sept remèdes en poudres, pommades et breuvages qui exigent sept vertus, donc nous sept. Chacune de nous ne possède qu'une vertu ; à un unique secret elle lui donne accès. Il vous faut par conséquent pénétrer sous notre dôme.

Marie-Anne tenait à vérifier sa prémonition :

– Et si maintenant je recule ?

– Vous en savez déjà trop : je serai contrainte d'effacer cette rencontre de votre mémoire avant de vous laisser repartir les mains vides.

– Combien vous devrai-je pour les sept charmes ?

– Chacune requiert dix-sept essences ; sept fois dix-sept font cent dix-neuf. Vous devrez nous laisser cent dix-neuf louis d'or.

– J'ai cette somme dans une fonte de la selle de Diane. Je savais que vous étiez chères. Dites-moi, vous vivez pauvrement au profond de cette forêt ; que faites-vous de votre or ?

– C'est notre suprême secret. Si je vous le révélais, je mourrais, et vous aussi.

Marie-Anne de sa main gauche levée fit signe à Diane qui s'approcha, se tourna et s'immobilisa de telle façon que la fonte de la selle où se cachait l'or se retrouvât contre sa maîtresse. Marie-Anne y plongea la main, en retira un sac de cent louis, puis une bourse de vingt dont elle retint un. Il se trouvait à l'effigie de son premier maître, Louis XIII.

– Vous ne comptez pas ?

– Les dames blanches connaissent l'honnêteté des Ceyssac. Madame la baronne sera parfaitement et immédiatement servie. Toutefois…

– Toutefois ?

– Il faudra compter aux deux sosies quinze jours d'absorption ou d'application quotidienne pour un effet complet.

Marie-Anne se rassura. Le voyage, à l'aller comme au retour, pour chacun des deux hommes durerait deux semaines. Tout irait bien.

Devant l'entrée du temple vert descendait un épais rideau de lierre. La dame blanche l'écarta, laissa passer devant elle Upanisad, fit entrer la baronne, la suivit, laissa au lierre le soin de reprendre sa garde. Marie-Anne tout d'abord ne distingua rien dans l'atmosphère de serre où la lumière au travers des feuillages filtrait vert d'eau. Le lierre à l'intérieur grimpait en s'agrippant à de longs hêtres, lisses et flexibles, poussés en cercle et dont les cimes, tressées entre elles, fermaient le dôme d'un bouquet forestier. Le lierre étouffait tout ; pour pénétrer dans le temple, la lumière du jour, celle des étoiles la nuit, devaient jouer entre les feuilles. Au sol, treize couches de sept épaisseurs de mousses odorantes recevaient les dames blanches et la nuit leurs compagnons charbonniers. L'une était recouverte d'une large feuille d'or. Upanisad y prit place. Il semblait étrange à Marie-Anne que la peau de ces femmes qui seulement s'inondaient de leurs parfums, ne fût pas, après les étreintes, noircie de la suie des hommes. Mais au milieu du dôme, dans une vasque alimentée par treize buses d'or massif, des jets d'une eau qu'on eût dite du même précieux métal retombaient en gracieuses arabesques. Des dames nues y offraient leur corps à la toilette ; les traces de suie ôtées, leur peau réapparaissait pure, blanche et platinée. Entre ces couches, au creux de berceaux tressés en joncs et fougères, dormaient les chérubins nés d'amours sylvestres. À l'exact milieu du temple, un haut feu rouge et or, intense, rechargé en permanence des bûches de chênes apportées par les charbonniers, éclairait et chauffait les dames blanches. Ses flammes jouaient au cœur des pierres arrangées en foyer dont chacune dessinait en fossile la griffe d'un dinosaure venu s'ébattre dans la mer devenue le Velay. Aucune fumée ne s'élevait du feu, qu'il fût de flammes ou bien de braises.

Enlacées de lianes d'or, sept lances aux pointes cuivrées de rouge s'exposaient à la chaleur du feu. Seules les dames blanches pouvaient les brandir sans en brûler leurs mains. Ces gemmes de zircons, saphirs et grenats, lisses mais plus dures que le quartz sédimenté pendant des millénaires au profond de l'ancien volcan du Croustet, ornaient autrefois les bijoux des orfèvres de la ville du Puy. Ils fournissaient en joyaux nos rois, princes et hauts personnages du Moyen Âge jusqu'à la Renaissance. Outre ces pierres, Marie-Anne, grande lectrice de Buffon, pouvait reconnaître des météorites creusées en godet munis d'anses. La baronne de Ceyssac y voyait grésiller des poudres rouges, bouillir des liquides verts, cuire des pâtes noires visqueuses. Seules les dames blanches savaient pour chaque préparation sa vertu particulière par la couleur exprimée : rouge pour Aphrodite, bleu pour l'amnésie, jaune pour la substitution, violet pour l'hypnose, vert pour Morphée, noir pour assombrir et durcir la peau, blanc enfin pour l'éclaircir et l'adoucir.

Dans la pure langue celte que Marie-Anne n'entendait pas, la dame blanche en entrant s'adressa à ses sœurs allongées sur leurs couches. Elles se levèrent, saisirent les lances, accrochèrent les godets, en transvasèrent les contenus dans sept coupelles d'or entreposées sur les pierres orangées qui bordaient le foyer. De certaines matières s'exhalaient des parfums enivrants, de quelques autres des odeurs doucereuses ; le feu brûlait dans l'une d'elles. Brusquement, Marie-Anne s'évanouit, ne se sentit pas tomber dans les bras de la dame blanche.

Les naseaux de Diane lui chauffaient le visage, la tiédeur de son souffle la réveilla ; sur un lit de fougères habillées d'automne, la baronne se surprenait à s'éveiller allongée. Le soleil derrière les arbres apparaissait plus bas, la nuit venait. La dame blanche et sa fillette Upanisad se penchaient sur son visage.

– Vous allez bien, Madame ? Comme je vous avais prévenue, tout a été effacé de votre mémoire. Pour sa fonction, chaque poudre, breuvage ou onguent se distingue par sa couleur. Pour votre souvenance, leur bon usage est écrit sur ce papier roulé dans cette bague.

À son annulaire gauche, Marie-Anne n'avait pas aperçu la chevalière d'or et son chaton noir où le message se dissimulait enchâssé. La dame blanche étala un linge immaculé ; dans sept flacons d'épais cristal se devinaient les préparations demandées.

Le Puy prenait ses teintes d'hiver. Une averse de neige, qui sur les pavés n'avait pas tenu, obligeait les Ponots à marcher abrités sous les arcades de la place du Plot. Sur ces pavés glissants, Philibert préférait qu'Achille allât au pas. Bientôt et sans encombre, tous deux franchirent la porte cochère de la belle demeure du vicomte de Vergezac dans la rue Pannessac. Comme s'il eût été chez lui, Philibert installa Achille à l'écurie, bien à l'abri des premiers froids ; habitué des écuries du roi, il n'était pas comme ses congénères coutumiers des nuits hivernales au grand air du bassin vellave. Après avoir ainsi pris soin de son compagnon, Philibert quatre à quatre grimpa l'escalier jusqu'au pigeonnier où il savait trouver le vicomte. Effectivement, Vergezac dévidait le minuscule ruban de papier enroulé à l'intérieur de la bague cerclée à la patte du pigeon venant de se poser. Comme Philibert pour Achille, Vergezac prenait soin du messager, l'abritait dans le pigeonnier, remplissait d'eau tiède son abreuvoir, versait des graines dans sa mangeoire, mais surtout lui prodiguait caresses et mots aimables en remerciement de la mission bien accomplie. Le pigeon s'empressait à roucouler, jurant ainsi fidélité pour la prochaine expédition.

– Alors ?

– Frère Cartelinches me confirme que tout est prêt. Le prisonnier est prévenu, son sosie doit impérativement être à Paris huit jours au moins avant le 11 décembre, date retenue pour l'ouverture du procès : exactement le temps nécessaire pour le préparer à son rôle.

– Très bien ! C'est la confirmation de ce que nous avions convenu. La partie parisienne du plan se déroule normalement. Le sosie y sera ; grâce à l'or que j'ai promis, sa femme l'a convaincu. Ma mère a rencontré les dames blanches de la forêt du mont Devès. C'est d'ailleurs l'un des objets de ma visite : nous avons les pommades pour éclaircir la peau du sosie. Au Puy, rue des Tanneries, des gants blancs à la mesure de ses mains sont en train d'être cousus. Mélanie et Anne-Françoise attendent chez le gantier et ramèneront les gants ce soir. Parmi les ingrédients nous disposons également des pommades pour tanner et rendre rêches ses mains afin que la femme du sosie ne s'étonne point du changement. La dame blanche a remis à ma mère les préparations qui permettront au sosie d'oublier qui il était, de se fondre dans son nouveau personnage de telle sorte que pendant le procès la substitution ne se découvre pas.

Philibert marque une pause.

– Il m'est venu à l'esprit un problème dont jamais nous n'avons parlé.

– Lequel ?, demande Vergezac manifestement inquiet.

– Ma mère venait de sauter à cheval pour s'élancer vers la forêt lorsqu'il a surgi en mon esprit.

– Parle, tu me fais peur.

– Chacun à Versailles savait qu'il n'avait honoré son Antonia que fort tard. Il semblait indifférent aux femmes. Le sosie tout au contraire est porté à l'excès sur la chose. Il lutine et profite largement de ses servantes successives. Lui devra se comporter de même, tout du moins au début. Sinon sa femme et son actuelle servante, Julie, s'étonneront, puis douteront. Je m'en suis ouvert à ma mère, autant qu'un fils à sa mère peut parler de ces choses ; elle l'a fort bien compris. La dame blanche lui a remis un puissant aphrodisiaque, mais comme les autres remèdes, il doit être pris pendant quinze jours avant de produire tout son effet. Ceci nécessite qu'à l'aller le sosie s'applique bien ses onguents pendant tout le voyage pour éclaircir sa peau et que de même au retour il prenne son aphrodisiaque et se pommade la peau pour la tanner. Seul, il ne le fera pas. Une personne initiée doit donc voyager avec lui.

Au fur et à fur des propos de Philibert, naissait sur les traits de Vergezac un sourire sarcastique et coquin ; son interlocuteur le discerna bien vite.

Les deux gentilshommes du roi éclatèrent de rire.

– Que proposes-tu, vicomte ?

– Philibert, nous ne sommes pas pour rien amis de longue date ; te souviens-tu de nos soirées dans les folies de Versailles et encore plus à Paris ?

– Avec de si mignonnes actrices de théâtre et d'opéra, quand il ne s'agissait point de demoiselles d'honneur !

– J'ai la solution. Ici même, au Puy, jouxtant la place Cadelade et le quartier du Pouzarot, à quelques pas des Carmes, se tient une maison de joie dont je connais bien la tenancière, madame Solange. Elle est fort avide, et contre une bourse bien garnie ne refusera pas pour un mois de nous prêter Irène ; c'est une fille qui m'est chère dans les deux sens du terme, en qui j'ai toute confiance, et qui à merveille remplirait cette mission. D'autant plus que les aphrodisiaques ne seront pas suffisants : il conviendra de l'initier aux jeux de l'amour. La reine est froide et il ne doit guère connaître les polissonneries, tout au contraire de Charlotte et surtout de Julie à qui Hyppolite a tout appris, sans compter ce que ses successives servantes lui ont enseigné. Veillons à ce que les deux femmes ne s'étonnent pas trop des différences.

– Te charges-tu de la négociation ?

– Bien sûr, Philibert.

– Rendez-vous au Puy sur le Breuil, demain à midi, vers le portail d'Avignon, là où relaie venant de Mende la diligence pour Paris. J'y serai avec le sosie, toi avec Irène. Bien évidemment nous ne nous connaissons pas. La substitution s'effectuera au moment de l'ouverture au public du Manège où siégera la Convention pour le procès. Pauvre Hyppolite ! Quelle idée aussi a eu sa mère d'accoucher d'un garçon sosie de qui tu sais !

– Tu es cruel, Philibert !

– La cause avant tout, nous l'avons juré ! Rendez-vous tous les sept à Paris chez le marchand de vin que tu connais ; chacun par ses propres moyens. Dans sa maison, afin que le sosie ne nous crée pas trop de difficultés, nous utiliserons les préparations des dames blanches. Dès la substitution réalisée, nous ferons monter le roi dans une voiture où l'attendra Irène ; à cet instant, il prendra le nom du sosie, portera ses vêtements. La voiture sera attelée de trois purs-sangs arabes, sauvés de la petite écurie de Versailles, capables d'un train d'enfer. Je tiendrai moi-même les rênes jusqu'à Ceyssac y compris. Chaque nuit nous entrerons profond dans une forêt, y dormirons. Il sera en permanence dans la voiture en marche, équipée seulement des commodités minima : pas question de renouveler les erreurs de Varennes. Toi et Malaval galoperez en avant pour vous assurer de l'absence d'embûches. Fromone et Moelsheim resteront en arrière, au cas où, mais point trop près afin de n'être pas remarqués. Charvériat et la Roche demeureront à Paris pour préparer l'évasion du reste de la famille. Tous les cinq, armés jusqu'aux dents, s'il le faut nous saurons nous battre. Qu'une embuscade nous soit tendue, nous tirons, nous tuons, mais nous passons ! À peine rendus dans la forteresse de Ceyssac, nous le formerons à être paysan. Sitôt fait, et les préparations des dames blanches nous seront d'un grand secours, il remontera dans ma voiture, de nuit et tous rideaux fermés. Nous attendrons le jour à Vals et remonterons à Ceyssac tranquillement comme si nous venions du Puy avant de nous arrêter devant sa ferme à Ceyssac. Sa mégère sera trop occupée à compter les deux cents louis d'or pour l'examiner de près et poser trop de questions.

– Il paraît qu'elle n'est pas commode ?

– Non, pas du tout. Pauvre de lui ! Il disposera d'une jolie servante, Julie ; j'espère que l'aphrodisiaque des dames blanches produira tous ses effets !

Sur la route de Paris, la diligence tanguait sur les cailloux et les fondrières. Elle traversait la forêt de Fontainebleau avant de faire étape à Melun. Vautré sur le siège du fond, Hyppolite se trouvait aux anges. Jamais de toute sa vie, il n'avait connu tel bonheur ; il en semblait même devenu bienheureux : aucun labeur à fournir, bonne table dans les auberges tout du long de la route. Mais sa réelle chance se révélait cette jeune femme, piquante brunette, bien en chair et avenante, qui, au départ de la diligence au Puy, lui avait demandé permission de s'asseoir à son côté. Comme lui, elle se rendait à Paris, mais pour se placer dans une famille. Coquette, bien vêtue, peu farouche, elle ne protestait pas que sur son généreux décolleté, lorsqu'une ornière ou un virage les précipitait l'un contre l'autre, il attardât un peu ses lèvres. Elle n'était point comme Charlotte à ne songer qu'au labeur, à se montrer au lit si rétive. Décidément, il avait eu raison de répondre par oui à la demande du jeune baron de Ceyssac. Dès le premier soir, il ne s'étonna point que de suite elle lui confiât son prénom, Irène ; à l'auberge, ils se retrouvèrent à la même table, seuls, à part des autres voyageurs qui faisaient table d'hôte. Philibert, au départ sur le Breuil, pour les frais du voyage lui avait remis une bourse mieux que bien garnie. S'il avait voyagé avec Charlotte, tout du long il aurait fallu économiser pour ramener à Ceyssac le maximum de louis. La peste soit des économies ! Ils s'offraient à l'étape les mets les plus fins, arrosés des meilleurs vins.

Parfois, entre la descente de la diligence et l'installation à l'auberge, à peine dissimulés par les larges bords de leurs chapeaux et leurs cols remontés, en amoureux, ils parcouraient les rues et les places de la ville étape ; Hippolyte offrait des gâteries, des colifichets, et cela ne lui coûtait rien, l'or n'était pas le sien. Le pauvre ! S'il eût connu son sort, il eût profité et dépensé bien davantage encore ! Dès le premier soir, il frappait à la porte de la chambre d'Irène, et elle lui avait ouvert. Hippolyte s'était montré bien plus qu'entreprenant ; de caresses en baisers, la serrant, la poussant, il l'avait assise puis renversée sur le lit. Sans doute par hasard, la couverture et le drap de dessus se trouvaient déjà ouverts. Elle ne sut rien lui refuser. Au matin, pour l'amuser, le cajoler, de pommades parfumées elle lui massa les mains mais aussi le visage. Au fil des étapes, sa peau devenait plus douce, plus claire.

– Lorsque nous serons rendus à Paris, grâce à tes onguents, j'aurai une peau de roi, je ne ressemblerai plus à un paysan, disait-il à Irène avant de la déshabiller tout en la lutinant comme il pratiquait avec Julie.

Mais plus experte que la servante se révélait Irène : de l'amour elle connaissait beaucoup ; chaque soir, il découvrait avec elle une nouvelle jouissance qu'habile courtisane elle ne lui révélait qu'au fil des nuits. Avec Irène, il vivait des libertinages comme jamais il n'en aurait imaginé. Les seules ombres au tableau étaient ces jeunes cavaliers qui allaient et venaient, descendaient aux mêmes auberges. Irène semblait lorgner l'un d'eux que par inadvertance un autre cavalier avait appelé Vergezac. Heureusement, jamais au Puy chez madame Solange, Hyppolite ne mettait les pieds. Sa maison de joie demeurait fermée aux bourses mal garnies ; seuls s'y retrouvaient les nobles argentés, et surtout les riches bourgeois.

– Demain soir, nous serons à Paris ; pourquoi nous quitter ? Nous pourrions vivre ensemble ?

– Mais quand ton or sera fini, de quoi vivrons-nous ? Allons, mon gros Hyppolite, montre-toi raisonnable.

Et pour lui faire gober son amertume, Irène, sur ses lèvres, langoureusement, déposa et laissa s'attarder un long baiser souligné d'une caresse sur la nuque, comme Hippolyte l'aimait tant. Mais lui se décolla et contre la petite oreille approcha sa bouche.

– Je vais te confier un secret. À mon retour chez moi, je serai riche, j'aurai ramené une grosse somme. Reviens avec moi. Pour nous y établir nous nous arrêterions à Nevers, par exemple, ou ailleurs. Ma femme ignorera où nous sommes et nous vivrons heureux.

Cela était nouveau ; Vergezac n'avait rien confié à Irène de cette grosse somme. Elle savait seulement qu'elle serait bien récompensée de sa mission et de ses bons offices. Elle n'ignorait pas non plus l'autre tâche aussi importante et encore mieux rémunérée qui l'attendait pour le retour ; si elle trahissait Vergezac, il ne serait pas homme à ne pas la retrouver et lui ferait payer très cher sa trahison. Et puis, cet Hippolyte, quel lourdaud ! Comme elle s'ennuierait avec lui ! Elle préférait de loin sa vie de fille de joie dans la maison du Puy où ses talents de courtisane faisaient que ses pratiques, au demeurant gens de bonne compagnie et d'esprit vif, se montraient avec elle extrêmement généreuses.

– Tu sais que cela n'est pas possible, je dois prendre ma place à Paris.

– Puisque je serai riche, tu n'auras plus besoin de cette place.

En l'esprit d'Hippolyte, une nouvelle idée faisait son chemin : pourquoi sur la route du retour ne pas profiter d'une étape pour quitter la diligence avec les mille louis d'or dans sa ceinture, revenir à Paris, rejoindre Irène ? Il ne lui en dit rien, mais y pensa beaucoup.

La diligence débouchait sur le quai Saint-Michel ; les chevaux laissèrent le trot, prirent le pas. Au 18, ils s'arrêtèrent. Depuis l'entrée dans les faubourgs, Hippolyte et Irène, comme la plupart des autres voyageurs, ne s'occupaient qu'à regarder la foule pressée et serrée des passants habillés de toutes façons. Tous dans la diligence venaient de province et aucun ou presque ne connaissait Paris et son grouillement. Le bruit, la foule, les odeurs les oppressaient en même temps qu'ils leur ouvraient l'esprit sur un monde insoupçonné. Ils avaient pendant le voyage traversé d'autres villes, parfois s'y étaient même promenés. Mais aucune ne laissait présager Paris. D'abord, depuis les prémices des faubourgs, plusieurs heures avaient été nécessaires aux chevaux pour arriver au cœur de la capitale. Plus ils s'en approchaient, plus la foule se densifiait, plus ils craignaient de se retrouver perdus dans le dédale des rues encombrées d'attelages, étouffées de piétons ; où donc étaient Ceyssac et même le Puy ?

Du quai Saint-Michel, les voyageurs découvraient la Seine, embouteillée de barques, barges, autres bateaux et pontons, découpée de ponts habillés de maisons et submergés d'attelages, de cavaliers, de piétons. Tout ce monde pour eux paraissait irréel, inquiétant. Dès l'arrêt de la diligence, les postillons ouvrirent les portières, invitèrent les voyageurs à se lever de leurs sièges, à descendre. Deux hommes bien vêtus s'approchèrent pour guetter, ne pas laisser les personnes qu'ils attendaient s'égailler dans la foule. Autour d'eux s'agglutinaient les mêmes cavaliers remarqués par Hyppolite tout au long du voyage. La Roche et Charvériat se présentaient grimés de telle sorte que seuls les reconnurent Moelsheim, Fromone, Malaval et Vergezac. À l'angle du pont Saint-Michel, un cavalier se tenait arrêté. Profitant d'un moment où le sosie tournait la tête, Philibert souleva son chapeau ; Vergezac lui rendit son salut. La Roche s'approcha d'Irène, se découvrit comme il l'eût fait pour une dame, se présenta :

– Citoyen La Roche ; Irène, je suppose ?

– Elle-même, répondit Irène à qui Vergezac avait appris son rôle.

– C'est chez moi que votre place est retenue, reprit La Roche à haute voix pour se bien assurer d'être entendu d'Hippolyte. Je vais vous conduire ; avez-vous fait un bon voyage ?

– Excellent, citoyen. Permettez que je dise au revoir à un voyageur qui pendant toute la route s'est montré parfait pour moi.

– Faites, je vous prie, répondit La Roche, tel un acteur de théâtre s'assurant que sur ses traits n'apparût au sosie aucun sourire lisible.

À peine ses souliers posés sur les pavés du quai Saint-Michel, Hippolyte bien sûr avait manœuvré en sorte de ne pas se décoller d'Irène.

– Mon bon ami, lui dit-elle, il va falloir nous séparer. Prends bien soin de ton teint, continue d'appliquer les pommades que je t'ai laissées ; ce sont des attrape-cœurs, n'oublie pas !

Hippolyte voulait la prendre dans ses bras, mais elle mettait les distances, sachant la nécessité de la séparation.

– Non, Hippolyte ; il faut nous oublier, tu le sais.

– Je reviendrai. Encore un baiser.

– Le dernier.

Irène glissa entre les bras qui voulaient la retenir ; si vite elle s'esquiva, que le baiser fut accordé comme en passant. Déjà elle s'éloignait au côté de La Roche ; le gentilhomme du roi galamment portait son sac vers une voiture attelée à deux chevaux gris pommelé que n'avaient remarquée ni Hippolyte, ni Irène. Le postillon en tenait ouverte la portière, mais pour mieux la refermer sitôt le couple installé. Il grimpa sur la banquette au côté du cocher qui sans attendre claqua des rênes sur l'attelage.

– Où vous savez, vite ! lançait La Roche par la vitre abaissée.

Les chevaux n'étaient pas haridelles, mais coursiers ; la voiture s'arracha, s'engagea sur le pont Saint-Michel, traversa la Cité, prit à gauche sur le quai de la Mégisserie, passa sous la porte cochère d'un hôtel, roula plus doucement sur l'épais gravier qui capitonnait la cour. Derrière elle, les deux vantaux se rabattirent.

– Nous sommes ici chez un ami commun à Vergezac et à moi-même. Vous y serez logée, et dans le plus grand confort s'il vous plaît, en attendant votre retour sur Le Puy. Il est impératif que vous ne sortiez pas. Personne à Paris ne doit vous apercevoir. Pour vous dégourdir les jambes, le parc est à votre disposition ; pour vous divertir, vous n'aurez qu'à demander.

La Roche se taisait, examinait Irène comme si par lui-même, malgré la confiance qu'il mettait en Vergezac, il voulait l'apprécier.

– Votre rôle au retour sera plus difficile.

– C'est-à-dire ?

– L'homme sera le sosie de celui de l'aller, mais en même temps son contraire. Vergezac vous confiera des pommades opposées pour lui tanner la peau, lui rendre les mains rêches. Mais surtout, et La Roche s'obligea à une pause avant de franchir le pas, vous devrez lui faire boire des liqueurs aphrodisiaques. Vous devrez l'émoustiller, l'amener à se montrer bien plus qu'entreprenant. Jusque-là, c'était un homme sage, un père de famille honnête, un mari trop fidèle. Arrivé à sa nouvelle demeure, il devra se montrer gaillard avec sa servante, la lutiner, l'entreprendre en toutes occasions. De plus, n'omettez pas de lui enseigner un langage rustre, le parler de la terre et des sucs au pays du Velay où déjà les mots se chantent, où les manières paysannes sont sans façon. Pendant le voyage, il serait bon de l'amener à pratiquer avec vous comme il le devra en compagnie de sa servante Julie. Vous profiterez pour cela de l'intimité de la voiture dont les sièges seront rembourrés. Nous comptons sur vous.

– Mais c'est très difficile !

– Aussi nous vous paierons très bien ; de quoi quitter madame Solange au Puy pour ouvrir votre propre maison à Saint-Étienne. Les bourgeois et ci-devant du Puy, de ses entours et bien plus loin encore connaissent vos mérites, à commencer par Vergezac qui vous a recommandée. Vous possédez toute notre confiance. Vous verrez, l'homme est timide, réservé, sérieux ; débloquez-le, qu'il explose, devienne coq comme son grand-père !

La Roche se surprit à rire :

– À propos, comment se comportait le gros Hippolyte ?

– Celui-là, il fallait plutôt le freiner ; il se rattrapait de sa femme ! Sur l'oreiller il m'a confié que souvent elle dormait à l'hôtel du cul tourné ! Qu'elle n'aimait que les louis !

La Roche ne put se retenir d'éclater :

– Pour le coup, elle sera servie !

Irène et La Roche envolés, Hippolyte se retrouva face à un bourgeois très élégamment vêtu, qui avec courtoisie le saluait, mais sans excès pour ne pas l'alerter.

– Je suis l'ami du citoyen Philibert de Ceyssac.

Hippolyte, brave homme, lui tendit la main ; le marquis de Charvériat, qui autrefois l'eût ignorée, s'obligea à la lui serrer.

– Ce soir, vous êtes mon invité. Demain, vous vous reposerez de votre voyage avant de repartir après-demain pour Ceyssac.

Sans attendre, Hippolyte vérifia l'essentiel :

– C'est vous qui me remettrez la ceinture avec les deux mille louis ?

– Absolument ; elle contiendra mille doubles-louis pour en diminuer le volume et le poids. Vous vérifierez vous-même. Pour votre confort, j'y ai fait adapter de larges bretelles car malgré tout elle sera extrêmement lourde. Heureusement, vous êtes un homme solide.

Tel le corbeau dans la fable, Hippolyte se laissa aller à sourire ; cependant, au contraire de la grenouille, il se retint d'éclater. Jamais de toute sa vie il n'avait imaginé pouvoir détenir une telle fortune. Ce serait décidément trop bête de remettre cent doubles-louis à sa femme Charlotte et neuf cents au jeune Ceyssac. Incognito, au premier relais, il descendrait de la diligence, attendrait la prochaine pour Paris, et rejoindrait Irène. Il ignorait son adresse, mais en questionnant, avec de l'or, il finirait bien par la trouver.

Charvériat de son côté jaugeait l'homme ; un copieux repas arrosé de vins capiteux serait suffisant pour lui faire ingérer sans qu'il s'en aperçût les potions des dames blanches. Grâce à leurs panacées il oublierait sa première vie et se fondrait dans le moule de son nouveau personnage. Au manège, devant la Convention, parfait sosie, il donnerait le change. Par leur excès de défiance, ces conventionnels facilitaient la substitution. Il avait été séparé des siens ; le problème de la famille se trouvait ainsi résolu. Malesherbes, son ancien ministre que lui-même avait choisi pour avocat, s'étonnerait peut-être que son client se souvienne mal de certains détails. Mais il les lui rappellerait. Sans doute la Convention s'interrogerait-elle sur quelques trous de mémoire, mais elle les mettrait vite sur le compte de l'émotion. Charvériat examina la peau et les mains du paysan de Ceyssac : elles semblaient maintenant celles d'un roi. Décidément, la réputation des dames blanches des forêts du Devès ne se révélait pas surfaite.

Une voiture attelée de deux chevaux anglais, noirs et à large poitrail, aux jambes fines mais d'acier, s'arrêta à hauteur des deux hommes. À l'angle du pont Saint-Michel, le même cavalier à nouveau souleva son chapeau. Charvériat qui guettait ce geste de Philibert sut que le plan se déroulait sans encombre. Il ouvrit la portière de la voiture, y fit monter Hippolyte, s'assit à son côté sur le siège du fond. André, le fils aîné du marchand de vin dijonnais, assis sur la banquette du cocher, lança les chevaux. Hippolyte ne pouvait remarquer devant la voiture Philibert galopant vers la rue de la Cité, et encore moins, échelonnés entre eux, Vergezac, Malaval, Moelsheim et Fromone suivant à distance anodine.

Après la rue de la Cité et la rue Notre-Dame, Philibert prit à droite le quai de l'Hôtel-de-Ville, en traversa la place sous les regards éméchés et plus encore inquiétants des bandes de la Commune sous leurs bonnets phrygiens affreusement délavés. L'ayant traversée, il prit la rue du Temple. Du quai Saint-Michel à l'entrepôt du marchand de vin au 17 de ladite rue, les chevaux n'avaient pas mis plus d'un quart d'heure. L'entrepôt ouvrait sur la rue du Temple, mais Philibert préféra par discrétion le contourner par la rue des Gravilliers sur la gauche, puis la rue des Vertus nouvellement nommée. Lui-même, la voiture, les cavaliers, s'engouffrèrent sous une porte cochère tenue ouverte à deux battants par Pierre et Nicolas, les deux autres fils du marchand de vin qui aussitôt les rabattirent. De l'autre côté de la porte, au fond d'une cour herbeuse, se situait le logement du marchand, adossé à l'entrepôt. Ainsi, sans sortir de chez lui, pouvait-il passer de la rue du Temple à la rue des Vertus, voire par une petite porte entrer ou sortir par la rue des Gravilliers. Charvériat, sur recommandation de Fromone, avait trouvé ici le lieu stratégique pour le complot. André arrêta les chevaux de telle façon que la portière de la voiture s'ouvrit devant la porte d'entrée donnant sur la cour, au plain pied du logis.

Madame Cruzy, l'épouse du marchand, s'empressa d'ouvrir cette porte derrière laquelle impatiemment elle attendait ; le bruit lourd des roues sur l'herbe de la cour l'avait rassurée quant à la réussite de la mission. Du regard, elle interrogea son fils demeuré sur son siège :

– Tout s'est bien passé, mère.

Complètement rassurée, elle s'approcha de la portière, l'ouvrit. Apparut Hippolyte, autant invité que poussé à descendre par Charvériat.

– Je vous présente, citoyenne, notre invité et ami Hippolyte Moulouses. Il va se reposer comme convenu un jour ou deux dans votre demeure avant de repartir pour l'Auvergne.

– Bonjour citoyen. Soyez ici chez vous. Mais venez donc vous mettre à l'aise.

Madame Cruzy suivit un couloir, désigna un escalier à Hippolyte et Charvériat, le monta derrière eux.

André, demeuré dans la cour, referma la porte d'entrée. Ses deux frères, Philibert, Vergezac, Malaval, Moelsheim et Fromone, les brides de leurs montures à la main, à l'abri désormais des regards d'Hippolyte, se rapprochèrent d'André.

– Je vais vous indiquer l'écurie, puis pour attendre une salle dissimulée à l'entresol.

– Merci André, dit Philibert. Où est votre père ?

– Il en termine à l'entrepôt, puis nous rejoindra.

– Très bien ; dites à Charvériat de nous prévenir dès que les drogues auront produit leurs effets. Nous sommes le 9, tout va pour le mieux. C'est pour après-demain. Surtout, que personne ne se montre.

– La Roche nous rejoindra ? s'enquiert Vergezac.

– Il demeure avec Irène ; nous devons nous montrer plus que prudents. Vous êtes bien certain qu'aucun risque n'existe d'être vus par des visiteurs ou des clients ?

– Votre salle à l'entresol se trouve parfaitement isolée, même dissimulée. Des rafraîchissements et des en-cas vous y attendent au frais. Dès que le sosie sera suffisamment endormi, mon père viendra vous quérir. Vous nous rejoindrez dans notre logement à l'étage où des chambres vous ont été préparées. Sitôt en léthargie, précisa André, le sosie sera enfermé dans l'une d'elles.

– C'est dans cette chambre, indique Philibert, que vous trois, Moelsheim, Malaval et Fromone, préparerez le sosie sous l'effet des drogues à se substituer par persuasion. À trois, vous ne serez pas de trop pour ne rien oublier. Votre mission sera déterminante. Il ne devra rien ignorer ni de sa nouvelle identité ni surtout de son histoire. Sans rien lui dévoiler de notre secret, nous avons demandé à Malesherbes qui en tant qu'avocat peut entrer au temple et parfois parler au roi en aparté pour préparer sa défense, de nous tenir informés des moindres détails de son apparence ou de sa vie quotidienne. Tout doit être évité pouvant induire la Convention à remarquer la substitution. À ce sujet, les vêtements sont prêts ; afin qu'ils lui deviennent familiers, nous en vêtirons le sosie dès demain. Il faudra veiller qu'il ne les salisse pas ; il est aussi peu soigneux de sa personne que de ses habits. Cela aussi, messieurs, fait partie de la préparation.

À l'inverse, nous conserverons les vêtements du sosie pour en vêtir le nouvel Hippolyte Moulouses à son retour à Ceyssac ; les yeux de Charlotte et Julie sont au moins aussi vigilants à eux quatre que ceux de tous les conventionnels !

Madame Cruzy entrait dans une large pièce ; dans l'âtre, des bûches en flammes sur un épais tapis de braises la chauffaient agréablement ; ses hautes fenêtres protégées par leurs doubles rideaux en mousseline orangée la rendaient discrète et confortable. Sur la nappe repassée et parfaitement blanche recouvrant une longue table, les couverts étaient dressés ; de la cuisine une appétissante odeur annonçait un bon repas. Le dessus d'un meuble à desservir s'ornait des bouteilles d'un vieux bourgogne ; nonobstant l'absence d'Irène, Hippolyte se rasséréna de ces évocations. La soirée ne s'annonçait point désagréable. Sans attendre, la maîtresse de maison lui indiquait une chaise confortable :

– Asseyez-vous, je vous prie. Mon mari va nous rejoindre ; vous aussi monsieur Charvériat. Vous devez être assoiffé par la poussière des routes ?

– C'est ma foi vrai, répondit Hippolyte ; un verre ne sera pas de refus. Et puis, on mange salé dans les auberges.

Charvériat et madame Cruzy s'amusèrent d'un regard : cet homme ne serait pas difficile à manipuler. Habitué à la grande salle de sa ferme de Ceyssac, autrefois maison forte, et bien que l'une des plus confortables du village, Hippolyte appréciait l'élégance de la salle à manger bourgeoise, meublée avec goût. Le parquet patiné exhalait le parfum de la cire ; sur la table, un vase offrant du houx égayé de ses boules rouges annonçait Noël dans deux semaines. Dans la cheminée, les bûches lâchaient parfois des giclées d'étincelles qui tranchaient sur la grisaille de cette fin d'automne. Le manteau de la cheminée, mais aussi la nappe couvrant la table, s'éclairaient de bougies de cire blanche aux flammes sans fumée. Elles garnissaient des chandeliers d'argent, luxe inconnu à Ceyssac. Sur Paris, la nuit tombait.

Deux jeunes filles entrèrent : l'une sur un plateau présentait une carafe de vin blanc et deux verres, l'autre s'apprêtait à servir.

– Je vous présente Rose et Louise, nos deux filles.

Les deux sœurs saluèrent, mais de la tête seulement, sans révérence ; Louise emplit les verres, Rose présenta son plateau, Charvériat et Hippolyte saisirent chacun le verre présenté. Charvériat de son long nez respira le parfum, de ses lèvres aspira une gorgée, la tourna dans sa bouche ; pour prolonger son plaisir, la retint au fond de sa gorge. D'un trait, Hippolyte vida le sien ; davantage accoutumé aux simples bancs accotés aux longues tables des fermes, il cherchait son aise sur sa chaise.

– C'est un excellent Sancerre.

Il posa son verre, le palais embaumé de sa première gorgée.

– Je vous félicite madame, complimenta Charvériat.

– Vous ne connaissez peut-être pas le Sancerre ? demanda madame Cruzy à Hippolyte pour faire conversation.

– C'est la première fois que je m'éloigne du pays du Velay ; mais je cultive moi-même de la vigne sur des coteaux au bas de mon village. Le vin n'en est pas mauvais du tout, bien gouleyant comme le dit une de mes plus fidèles pratiques, la famille des ci-devant Ceyssac. Par contre, c'est du rouge ; pour le blanc, il faut descendre la Loire jusqu'aux coteaux d'Artias, vers Retournac.

Au nom de Ceyssac, avec davantage d'attention Charvériat scruta Hippolyte. Avoir découvert un tel sosie signifiait à ses yeux la main de l'histoire ; il savait que chaque être avait le sien, mais à ce point, il n'aurait osé imaginer. Même la voix se reconnaissait, posée à l'identique. Les pommades des dames blanches, consciencieusement appliquées par Irène durant les quinze journées de voyage, avaient produit tous leurs effets. Le teint du visage s'était éclairci, la peau des mains devenue plus lisse, moins tannée. Il est vrai qu'inactives pendant tous ces jours, à l'abri du soleil dans la diligence et les auberges, elles s'étaient reposées, exemptées de se frotter à la rudesse des outils paysans, mais seulement avaient prodigué de bien douces caresses à la peau satinée d'Irène. Le résultat s'affichait, éclatant de réalité : dans le secret de la tour du Temple, les clairs-obscurs du Manège, la peau poursuivrait sa royale métamorphose.

Des pas, marche après marche, remontaient l'escalier. Dans ces prémices de la Terreur, où les massacres de septembre ne dataient que de trois mois, Charvériat s'obligea à ne pas s'en inquiéter, recherché qu'il se savait par les agents du Comité de salut public. Madame Cruzy, comme André, Rose et Louise, reconnaissaient le pas du père. Quant à Hippolyte, il ne montrait aucune inquiétude, lui qui seul devait s'inquiéter : la Terreur pas encore n'avait atteint Le Puy et encore moins Ceyssac !

Auguste Cruzy entra ; carré d'épaules et de figure, rubicond de teint, ses vêtements exhalaient les vapeurs vineuses de l'entrepôt. Tout indiquait son métier. Dans la salle trop bourgeoise pour son accoutumée, avec lui Hippolyte se sentit plus à son aise, davantage en confiance.

– Bonjour. Hippolyte Moulouses ? Auguste Cruzy.

Le sosie se leva, tendit sa forte main que serra celle non moins large du marchand de vin.

– Comment trouvez-vous mon sancerre ?

Du coup, pour répondre aussitôt, Hippolyte omit de se présenter.

– Il est bien à mon goût.

– Du bas de l'escalier, j'ai entendu que vous-même cultiviez de la vigne dans le Velay ?

– Oui, quelques arpents en bas de ma ferme ; mais c'est du rouge.

– Au repas nous boirons un bourgogne rouge dont vous me direz des nouvelles : du chambertin.

– Vous savez, je ne suis qu'un paysan, j'ignore les grands vins.

– Bonne raison pour les apprendre.

Du regard, Auguste Cruzy interrogea son épouse :

– Si nous passions à table ?

– Tout de suite, mon ami.

La porte de la cuisine s'ouvrit, réapparurent Rose et Louise. Avec leur mère elles desservirent les verres et la carafe vides, puis chacun prit sa place. Face à Charvériat, Hippolyte se retrouva assis entre les deux jeunes filles.

– Pour ce repas d'automne, nous vous avons préparé du gibier : une terrine de chevreuil suivie d'une daube de sanglier. C'est un peu relevé, mais en cette saison, ça réchauffe, dit madame Cruzy présentant la terrine à Hippolyte.

– Madame, j'adore le gibier !

Et Hippolyte sans attendre se trancha goulûment une fort épaisse tranche.

Charvériat, comme pour s'assurer que ses troupes se tenaient prêtes pour le combat, toucha du genou celui d'André assis à sa droite, adressa un clin d'œil à madame Cruzy sur sa gauche, un signe au père au bout de table et du regard interrogea Rose et Louise de part et d'autre du sosie. Chacun se trouvait à son poste. Pierre et Nicolas, les autres fils, se tenaient à l'autre bout de table, face au père.

Le maître de maison se versa une goutte de chambertin, remplit le verre d'Hippolyte, puis celui de Charvériat, laissa André se charger des autres verres. De façon qu'il n'observât pas le sien, Louise faisait conversation à Hippolyte. Rose y versa dans l'instant la poudre verte des dames blanches qui aussitôt se dissout dans le chambertin. Monsieur Cruzy invita à trinquer ; les verres s'entrechoquèrent. Charvériat porta le sien à ses lèvres et, pour inciter Hippolyte à faire de même, le vida d'un trait. Les femmes s'appliquèrent à imiter au mieux.

Madame Cruzy à la lettre respectait les consignes de Charvériat : les deux servantes et la cuisinière auraient reçu congé, avec ses filles elle préparerait le repas, se montrerait généreuse en épices. Après quelques bouchées de terrine, les palais se réveillaient en feu. Le père et le fils à nouveau emplirent les verres et surtout celui d'Hippolyte. Louise et Rose rejouèrent leur scène et le sosie fut dupé. Il vida son verre d'un trait, les autres effleurèrent le chambertin. La poudre verte bientôt se révéla redoutable soporifique.

– Je ne sais ce que j'ai, mais je tombe de sommeil, avoua le gros Moulouses peu après son second verre.

– Mon pauvre ami, lui répondit madame Cruzy notant sur son visage les progrès de la poudre, c'est la fatigue du voyage.

L'horloge se trouvait dans le dos d'Hippolyte : profitant du service et des vapeurs dues à la poudre, sur un signe de Charvériat, Nicolas se levait et d'une heure en avançait la petite aiguille.

Surpris de sa fatigue, Hippolyte se retourna :

– Mais il est déjà dix heures ? Pas étonnant que je tombe de sommeil.

Décidément, se disait Charvériat, c'est un parfait sosie. Le roi s'exclamait de même lorsque son frère Artois lui faisait le coup de l'horloge pour l'envoyer coucher et partir à l'opéra avec sa jeune belle-sœur !

Hippolyte voulut se lever de sa chaise mais périlleux fût l'exercice : Pierre et Nicolas lui passèrent chacun leur bras sous une aisselle, le soulevèrent. Debout, le sosie dormait presque. Les jeunes gens le tirèrent vers sa chambre, ses pieds traînant sur le parquet, lui ôtèrent ses bottes, sa culotte, sa veste, le glissèrent entre les draps. Charvériat indiqua à Rose une carafe d'eau ; la jeune fille y versa une dernière pincée de poudre, la plaça sur le chevet afin que si par mégarde à cause de la soif, la nuit Hippolyte se réveillait, les dames blanches le renvoient chez Morphée.

Sitôt le sosie endormi, Pierre était descendu quérir les gentilshommes du roi. Moelsheim, Fromone, Malaval, Vergezac regardaient le visage du sosie dormant comme une souche, félicitaient Philibert.

– La première partie du plan est achevée, dit ce dernier ; reste à réussir la seconde, la substitution au Manège à la barbe de la Convention. Puis la troisième et non la plus facile, celle de Ceyssac. La poudre verte fait effet douze heures. Il est neuf heures du soir ; par précaution, dès sept heures du matin il conviendra de lui administrer la poudre jaune, celle de la substitution, celle qui lui permettra de s'identifier à celui que nous devons sauver, de lui faire oublier qui il était. Dès huit heures, Moelsheim, Malaval et Fromone vous débuterez votre pédagogie de conviction. Il devra apprendre son enfance, sa vie jusqu'à ce jour. Dès midi, administrez la liqueur violette ; elle lui permettra de s'identifier au roi. Malesherbes a-t-il rédigé le mémento de tout ce que doit savoir le sosie pour faire bonne figure au procès ? Il devra pouvoir répondre et se défendre comme Louis l'aurait fait.

– Oui, répond Charvériat, je le porte ici même avec moi.

Et d'un épais portefeuille il sort une liasse de feuillets couverts d'une minuscule et régulière écriture ministérielle.

– Alors, tous les quatre, dès demain midi à tour de rôle vous devrez les lui lire et le faire répéter jusqu'à ce qu'il les sache et surtout s'en persuade. La liqueur violette est plus qu'hypnotique, elle est mnésique. Faites-lui en boire avant de commencer la lecture et à chaque repas pendant trente-six heures. Elle lui fera retenir tout ce qu'il entendra et totalement il s'en envoûtera. Au-delà des trente-six heures, l'effet est définitivement acquis. Lorsqu'il comparaîtra au procès, il sera devenu ce que désormais il doit être. Malesherbes ne sera à son côté qu'en tant qu'avocat et lui-même doit tout ignorer de la substitution.

Attelés à la lourde charrette, les deux chevaux énormes à la crinière blanche tiraient ferme sur leurs colliers. Cinq futailles sur la caisse, Auguste Cruzy et ses trois fils, André, Pierre, Nicolas, sur la banquette avant pour faire comme tous les jours, tout cela pesait lourd, même si dans une futaille le vin par le sosie se trouvait remplacé. Les chevaux ne gagnaient peut-être pas au change, car le bougre d'Hippolyte bientôt substitué en roi, pouvait bien peser ses deux cents livres. Lors d'une livraison de vin au Temple, le tailleur bourguignon avait pu comme prévu prendre la place de Nicolas et noter d'un œil professionnel l'habit bleu et la redingote couleur chair, toute simple, sauf le grand collet, que portait le prisonnier. Sur ordre de la Convention, son rasoir lui avait été retiré dès l'annonce du procès, dans le même temps qu'il avait été séparé des siens ; sur consigne de Vergezac, dès la première nuit, Irène demandait au sosie de ne plus se raser, au titre qu'elle le préférait barbu. À Ceyssac, comme la plupart des paysans, Hippolyte ne se confiait au barbier qu'une fois la semaine. Ainsi, les deux hommes seraient-ils à l'identique envahis par une barbe de deux semaines. Le tailleur avait également pris note des souliers à boucle ; ils paraissaient fatigués, et comme Charvériat qui de même chaussait grand portait à peu près les mêmes, il avait été jugé plus simple d'en chausser le sosie plutôt qu'en urgence faire confectionner une paire neuve à un chausseur peut-être curieux autant qu'indiscret. Le problème restait les cheveux bouclés du prisonnier coiffés sur la nuque d'un catogan ; depuis la prison du Temple, il ne portait plus perruque. Les cheveux châtain clair du sosie paraissaient bien de même teinte, mais plats ; madame Cruzy, aidée de Rose et Louise, dut boucler au fer ceux d'Hippolyte Moulouses. Sous l'empire des drogues des dames blanches, le sosie se comportait en zombie, se prêtait à tout ; persuadé de qui il était, Hippolyte jouait son rôle mieux que le meilleur acteur.

Ce onze décembre 1792, le procès devait s'ouvrir à trois heures et demie de l'après-midi. Une heure auparavant, l'escorte aurait quitté le Temple. Moelsheim se tiendrait rue Notre-Dame-de-Nazareth où de loin il pourrait en observer la sortie. À deux heures et demie passées, avec à peine un peu de retard, la porte unique s'ouvrit, un important cortège parut. Cinquante gendarmes à cheval précédaient la voiture où Louis Capet était tenu enfermé. Derrière elle, suivaient autant de jeunes cavaliers de l'École militaire. De chaque côté marchaient l'une derrière l'autre trois colonnes de cent fusiliers chacune. Cela faisait déjà sept cents hommes, cent à cheval et six cents à pied. Mais, plus loin derrière, des artilleurs traînaient des canons. La Convention, manifestement, craignait une émeute ou un complot ; peut-être n'avait-elle pas tout à fait tort ! Au pas de son cheval, sans surtout paraître pressé, Moelsheim quitta la rue Notre-Dame-de-Nazareth, arriva au Manège, attacha sa monture à un anneau, et tel un curieux se fondit dans la foule ; elle le porta dans le Manège, où, comme tout un chacun il se glissa vers la buvette.

Devant l'entrée, des gendarmes à cheval en bicornes à plumets tricolores, ceinturés des trois couleurs, attendaient le cortège pour écarter la foule lorsqu'il se montrerait. Les curieux ne stationnaient guère, entraient aussitôt pour se ménager la bonne place qui permettrait de satisfaire au mieux leur convoitise de spectateurs. Les yeux semblaient moins assoiffés que les gosiers. Chaque famille gardait sa place dans les tribunes mais expédiait l'un des siens à la buvette y quérir de quoi boire. Auguste Cruzy et ses fils s'y tenaient pour le service. Accoudé au comptoir, Moelsheim fit signe à

Nicolas ; celui-ci aussitôt ouvrit la portière de service au fond de la buvette. Sans se faire remarquer, avec naturel, Moelsheim la contourna jusque vers la portière, pénétra dans son enceinte. Entre les deux toiles de bâches qui en fermaient le fond, il se glissa dans un étroit abri de planches dissimulé à tous. Le sosie, dans les habits de son rôle, La Roche, Fromone, Malaval, Vergezac, s'y serraient immobiles.

– Philibert et Charvériat ne se tiennent pas ici ? s'inquiéta Moelsheim.

– Non, lui répondit La Roche, ils gardent la voiture à l'entrepôt des Cruzy. Charvériat et Irène nous y attendent à l'intérieur ; avec elle, on ne sait jamais. Philibert tient les chevaux prêts, et en particulier Achille. Sitôt la substitution opérée, le roi boira un verre de chambertin additionné de liqueur mauve afin que pour plus de facilité il nous écoute en tout et puis se cachera dans la futaille où nous transportions le sosie ; pour ne pas éveiller l'attention, nous ne la porterons pas nous-mêmes. André et Pierre Cruzy, ils sont forts comme des Turcs, la soulèveront pour l'installer sur la carriole de livraison qui attend derrière la buvette. Pierre partira comme pour un ravitaillement ordinaire, mais nous l'escorterons discrètement de loin, au cas où. Dès l'arrivée à l'entrepôt, le roi sortira de la futaille, montera dans la voiture où l'attendent Charvériat avec Irène, et fouette cocher ! Pendant ce temps, pour justifier son aller et retour, Pierre retournera au Manège avec une futaille pleine ; ravitaillement d'ailleurs nécessaire vu la soif du public, même les gendarmes pour venir boire dans l'attente du spectacle se confient leurs chevaux à tour de rôle ! Vergèzac, Fromone, Malaval et toi-même, Moelsheim, monterez à cheval dès la substitution réalisée. Sans entrer dans l'entrepôt, vous nous rejoindrez devant son entrée et ensuite nous servirez d'escorte. Compris ?

Pour éviter tout bruit, en silence, sans paroles inutiles, les quatre gentilshommes du roi, en signe d'assentiment, inclinent la tête.

À trois heures moins un quart, l'avant-garde des gendarmes arrivait devant le Manège, se rangeait sur la gauche de son entrée. La voiture où était gardé le prisonnier s'immobilisait à son tour et les cavaliers de l'École militaire se rangeaient à sa droite, face aux gendarmes. Les six cents fusiliers à pied, canons de leurs fusils et baïonnettes tournés vers l'extérieur, se déployaient en un vaste demi-cercle qui protégeait derrière lui les deux pelotons de cavalerie et la voiture. Le public retardataire ne pouvait plus pénétrer dans le Manège et dut se satisfaire de contempler cette manœuvre, impatient de voir Louis Capet sortir de la voiture. Cependant rien ne bougeait et les portières ne s'ouvraient pas. Le général Santerre, torse bombé dans son uniforme frangé d'or, sabre dégainé à la main, responsable devant la Convention, ne voulant prendre aucun risque, attendait que l'ordre qu'il avait donné de placer les canons en batterie, gueules face au public, gardés et chargés par les artilleurs, prêts à tirer, boute-feu allumé à la main, fût bien exécuté. Alors Santerre s'approcha de la voiture, et, brutalement, c'eût été tiédeur que se montrer courtois, arracha la portière plus qu'il ne l'ouvrit. Louis Capet descendit, pâle mais ferme, suivi des citoyens Nicolas Chambon, nouveau maire de Paris, Chaumette, procureur de la commune, Colombeau, secrétaire greffier, et deux autres officiers avec eux dans la voiture. Une escouade de gendarmes à cheval se détacha alors de l'escorte et les entoura tous les six jusqu'à ce qu'ils fussent entrés dans le Manège. Dès la porte franchie, seuls ces cinq officiels devaient accompagner Louis jusqu'à sa place.

À l'intérieur du Manège, depuis quelque dix minutes avant cette arrivée, un groupe de peut-être plusieurs dizaines d'hommes, apparemment sans armes, peu à peu s'agglutinaient vers l'entrée, autour de la colonne en demi-cintre attenant à la buvette. Tous présentaient la pâleur des gens enfermés depuis longtemps ; parmi eux, semblant leur chef, dominait frère Cartelinches habillé en bourgeois. Selon les consignes des gentilshommes du roi, il avait déterré autant que rameuté tous les prêtres réfractaires cachés à Paris dans les endroits les plus secrets, souvent les catacombes. Dès l'entrée des officiels autour de Louis Capet, un murmure sourd s'accentuant par degrés finit par attirer l'attention sur ces hommes. Ils se mirent à pousser des cris de forcenés et ces cris formèrent un hurlement immense. Il paraissait évident que leurs intentions étaient étranges. Louis releva la tête que jusque-là il tenait inclinée, comme perdue.

– La justice au peuple ! hurlaient ces hommes.

– Capet appartient au peuple !

– Pas de procès !

– Que le tyran soit tué sur place !

– À mort !

La populace venue assister au procès découvrait l'occasion d'un supplice. À force de se presser, de se pousser, de se hausser, ces hommes parvenaient à toucher leur victime, à écarter les cinq officiels, même le général Santerre descendu de cheval et qui, sabre à la main, les surveillait. La Convention avait commis la lourde erreur de vouloir juger et délibérer hors la présence et la protection des troupes en son enceinte. Persuadée que le danger de l'émeute serait à l'extérieur, elle s'était crue forte à l'intérieur. Comme l'avait dit son président Barrère : « Louis Capet est placé sous la protection des représentants du peuple. »

Tout à coup, aux cris de « Vive le peuple ! », ces hommes, Cartelinches à leur tête, se jettent sur lui, l'entraînent vers la colonne en demi-cintre plaquée contre la buvette, l'écrasent contre elle ; il semble disparaître à l'intérieur tellement ces hommes se pressent contre lui, le cachent aux officiels. Santerre, rouge à éclater, hurle des ordres inaudibles, se précipite sabre au clair, fend la foule ; enfin il l'aperçoit qui semble sortir de la colonne. Trop heureux de retrouver sa proie, Santerre ne s'interroge pas sur cette réapparition soudaine, le saisit à l'épaule, le replace parmi les officiels qui avaient pu se regrouper. À la tribune de la Convention, c'est à peine si l'on s'était aperçu de quelque chose. Quant aux gendarmes, cavaliers, fusiliers, de l'extérieur ils ne pouvaient rien voir ; tout s'était déroulé si vite ! Personne ne s'étonna qu'aussi rapidement qu'ils avaient éclaté, les cris et les vociférations cessaient ; que ces hommes hâves qui tout à l'heure comme des loups hurlaient en meute, se fussent dès la saisie puis la réapparition de Louis Capet repliés tout autour de la buvette, comme pour la protéger.

Sitôt les cris poussés, Fromone, Malaval et Vergezac quittent leur abri de planches, se plaquent contre le plat de la colonne dans laquelle le sosie attend. Moelsheim et La Roche, par sûreté, sont avec lui. Sous la pression des hommes de Cartelinches, brusquement s'enfonce la portière dissimulée. Par les énormes poignes de Cartelinches lui-même, Louis est projeté dans la colonne au côté du sosie ; Moelsheim et La Roche saisissent ce dernier, le jettent sur Cartelinches qui l'empoigne, l'expulse et l'expédie dans la mêlée. Le pauvre Hippolyte devenu Capet, de poigne en poigne, se sent saisi par celle du colosse Santerre qui ne le lâche plus et avec les officiels le conduit vers la barre des accusés au pied du président Barrère. Sitôt les clameurs éteintes, il le lâche. Le sosie se retrouve face aux juges de Capet, et à son destin.

Dans la rue des Vertus s'engage la carriole ; elle passe la porte cochère des Cruzy, dans leur cour s'immobilise, rejointe par Moelsheim, Fromone et Malaval qui sautent de leur cheval. Rose et Louise patientaient derrière les vantaux ; elles les repoussent aussitôt. Dans la cour les attend la voiture dont Philibert retient les chevaux par la bride ; à son côté languit Achille. Charvériat et Irène en descendent. Avec le plus de délicatesse possible, les sept gentilshommes réunis en un seul effort retirent la futaille de la carriole ; André Cruzy, déjà maître dans le métier de son père, en fait sauter le fond. Les gentilshommes forment haie pour saluer et abriter la sortie de leur maître ; avec douceur, presque tendresse, un infini respect, ils l'aident de leurs mains à s'extraire de la futaille, saluent comme à Versailles, l'installent dans la voiture préparée pour le voyage. Irène l'y rejoint, seule assise avec celui qui désormais s'appellera Hippolyte Moulouses. Pour pratiquer ce qu'elle doit, l'isolement à deux est nécessaire ; nul ne doit être témoin de son office de courtisane. Sur la banquette, Vergezac prend les rênes ; Philibert saute sur Achille qui d'impatience piaffe d'ouvrir la route avec son maître. Moelsheim, Charvériat, La Roche, Fromone, Malaval, à cheval et armés jusqu'aux dents, trottent derrière la voiture, suffisamment espacés pour ne pas donner l'éveil. Rose et Louise rouvrent les vantaux, les gentilshommes les saluent du haut de leurs chevaux, et toute la famille rend le salut à la voiture qui déjà franchit la porte car il ne faut pas comme à Varennes perdre le moindre instant. Philibert sur Achille s'est engagé rue des Vertus, elle est libre, il part devant. Vergezac à son tour y conduit la voiture, suit Philibert de loin. Un à un passent sous le porche les cinq autres gentilshommes. Rose et Louise referment les vantaux.

II

Isabelle

Il est quatre heures de l'après-midi. En cette fin du onze décembre 1792, le ciel glauque rend le jour déjà sombre ; si gris, si bas, qu'un rideau semble tendu devant les fenêtres des Parisiens inquiets du procès. Dans les rues désertées, des silhouettes furtives se glissent, cherchent la porte où elles se rendent.

Vergezac met l'attelage au trot. Il faut aller vite maintenant, sortir de Paris. Les sept et leur protégé, assis dans la voiture avec Irène, passeront la nuit dans la forêt de Fontainebleau, abrités au secret du relais de la gorge du Houx où souvent allait le roi, accompagné seulement de quelques gardes-françaises, dont Philibert de Ceyssac et le vicomte de Vergezac.

Philibert sur Achille se retourne, s'assure que le suit la voiture. Il ne s'agit pas de renouveler les fautes et maladresses de la route de Montmédy, aucune minute n'est à perdre. Il descend la rue du Temple jusqu'au pont au Change, traverse la Cité presque vide de son peuple, s'engage sur le pont Saint-Michel, prend à sa sortie son boulevard éponyme jusqu'à celui de Saint-Germain, toujours au trot, et au-delà jusqu'à la porte d'Italie. Il passe celle-ci, prend le galop jusqu'à Corbeil, puis Melun, puis la Table du Roi à l'entrée de la forêt où les jours de chasse royale la cour déjeunait sur l'herbe. Philibert y emprunte au carrefour herbeux la route ronde, les gorges de Franchard puis celle du Houx. Le pavillon de chasse les y attend, envahi de ronces, de pousses d'arbres de trois ans, de fougères et hautes herbes brunies des premières gelées. La dernière chasse à Fontainebleau est du premier d'octobre 1789 ; c'était ce fameux jour où les officiers des gardes du corps à l'issue d'un banquet trop arrosé avaient porté leur dernier toast à la reine plutôt qu'à la nation. Le feu en avait été mis aux poudres et une foule de femmes surexcitées où se reconnaissaient des hommes déguisés, étaient accourues à Versailles réclamer et ramener à Paris le boulanger, la boulangère et le petit mitron. Le roi ne voulut pas que l'on tirât sur elles. Depuis, les chasses royales avaient cessé et les herbes folles envahissaient le pavillon de la gorge du Houx. Même le jour, il était difficile à repérer parmi les roches, les grands chênes, les hêtres et les bouquets de bouleaux. Sous les frimas, la forêt semblait de bronze argent ; en cette fin d'automne, elle savait qu'elle allait mourir et mettait sa plus belle robe. La nuit, le pavillon est invisible de ceux qui l'ignorent. La montre de Philibert indique huit heures du soir. Silencieux, les gentilshommes écoutent. Dans la voiture, Louis, ignorant son prénom Hippolyte, se retrouve éveillé, la poudre des dames blanches a cessé son effet. Il tente dans le noir de deviner les traits d'Irène qui le couve des yeux. Tous deux restent immobiles, silencieux. Elle ne l'approche pas, même du bout des doigts ; traits pour traits il est Hippolyte Moulouses et cependant Charvériat l'a prévenue qu'il était autre. Au travers des vitres de la voiture, se dessine la lune levée, presque pleine ; elle éclaire le ciel comme une mer sans fond. Cependant des nuages, très bas sur l'horizon, sombres dans leur milieu et brillants sur les bords, comme sur une eau tranquille glissent sur la cime des arbres.

Les roues écrasent les ornières ; dans les fondrières les chevaux plongent leurs sabots parfois jusqu'au boulet, font fi des ronces et des basses futaies qui en trois ans ont envahi le chemin forestier devenu sente à sangliers. Achille, de mémoire, s'arrête, lève la tête, dans l'air froid promène ses naseaux qui soufflent leur buée, reconnaissent les parfums. Vergezac immobilise son attelage, les gentilshommes rejoignent et encadrent la voiture.

Moelsheim, qui courait le dernier, affirme qu'ils ne sont pas suivis.

C'est une construction en U, de plain-pied, en simples briques d'argile rouge dont la couleur dans la nuit ne se distingue pas. À tous les vents, une remise est ouverte ; Vergezac y abrite la voiture. Philibert saute du haut d'Achille, suivi des autres gentilshommes. Ils s'approchent de la portière, l'ouvrent, mettent bas leurs chapeaux qu'ils portaient sur la route. Charvériat donne la main à Irène, l'emmène à part devant la porte d'entrée :

– Comment s'est-il comporté ?

– Il n'a pas bougé depuis son réveil.

– Dès ce soir tu le rejoindras dans sa chambre et si possible dans son lit avec la poudre rouge et la pommade noire. Tu sauras t'en servir ?

– Bien sûr !

– Fais parfaitement ton office ; profite des repas pour verser la poudre dans son vin.

– J'en fais mon affaire.

– Vergezac nous a confié son estime pour toi.

Dans la nuit Irène sourit, sûre de l'effet de ses talents, curieuse de découvrir l'aptitude à apprendre de son élève.

– N'oublie pas de ne l'appeler qu'Hippolyte Moulouses. Il ne se nomme plus autrement ; nous allons devoir le lui apprendre.

Tous deux reviennent à la voiture comme Louis en descend.

– Mon cher Philibert ! Vous êtes ici ?

Gêné, Philibert s'incline :

– Hélas, je ne peux plus honorer mon roi de son titre ; vous le savez ?

– Mon petit dauphin m'a transmis les messages qu'il récupérait sur le bord de notre unique et minuscule fenêtre au Temple, enroulés sur les pattes des pigeons de Vergezac et Cartelinches.

– Très bien. Il est indispensable pour votre sûreté et l'avenir de la monarchie que vous vous nommiez Hippolyte Moulouses, citoyen Hippolyte Moulouses, et ceci jusqu'à ce que le vent de l'histoire vous ramène sur le trône avec votre titre et votre royaume ; ne l'oubliez surtout pas. Autre chose incontournable : soyez aimable avec votre compagne de voiture, écoutez-la en tout. Aimez ce qu'elle vous apprendra, votre salut est là. Elle ignore qui vous êtes, vous appelle Hippolyte Moulouses.

Tous maintenant s'approchent de la porte d'entrée. Charvériat tente de l'ouvrir :

– Cette diable de serrure me paraît coincée, je n'ai pas de clé.

– Laissez-moi faire, intervient Hippolyte. L'un d'entre vous a-t-il un poignard ou peut-il me prêter la pointe de son sabre ?

Moelsheim par la pointe présente son poignard.

– Merci, mon ami.

De la pointe de la lame Hippolyte gratte la rouille de la serrure, force le pêne qui cependant résiste.

– Puisqu'elle ignore la douceur, elle va connaître la force

Malgré le régime du Temple, il demeure à Hippolyte l'essentiel des forces herculéennes qu'adolescent déjà il possédait. Il appuie son épaule droite contre la porte, ploie ses genoux, force de ses jarrets, de ses reins, de son épaule. La porte suffisamment se plie pour dans la gâche donner de l'espace au pêne. Hippolyte y enfonce la pointe de la lame, prend le pêne à revers, le repousse dans la gâche. Si fort l'hercule a poussé que la porte s'enfonce ; pour ne pas tomber, Hyppolite doit se rétablir des bras au cadre de celle-ci.

– Voyez-vous, s'exclame-t-il fier de lui devant Irène et les gentilshommes, elle n'était pas si solide !

Eux ne sont pas surpris, l'ont vu à l'œuvre sur le chantier de construction du Petit Trianon ; il portait seul des poutres et des pierres pour donner l'exemple aux maçons. Mais Irène demeure époustouflée, se demande si cette nuit elle ne sera pas étouffée lorsqu'il sera sur elle.

La lune éclaire la nuit mais ne permet pas tout d'abord de distinguer l'intérieur du pavillon. Charvériat va quérir dans le coffre de la voiture la lampe prévue parmi les ustensiles nécessaires au voyage ; il sort son briquet, allume la mèche.

À part la poussière accumulée et les toiles d'araignées dont pour une nuit ils feront avec, rien dans le pavillon n'a changé, n'a été déplacé. Fromone et Malaval ont retiré du coffre un grand panier de provisions qu'ils posent sur la table devant la cheminée ; après trois années sans feu, s'en dégage une âcre odeur de suie froide et humide. Vergezac, qui connaît bien les lieux, saisit un fagot de bougies rangé à gauche sur le manteau de la cheminée. De fait, des bougies à peine consumées garnissent encore les chandeliers et bougeoirs disposés en permanence ; il allume une bougie à la lampe puis avec cette flamme toutes les autres. À leur lumière revit la salle où le roi casse-croûtait avec ses compagnons de chasse ; il semble aux gentilshommes et à Hyppolite que recommence la monarchie. Discrètement, profitant que leur ancien maître semble rêver, Charvériat et Irène chacun saisissent une bougie, l'allument, par l'escalier de hêtre montent à la chambre y préparer le lit avec les draps propres apportés pour cela, allumer les bougeoirs, répandent le parfum aphrodisiaque des dames blanches que toujours la courtisane porte sur elle dans un flacon si minuscule que sa gorge le cèle. Il faut pour les talents d'Irène une atmosphère propice. Comme souvent il le faisait, Philibert descend par l'escalier au recoin où s'abrite la cave, se remémore les goûts de celui qui était roi, choisit quatre bouteilles ; sous la poussière, il devine les mots : tokay ; remonte et devant Hippolyte les pose sur la table que Malaval termine d'essuyer. D'une malle d'osier, Fromone sort deux pains, un pâté, une belle tranche de brie ; Moelsheim dans un vaisselier a trouvé des couverts et lorsque de la chambre redescendent Irène et Charvériat, déjà les verres sont pleins, le pain tranché, par La Roche le pâté découpé.

– Citoyen Hippolyte Moulouses, dit Philibert en riant, faites-nous le plaisir de vous asseoir !

– Merci ma bonne amie, merci messieurs, merci pour tout mes amis, répond-il d'abord à Irène et ensuite aux gentilshommes.

Charvériat augure bien de cette chronologie. Sans même prendre le temps de le dépoussiérer, le nouvel Hippolyte s'assoit sur un fauteuil ; les autres l'imitent sur les chaises.

Vergezac entre alors :

– J'ai soigné les chevaux, y compris Achille ; le foin, la paille, l'orge, l'avoine, datent de quatre ans mais cela ira pour cette nuit. La porte de l'écurie n'était pas fermée à clé mais personne n'est venu pendant toutes ces années, pas même des amoureux sur la paille, ajoute-t-il goguenard. La source derrière le pavillon abonde toujours l'abreuvoir, je les ai fait boire.

– Quand je pense à mes treize cents chevaux de ma grande écurie et aux onze cents de ma petite ! Enfin, il nous faut oublier tout cela. À propos Ceyssac, comment se porte Achille ? J'ai appris que grâce à lui vous aviez pu heureusement quitter les Tuileries ?

– Oui, il avait tout senti et peut être compris ; dès l'invasion du château dans l'après-midi, il bondissait à ma demande à travers les massifs après avoir sauté les terrasses. Retrouvant des passages qu'ignoraient les émeutiers, nous avons fui au travers des jardins du Carrousel et du Louvre. J'ai rejoint le pont Neuf. Par le même itinéraire que celui d'aujourd'hui, nous avons pu quitter Paris. Je n'ai mis que neuf jours à rejoindre Ceyssac, Achille est fantastique. La nuit, nous nous terrions dans les forêts. J'avais ôté de mon habit tous les parements des gardes-françaises et autres distinctions qui auraient pu me faire reconnaître.

– Vous êtes des braves, Messieurs. Si seulement toute ma noblesse s'était comportée comme vous plutôt que de m'abandonner en émigrant !

Hippolyte frissonne.

– Il ne fait pas chaud ici, l'humidité est partout.

– Oui, réplique Moelsheim, mais nous devons nous passer de feu. Le risque ne peut être pris de laisser sortir de la fumée par la cheminée ; on ne sait jamais.

– Heureusement, ma cave abritait le tokay pour nous réchauffer !

Et Hippolyte lève son verre, propose un toast à chacun avec pour Irène un sourire attentif. Les verres se choquent, Hippolyte hume le sien, admire la robe sang derrière la feuille de cristal, car les verres du roi sont de cristal, mouille ses lèvres, y passe sa langue, s'emplit la bouche et le plus longtemps qu'il peut garde le nectar sous le palais et au fond de la gorge pour parfaitement le savourer.

– Il est bon à en pleurer. C'est bien le tokay de mon beau-père. Quand je pense que ce sont les bouteilles vides de ce vin jetées par la portière de la berline sur la route de Montmédy qui ont permis de nous suivre à la trace ! Décidément, nous n'avons commis que des erreurs !

Le silence se fait prégnant ; personne n'aurait voulu évoquer ces maladresses que le nouvel Hippolyte venait de si bien rappeler. La monarchie finissante n'avait commis que des erreurs, pire, des fautes.

À la fin du repas, gosier rafraîchi et estomac garni, Hippolyte serait bien allé dormir. Dans sa chambre, son lit devait l'attendre, puisque lorsqu'il était roi, sur son ordre, à tout moment il devait pouvoir venir ici. À peine sa main se pose devant sa bouche, que le sommeil semble le prendre.

– Je vais vous conduire à votre chambre, lui propose Charvériat. Avec Irène, tout à l'heure nous l'avons visitée, rien n'y est changé. Les draps propres que nous avons mis sont un peu humides, mais vous les réchaufferez. Et puis, à la guerre comme à la guerre ! Mieux vaut cela que ce que vous savez.

Hippolyte soupire, se lève, suit Charvériat qui emprunte l'escalier ; chaque marche pleure de reconnaître le pas de son maître. Charvériat vrai serviteur lui ouvre la porte de la chambre. Le lit à baldaquin tendu de velours rouge est là, s'offre tel qu'il était, nonobstant la poussière et quelques toiles d'araignées. Sur le manteau de la cheminée, dans les trois chevets d'argent brûlent sans fumée les bougies de cire blanche. Charvériat s'incline, souhaite la bonne nuit, sort, referme la porte.

Pauvre Hippolyte Moulouses ! Le voilà seul. Il pense à Antonia, à sa fille de onze ans, qu'il appelait Mousseline, à son petit dauphin, Louis, que sa mère appelait Chou d'amour. Il se souvient de leur premier enfant, mort en mai 1789. La cour lui demandait de s'occuper de politique et il venait de perdre son fils aîné. Triste métier de roi. L'en voilà débarrassé.

Doucement grattent à la porte des doigts qu'il devine de femme. Sans attendre de réponse, Irène entrouvre puis entre.

– Je suis chargée par ces messieurs de vous aider pendant votre voyage.

Hippolyte, déjà, avait commencé de se déshabiller ; pudique, il s'étonne, pour ne pas dire s'offusque.

– Mais madame, je n'ai besoin de nulle aide ; au Temple, je me suis habitué à m'en passer. Et d'abord, il ne me souvient pas vous avoir dit d'entrer.

Irène dissimule bien sa vexation des remarques de cet homme. Charvériat l'avait prévenue : sa mission d'accompagner au retour le second Hippolyte Moulouses serait plus difficile qu'à l'aller avec le premier. Elle sait qu'elle sera très bien payée, et même plus si elle réussit. Sa fierté de courtisane veut montrer tout son savoir. Elle sourit, se fait câline.

– Je suis payse de monsieur Vergezac, j'habite Le Puy où il demeure.

– Le Puy ? C'est le Velay ? Le pays de la lentille et de l'agnelle noire ! Des sucs et des volcans éteints !

– Vous connaissez Le Puy ?

– Je connais parfaitement toute ma géographie... (il faillit dire : de mon royaume)... de France et même plus.

C'était exact : sans jamais voyager, nul mieux que lui ne connaissait son royaume. Sauf pour la chasse, rarement il quittait Versailles ; mais lors de son seul voyage, en Normandie pour inspecter la flotte à Cherbourg, il avait stupéfié les villageois et les marins des connaissances qu'il avait de leur pays. Il savait tout.

– Je vais vous préparer à ne pas être reconnu à Ceyssac, le hameau au pied du dyke et au bord de la Ceysse où vous vivrez en paysan ; leur peau, exposée tous les mois de l'année au soleil, au vent, à la pluie, à la neige, au grand air, ne présente pas la blancheur de la vôtre !

Doucement, comme une femme sait le faire, elle lui prend la main droite, la caresse si bien qu'il la lui abandonne. Autour du cou elle lui passe son bras libre et de sa bouche souffle l'ardeur d'un baiser. Il se laisse embrasser et ses yeux abaissés voient pointer la petite baie rosée d'un sein rond comme l'orange. Jamais comme cela, de si douce façon, Antonia avec lui ne s'y était prise.

– Donnez-moi votre main gauche et vos deux bras, je vais les oindre d'une pommade.

Elle prend l'initiative, ôte la veste, retrousse les manches de la chemise. Tant les yeux d'Irène pleurent l'amour qu'Hippolyte se laisse faire. Si seulement cet homme avait eu une maîtresse, peut-être serait-il encore roi ! Pas plus haut que le coude ne remontent les mains d'Irène. Jamais le jour les paysans ne se dévêtent complètement, ils savent quel ennemi est le soleil. La courtisane saisit le pot que Charvériat tout à l'heure a déposé sur le manteau de la cheminée, le débouche, trempe deux doigts dans la pommade dont elle retire la grosseur d'une noisette, l'applique sur les mains d'Hippolyte. De sa jolie menotte, elle étale l'onguent, en masse la peau trop blanche. Est-ce le liquide rouge des dames blanches versé indûment pendant le repas dans son verre de tokay ? Est-ce la tendresse qu'insuffle la main si douce ? Hippolyte tout doucement abandonne la sienne, ressent comme un désir. Son autre main s'ouvre large, prend l'avant-bras d'Irène, jusqu'au coude le remonte, le caresse, le palpe, peut être le pelote, de ses gros doigts maladroitement pense le câliner, dans sa paume ressent des frémissements, remonte encore un peu, jusqu'à l'épaule enfin que laisse nue le simple bustier d'Irène. La main d'Hippolyte caresse goulûment et de plus en plus en ressent du plaisir. Irène entreprend l'autre main et Hippolyte change de même. Sur le décolleté, généreux sous son nez, les yeux du gros homme se portent. L'experte Irène reprend une noisette de pommade, ses doigts en appliquent une moitié sur chacune des pommettes. Pour entreprendre le visage, de ses deux mains elle le saisit, plante entre ses seins sublimes le gros nez qu'elle ignore bourbonien. Est-ce le liquide rouge ? Est-ce la posture ? Ne serait-ce pas plutôt l'expertise d'Irène ? Hippolyte se laisse aller à faire avec la courtisane ce qu'avec la reine jamais n'aurait osé. Il applique sur les fesses coquines ses deux mains pommadées, les pétrit comme pâte. Les mains descendent aux chevilles, remontent au long une jolie jambe amoureusement habillée de son volant de soie. Elles retroussent la jupe, de même le jupon, caressent la peau nue des cuisses et puis plus haut ; Irène rien ne porte dessous. La courtisane dévoile à Hippolyte le buissonneux de son entrecuisse dans l'entrebâillement de ses dessous. Elle sait bien que pour séduire le nu requiert mystère, que tous ses charmes cachés puis découverts échaufferont Hippolyte. Tout cet art ajouté aux effets du rouge élixir des dames blanches fait exploser cet homme trop sage. Irène n'en revient pas. Elle sait l'excitation que chez madame Solange au Puy elle produit, connaît tous ses talents sur les hommes fatigués. Peut-être la longue abstinence que Vergezac a mentionnée chez le second Hippolyte provoque-t-elle le même effet que sur les terres longues années de jachère ? L'homme maintenant se montre plus qu'échauffé, le souffle mâle affole Irène, de plus en plus entreprenantes se font les grosses mains. Irène recule, pose sur le chevet le flacon de cristal où veille la pommade noire pour que pendant l'étreinte il ne se brise pas. Jusqu'au lit il la pousse et enfin l'y bascule.

Le premier, Philibert est réveillé par ce moment particulier qui filtre au travers des volets et que l'homme appelle l'aube. Pour lui, c'est l'heure bleue, frontière de la nuit et de l'aurore. Ce matin sur la forêt le ciel est clair, dans le plus absolu silence la vie sous les étoiles ne concède que quelques instants de trêve. Il se lève, secoue ses compagnons ; comme lui ils ont dormi sur les chaises. Le pavillon ne comporte qu'une seule chambre, celle pour le roi, au cas où. Des phalanges de ses doigts repliés, Vergezac en heurte la porte, c'est Irène qui répond.

– Un instant !

– Tout va bien ?

– Tout va bien.

Peu après s'ouvre l'huis, Irène rejoint les gentilshommes. Sept regards l'interrogent :

– Je ne sais s'il convient de remercier l'élixir rouge, mais au lit Hyppolite se comporte tel un diable amoureux !

Ils se taisent car Hippolyte sort de la chambre.

Ils approchaient d'Yssingeaux, venant de Monistrol-sur-Loire, premier souvenir en Velay de la reine Margot. Devant eux se dressaient les sucs que Philibert dut expliquer, cônes des volcans éteints, recouverts de forêts au milieu de hautes collines elles-mêmes enforestées. Parmi elles, de vastes clairières permettaient des champs où des fermes se distinguaient. La lumière du soleil inondait au galop quelques falaises de sucs et les pentes des collines, éparpillait les ombres et les lumières sur les champs cloîtrés de haies, les cours des fermes vivantes de volailles claires et noires. Le soleil ne déformait pas les images mais avec netteté découpait chaque chose : les troncs des arbres, les branches mortes, les cailloux sur le chemin et surtout dans les prés les vaches occupées à rattraper ce que la nuit elles n'avaient pu brouter. Le visage derrière la vitre, Hippolyte, élevé dans les plaines de Versailles, s'émerveillait de ces reliefs sauvages, à peine apaisés de l'érosion des millénaires.

Philibert leva une main, desserrant l'emprise de ses jambes arrêta son brave Achille. Les autres l'imitèrent. Vergezac d'une pression des rênes immobilisa la voiture dont Hippolyte pour aucune raison ne devait sortir. Il eût été trop bête de se faire reconnaître à quelques heures de l'arrivée. Il se contenta pour entendre Philibert de manœuvrer la crémaillère et abaisser la vitre de la portière.

– Mes amis, si tout va bien, ce soir je vous recevrai dans mon château de Ceyssac. Il se trouve fort délabré et vous n'y trouverez que le confort des ombres du Moyen Âge d'où remonte ma baronnie ! Elle aura bientôt mille ans ! Le temps de Charlemagne ! Presque rien n'a changé depuis sa construction. De fait, il s'agit davantage d'une forteresse troglodyte que d'un château, mais capable encore de soutenir un siège. Si quelqu'un voulait nous chercher noise, je lui souhaite bien du plaisir !

– Si je comprends bien, interroge Hippolyte depuis la voiture, votre château est une citadelle ?

– Vous pouvez dire un nid d'aigle, car construit en un lieu inexpugnable, au plus haut d'un jet de laves refroidies de nos volcans d'Auvergne. Ils ont craché leurs feux depuis un million et demi d'années au moins. Leurs laves se sont solidifiées en rocher appelé dyke et le château de mes ancêtres s'élève à son sommet. Du haut de son donjon, nous voyons tout le pays. C'est ainsi que le baron mon père a repéré votre sosie. Sous la citadelle, creusées dans le dyke par les Celtes, bien avant l'invasion de César, se nichent plusieurs grottes aménagées en salles servant de magasin, d'écuries, de casemates, et surtout d'asile aux familles du village pendant les guerres de religion. Plusieurs servent de logement à ma famille dont une de salle d'armes. Le donjon et ses tours sont encore équipés de meurtrières, mâchicoulis et créneaux. Un pont-levis toujours en état de fonctionner en contrôle l'accès.

– Et ce joyau féodal appartient à votre famille depuis son origine ?

Philibert laisse errer sur sa bouche un rictus sardonique.

– Elle en a été dépossédée sous votre aïeul Philippe Auguste par la famille Polignac.

– Déjà elle ! sursaute Hippolyte sur son siège.

Mais il garde si mauvais souvenir de la maléfique princesse éponyme auprès d'Antonia ! Souvent, quand il ressasse, il considère la princesse, ses intrigues et son avidité, comme responsables de la vindicte des Parisiens pour la reine et la royauté. Les libelles injurieux la désignaient la Polignac !

– Sous votre plus récent aïeul le Roi Soleil, le prince de Polignac délaissa ce château. Ma famille s'y réinstalla sans bruit. Mais assez parlé ; l'étape est encore longue d'ici à Ceyssac si nous voulons y dormir ce soir. En route messieurs !

Après Yssingeaux il fallut grimper le col du Pertuis, redescendre sur Saint-Hostien, traverser les carrières de Blavozy pour ensuite découvrir la ville du Puy.

– Vous verrez, dit Philibert désignant de la main les trois flèches de lave durcie dont deux supportaient l'une la cathédrale et l'autre la chapelle d'Aiguihle, mon château se trouve posé de même !

– Eh bien, cher ami, hâtons-nous pour découvrir ce prodige ! Et Hippolyte, par le cordon, agaça Vergezac pour qu'il relance les chevaux.

À la sortie du Puy, vers la porte Pannessac, Philibert prit par Espaly puis commença de grimper la longue route conduisant à son village. Passé le pont sur la Ceysse, apparut au loin une vaste muraille surmontée d'un donjon émergeant d'une nappe de brouillard. Poursuivant l'ascension du chemin par les Vigneaux, il voyait les formes s'en préciser. La muraille crénelée se révélait un sommet rocheux ; son avancée fortifiée s'arrondissait d'une tour émergeant d'un lointain horizon de verdure. La Ceysse, encore ruisseau plutôt que rivière, lui servait de ceinture.

Plus ils s'en approchaient, et plus la façade rocheuse apparaissait inabordable. Les parois de basalte, éclairées de gemmes au soleil finissant, faisaient office de murailles. Les deux tours en avancée, construites comme le donjon de pierres grises et moussues, montraient leurs meurtrières ; et bien présomptueux serait leur attaquant ! Sous elles, une chapelle creusée dans le roc et dont le clocher en peigne soutenait deux robustes cloches, s'ouvrait côté château pour les seigneurs, côté muraille pour les villageois par un escalier taillé dans le basalte. Au pied de cette forteresse le village se tenait à l'abri ; alentour prenaient leurs aises des fermes entourées à perte de vue de prairies grasses et champs bien cultivés.

Il est cinq heures du soir. Sur les dernières feuilles mordorées mais tenaces au bout des branches qui tout le jour avaient quêté un froid soleil d'hiver, le soir s'apprête à tomber. Une ombre crépusculaire envahit le val de la Ceysse puis monte vers Ceyssac. Les arbres, les haies, parfois les fermes de pierres grises, deviennent indistincts et trompeusement s'enchevêtrent les uns les autres. Vergezac tient les rênes, peine à suivre des yeux Philibert sur Achille. Pour ne pas se perdre de vue, les cinq autres gentilshommes se rapprochent, se resserrent. À peine une semaine a suffi depuis le pavillon de la gorge du Houx au cœur de la forêt de Fontainebleau pour rejoindre Le Puy. Toutes les nuits, tous les jours, dans la voiture, Irène a pommadé les mains et le visage d'Hippolyte. Enamouré, béat, il se laissait faire. Merveille a fait l'onguent noir des dames blanches ; la peau paraît tannée, durcie. Une vraie peau de paysan. À chaque repas, dans le vin, sans qu'il s'en aperçût, Irène versait l'élixir rouge. Toutes les nuits elle l'initiait ; Hippolyte devenait merveilleux amant. Julie ne sera pas déçue, mais il ne la rencontrera pas sitôt arrivé. Le temps nécessaire pour lui d'apprendre à se montrer vrai paysan de Ceyssac, devenir un authentique Hippolyte Moulouses. Philibert le gardera en troglodyte à l'abri médiéval de la forteresse enracinée sur le dyke. Thomas-Antoine de Ceyssac depuis deux nuits tient abaissé le pont-levis. Il sait que les gentilshommes et le roi – le baron ne peut encore se faire à l'imaginer Hippolyte – ne doivent arriver que de nuit et ne peuvent guère tarder. Irène les aura laissés au Puy ; Marie-Anne de Ceyssac et ses filles Anne-Françoise et Mélanie, malgré qu'elles se félicitent du rôle déterminant de la courtisane, auraient peu goûté sa présence au château. Sur Achille, Philibert se remémore la route faite ; la chance leur a souri, pas d'incident notable, pas de contrôle sérieux. Toutes les nuits, ils trouvaient à se cacher. Hippolyte avec Irène restaient dans la voiture. Lui et ses compagnons faisaient se coucher leurs montures ; serrés entre les chevaux douillets, ils dormaient roulés dans leurs manteaux. Par contre, chaque jour ils s'octroyaient une halte dans une auberge pour les soins de leurs chevaux et un repas chaud. Seuls Hippolyte et Irène ne se montraient pas, demeuraient rideaux tirés dans la voiture. Par les louis d'or, le profil bourbonien pouvait être reconnu ; il ne s'agissait pas de recommencer Varennes. À chaque fois on commandait à l'aubergiste un panier bien garni sous un prétexte nouveau et si possible plausible. Les gentilshommes du roi se rassuraient : la police ne semblait point surveiller, ne paraissait pas sur les dents. Apparemment la substitution n'avait pas été décelée.

En quittant l'auberge, on faisait pour les chevaux provision d'orge et d'avoine ; le soir ils refaisaient leurs forces. Même le temps se rangeait à leur côté : les grands froids se laissaient attendre, ne se manifestaient pas. Les nuits se faisaient froides, certes, mais sans morsure de gel, la neige ne se montrait point. Ces nuits passées cachés dans les forêts, les ruines, se révélaient incontournables ; mais à la guerre, c'eût été bien pire.

Arrivés au Puy, Charvériat avait compté à Irène les cent louis promis. Elle avait gagné en quelques jours ou plutôt quelques nuits ce qu'aucun paysan n'amasse en une vie. Mais le contrat par elle avait été si bien honoré ! Chacun des sept gentilshommes maintenant connaissait son adresse, trouverait porte ouverte : la maison galante du Pouzarot au-dessus de la place Cadelade, tout au bout des arcades, face à la rue de la Boucherie… Hippolyte une dernière fois avait embrassé les lèvres rouges, caressé la peau si douce. Dans la voiture, avant de descendre, doucement, tendrement, assise sur ses genoux, Irène lui avait susurré :

– N'oubliez pas Julie ! Au revoir !…

Elle posa ses petits pieds chaussés de soie brochée garnie de ruches sur le plancher de la voiture, en ouvrit la portière. Du bout de ses jolis doigts elle lui lança un baiser, s'éclipsa sous les arcades.

Achille de ses sabots frappe du pont-levis le tablier de bois qu'au son il reconnaît. La cavalcade et la voiture pénètrent dans l'immense salle souterraine où s'abritent les voitures, chars, charrettes et carrioles. Au fond, s'ouvre le passage creusé dans la roche rejoignant une seconde salle. L'odeur des chevaux, le parfum des litières révèlent l'écurie. Octave, Diane, Mésange et Hirondelle reconnaissent Achille, hennissent de plaisir. Philibert et les gentilshommes sautent de leurs montures. Par l'escalier intérieur, le baron est descendu du donjon ; avant même de l'embrasser, il interroge son fils :

– Tout va bien ?

– Tout va bien, père, il est là.

Ils s'embrassent, soulagés. Tous ensemble se saluent ; malgré le froid, d'émotion ils s'épongent le front. Vergezac prend soin de l'attelage ; les autres cavaliers, attentifs à la fumée sur la robe de leurs chevaux suants, les conduisent à l'écurie, les bouchonnent avec soin.

Le baron ouvre la portière, s'incline bas devant son maître qui descend :

– Surtout pas mon ami, vous allez nous trahir. Le baron de Ceyssac point ne s'incline devant le paysan Hippolyte Moulouses ! Vous voyez que je sais bien ma leçon !

Et il prend la main du baron :

– Merci, mon ami !

Comme à Versailles, le comte aurait tant voulu la baiser, mais il ne peut ni ne doit. Par tous les fenestrons, nul ne sait si Louise et Jacques, d'autres regards encore, ne jouent pas les curieux ! La baronne, Mélanie et Anne-Françoise, à leur tour se présentent ; la consigne vaut pour elles.

– Vite, Philibert, vous embrasserez votre mère et vos sœurs en haut, montons dans la grande salle.

Louise Fromont s'affaire en sa cuisine. Il est prudent qu'elle ne serve pas, ne puisse apercevoir Hippolyte ; jamais paysan n'aurait été invité à la table du baron. Devant l'âtre brûlant aux braises incandescentes, aux bûches pétillantes dont les flammes s'envolent, douze couverts sont dressés sur la nappe irréprochable de l'épaisse table en chêne.

– Maintenant que le repas est prêt, Louise, vous pouvez rejoindre votre logement et prendre votre soirée. Avec Mélanie et Anne-Françoise, nous servirons.

Ils sont ensemble, enfin. À Versailles, le baron et la baronne parfois le servaient ; tous les deux acceptent mal qu'à leur table ils ne puissent lui rendre l'hommage dû, ni surtout quand ils lui parlent l'honorer de son titre. Cependant il le faut pour s'y accoutumer, éviter par la suite toute erreur spontanée. Hippolyte les met à l'aise, les gentilshommes s'y sont faits.

– Ma famille me manque. Pour le reste, je serai heureux d'être paysan tant le métier de roi ne me plaisait guère. Toujours j'ai préféré le travail de mes mains ; Dieu sait pourtant si pour cela mon grand-père m'avait en pitié ! Dites-moi : m'avez-vous préparé un plan de la ferme, un portrait de

Charlotte, ma femme, ceux de mes enfants, de la fameuse Julie ? Il va falloir que je les reconnaisse.

– Avec ma sœur, nous avons pensé à tout, l'interrompt Anne-Françoise. Pendant ces dernières semaines, presque tous les jours nous trouvions prétexte à nous rendre chez vous.

– Chez moi ?

– Oui, chez vous, appuie Mélanie en riant !

– Ah ! c'est ma foi vrai, il faudra que je m'y fasse. Alors ?

– Sous un prétexte ou sous un autre nous croquions votre famille, relevions de tête le plan de votre ferme, faisions parler, notions tout. De retour au château, de mémoire et grâce aux croquis, nous peignions des aquarelles, car Anne-Françoise et moi possédons ce talent ; nous vous les montrerons. Mettez-vous-les bien en mémoire, elles vous seront d'une aide précieuse pour de suite reconnaître les vôtres. Nous connaissons vos habitudes, à quelle heure vous vous levez, prenez vos repas, allez dans vos terres, etc. Pour le voisinage, vous ne fréquentez point les Charlanches. Ce sont cependant des gens très sympathiques, mais que les Moulouses évitent. Au début, ne modifiez rien, gardez vos distances ; ensuite, vous verrez bien.

– Quand rejoindrai-je ma femme et ma nouvelle famille ?

– Dans trois jours, répond Philibert. Demain, incognito, pour repérer le pays, nous nous promènerons en voiture. Sur le siège du cocher, mes deux sœurs tiendront les rênes. Face à face nous serons assis dans la caisse, rideaux tirés. Vous écarterez votre rideau le strict nécessaire pour voir sans être vu. Vous pourrez repérer votre ferme, celles de vos voisins, vos terres, vos bois, votre femme et votre famille quand elles seront dehors, votre servante Julie, vos voisins et en particulier les Charlanches. Nous visiterons également le bourg de Ceyssac. Après-demain samedi nous nous rendrons le matin tôt au marché du Puy sur la place du Plot mais sans descendre de voiture. Je vous montrerai le cabaret où souvent vous allez. Par la suite il faudra à chaque occasion le fréquenter ; c'était le repaire de Moulouses. La semaine prochaine nous irons ensemble y boire pour en rencontrer les pratiques, causer avec vos compagnons de cabaret. Par la suite, vous pourrez prendre vos distances, y fréquenter moins souvent. Pour le moment, vous ne devez rien changer aux habitudes que les gens vous connaissent.

Hippolyte écoute, distrait ; tout cela, il s'y était préparé. La vraie question taraude son esprit :

– Et vous messieurs, demande-t-il aux gentilshommes, vous allez me quitter ? Comment comptez-vous agir pour ma famille prisonnière au Temple ? Il était convenu que vous veilleriez à la faire évader ?

– Vergezac va demeurer au Puy pour les liaisons par les pigeons, le renseigne Philibert. La Roche, Charvériat, Moëlsheim, Fromone, Malaval vont rester quelques jours à Ceyssac, au cas où. Ensuite La Roche retournera à son château pour le préparer à vous accueillir au cas où nous serions obligés de fuir si la substitution et votre refuge venaient à être découverts ; il faut toujours prévoir le pire, s'apprêter à la retraite. Les quatre autres rejoindront Paris afin d'aviser ce qui est possible pour l'évasion de votre famille.

– Par les pigeons, reprend Charvériat, nous vous tiendrons informé de tout ce que nous préparerons. Mais il faudra vous taire absolument, nous faire confiance aveuglément.

Il se fait tard ; comme à Versailles, comme partout, le sommeil prend Hippolyte.

– Messieurs, je vous remercie pour tout. Madame, montrez-moi ma chambre, je vous prie.

Il ne peut encore parler qu'en roi.

Marie-Anne se lève, accompagne Hippolyte. Point bégueule, elle connaît la vie. C'est elle qui a obtenu et ramené l'élixir rouge des dames blanches de la forêt du mont Devès.

– Excusez-moi, je ne me fais pas à vous appeler comme il est nécessaire. Sur votre chevet, j'ai déposé un verre de vin rouge des Vigneaux avec le flacon d'élixir. Continuez d'en prendre les gouttes en les versant dans votre vin. Dans trois jours vous dormirez avec votre femme et le jour vous ne devrez pas négliger Julie. Il ne faudra rien laisser soupçonner. Vous devrez paraître, les premiers temps du moins, un Hippolyte Moulouses plus vrai que lui !

Sous la bise mordante de ce début d'hiver s'inclinaient les grands arbres du val qui tout au long de la Ceysse descend à forte pente. À couvert des sous-bois effeuillés, quelques animaux en maraude froissaient les fougères passées. Outre sa famille, Hippolyte regrettait ses chasses. Depuis trois années, il n'avait plus chassé. Les bois de Verrières, sous Versailles et Paris, étaient ses préférés ; hélas, il ne les courrait plus. C'est dans ceux-ci qu'en mai 1789 il s'y était caché pour pleurer son enfant mort. Son capitaine des gardes, le prince de Poix, l'y avait découvert accablé, le visage baigné de larmes. Ce fut le seul secret qu'il lui fit jurer de garder.

L'air se faisait plus froid, les arbres terminaient de se dénuder, le val s'assombrissait, et s'embrumaient les sommets des monts enforestés. Ils étaient arrivés à temps à Ceyssac ; bientôt, sans doute, la neige blanchirait tout.

C'est Anne-Françoise qui tient les rênes, Mélanie à son côté ; les deux jeunes filles sont bien encapuchonnées, tout juste leur voit-on le bout du nez ! Dans la caisse de la voiture, Hippolyte se tient assis sur la banquette arrière, Philibert face à lui.

– Écartez le rideau. Voici le champ qu'en contrebas de la Ceysse l'avant-veille de votre départ vous avez labouré. À propos, savez-vous labourer ?

– Non, je l'ai vu faire par des paysans lors de mon voyage en Normandie ; j'avais donné ordre d'arrêter pour causer avec eux. J'aurais dû leur demander de me laisser essayer.

– Les labours d'automne sont terminés. Au printemps vous regarderez avec attention un paysan que je connais ; au besoin, je serai avec vous. J'aime les paysans, je connais tout de leur tâche, et pourrais tenir une ferme ! Tout cela, je le dois au dix août, au départ forcé des Tuileries. Depuis, je vis parmi eux.

– Être paysan me plaira plus que d'être roi ; jamais je n'ai pu me faire au trône. Si mon frère aîné n'était pas mort, il aurait régné et sans doute par la force écrasé dans l'œuf la Révolution. Mais jamais je n'ai pu me résoudre à ordonner de tirer sur le peuple. À Varennes, le marquis de Bouillé voulait faire dégager l'auberge et le village par ses dragons ; mais c'eût été du sang et je n'ai pas voulu.

– Ce qui vous a valu avec votre famille d'être ramené prisonnier…

Hippolyte Moulouses se tait, triste, amer, songeur ; une vie ratée. Il en existait tant qui voulaient être roi, et Dieu a voulu que ce fût lui.

– Autre point : vous aimez la vigne, êtes excellent vigneron, appréciez le vin ; chaque jour vous descendez à votre cave surveiller vos futailles. N'oubliez pas. Un jour, invitez-moi comme le faisait votre sosie. Je vous montrerai comment élever le vin : il grandit tel un enfant, un jeune animal, il faut l'élever.

Par le chemin creux qui passe la Ceysse sur un petit pont souvent enlevé par les crues et toujours relevé, la voiture s'approche d'un vieux lavoir ouvrant sur la rivière, construit de vieilles pierres, où les femmes, celtes, gauloises, gallo-romaines et toutes les femmes depuis ont pu rincer leur linge. Anne-Françoise tire sur les rênes, elle a reconnu Julie qui rince seule celui des Moulouses, profitant avant les gelées d'un ultime sursis pour une dernière lessive. Philibert pousse du doigt le rideau, dit à Hippolyte de faire de même :

– Regardez bien cette femme. Je descends lui parler pour vous la faire mieux voir.

Il ouvre sa portière, saute, la referme, s'approche du lavoir.

– Bonjour Julie !

Elle retire ses mains de l'eau trop froide, les essuie à son tablier.

– Bonjour monsieur Philibert.

– Soyez prudente, appelez-moi citoyen Philibert.

– Je ne m'y ferai pas. Vous êtes de retour ? Mon maître est avec vous ?

– Dites à votre maîtresse qu'après-demain je vais le chercher à la diligence du Puy. Nous arriverons chez vous le soir. D'après ce que je sais, tout va bien. Dites-moi, Julie, vous êtes de plus en plus jolie !

– Oh !, citoyen Philibert, si mon patron entendait !

Elle éclate de rire, montre ses dents blanches et ses lèvres à croquer !

Philibert galamment prend ses mains toutes froides, les réchauffe entre les siennes, y dépose un baiser.

Anne-Françoise et Mélanie se poussent du coude et sous leurs capuches se gaussent de voir leur frère faire le beau avec cette fille simple servante de ferme.

– À demain soir, Julie !

Il remonte en voiture, ferme sa portière, s'assied :

– Vous êtes du dernier bien avec cette fille, mon cher Philibert ! Je vous en félicite. Peste ! Il est vrai qu'elle est jolie en diable, et piquante, et aguicheuse si j'en juge par les œillades qu'elle vous adressait !

– C'est Julie, votre servante.

– Je m'en doutais.

– Dès après-demain, n'oubliez pas surtout de la cajoler, la lutiner, et même davantage, comme Irène vous l'a appris au relais de chasse et pendant le voyage.

– Avec la crémaillère j'avais un peu baissé la vitre : elle a une jolie voix, à charmer un prêtre réfractaire !

La voiture monte la route qui vient par Espaly. Philibert a fait un grand détour par Saint-Christophe, Vals et Le Puy pour faire accroire à Charlotte Moulouses qui sans doute surveille, que par Espaly ils arrivent du Puy où dans la matinée s'arrête la diligence qui descend de Paris par Clermont et Brioude. Sous sa chemise, Hippolyte Moulouses tâte sa ceinture où sont serrés les mille doubles louis. La jeune République avait tout modifié : les titres, le calendrier, la religion ; mais elle s'était gardée de toucher aux louis d'or, seule garantie à l'étranger de sa solvabilité. Les assignats, c'était bon pour le peuple, les naïfs. Ces morceaux de papier perdaient chaque jour de leur valeur : il en fallait de plus en plus pour acheter de moins en moins. Et rares se faisaient sur les étals les aliments à acheter. Le peu de pain noirâtre et terreux qui se vendait aux files d'attente des boulangers provoquait des douleurs intestinales et des irritations de la gorge.

La voiture enfin arrive à Ceyssac, passe devant la ferme des Charlanches, ignore la ruelle terreuse et bien mal empierrée entre elle et celle des Moulouses, tourne à droite et s'arrête devant la sienne à lui, Hippolyte. Philibert, d'une légère pression sur les rênes arrête les deux juments alezanes, saute du siège, ouvre la portière, glisse deux mots à Moulouses qui descend de la voiture.

Charlotte, qui guettait selon les dires de Julie et écoutait la voiture s'approcher, se tient devant la porte. Hippolyte est devant elle ; il approche sa bouche de la joue conjugale. L'épouse peu aimante et encore moins accoutumée à cette attention qu'elle attribue à l'absence, tourne et incline la tête pour recevoir le baiser qu'elle omet de rendre tant elle regarde plutôt la bedaine de son mari, cherche à y deviner la ceinture sous la chemise. Pour se rassurer de sa présence, elle ne peut s'empêcher de tâter. Dès l'épaisseur perçue son visage se soulage, de la tête elle salue Philibert, puis parle à son époux :

– Vous avez fait bon voyage ?

– Oui ma mie, comme vous voyez.

Sur le seuil de l'étable, leurs sabots englués de paille et de fumier, tels leurs portraits croqués par Mélanie et Anne-Françoise, apparaissent les trois fils, Odilon, Paulin et Gildas. Bon père, Hippolyte fait trois pas vers eux, ses fils font les autres. Les joues se frottent, les barbes d'un jour s'accrochent, les mains prennent les épaules. La mère ne souffle mot, ils ignorent la ceinture, un prétexte au voyage leur a été donné. À la fenêtre, au-dessus d'eux, un drap claque, Julie fait la chambre. Philibert lève la tête, bien sûr Hippolyte de même. Grâce aux leçons d'Irène, il sait parler à sa servante, même Charlotte présente.

– Comment se porte ma Julie ?

– Votre Julie va bien, Maître.

– Cela ne va pas recommencer ! lance Charlotte. Décidément, vous ne changerez jamais ; ne m'amenez pas à lui demander de me rendre son tablier. Pendant ces semaines, elle a été tranquille. J'aimerais bien que cela continue.

Odilon, l'aîné des fils, sourit. Bien vite par Julie il a été approché pour remplacer son père.

Mais au vrai, peu importe à Charlotte ; ce qui importe, ce sont les louis.

– Citoyen Philibert, entrez donc dans la salle, l'invite Charlotte impatiente du contenu de la ceinture.

Elle entre, Philibert suit, Hippolyte prend le temps de regarder, de repérer son chez lui. Les fils retournent à l'étable, point ne s'étonnent que leur père derrière eux referme la porte. Puis avec attention il vérifie combien les plans dressés par Mélanie et Anne-Françoise sont exacts, rigoureusement correspondent à l'emplacement des meubles, des objets qui seront siens.

Charlotte ferme au verrou la grosse porte d'entrée taillée d'un chêne ; bien longtemps auparavant, il ornait la cour de la maison forte. Elle tire les deux verrous des portes intérieures, celle qui donne sur l'étable et la cave, celle sur l'escalier des chambres où s'active Julie. Personne ne doit les surprendre, même pas les fils, et encore moins Julie, pour sûr. Tous les trois sont bien enfermés, Hippolyte s'y attendait. Sur un regard de Philibert, sans attendre, il se débarrasse de son manteau, ôte son gilet, déboutonne sa chemise, l'enlève, défait la trop lourde ceinture qu'heureusement il ne porte que depuis ce matin ; quel supplice si depuis Paris il avait fallu la supporter ! Jamais au grand jamais les mille doubles louis n'avaient quitté le trou creusé en nid de taupe dans les entrailles du dyke où la famille du baron serrait son or ; là seulement ils reposaient en sûreté : c'eût été folie de les risquer sur les routes ! Ils provenaient tous des ventes de gemmes extraites du cratère volcanique du Croustet contre louis sonnants et trébuchants.

D'impatience, Charlotte saisit la ceinture, presque l'arrache des mains de son époux, la pose sur la lourde table du même chêne entre ses bancs devant la cheminée. L'horloge vellave sonne six heures, puis répète ses coups. Maintenant il fait bien nuit, et bien sombre malgré les flammes de l'âtre. Du manteau de la cheminée Charlotte détache une chandelle collée par ses dégoulinures, l'allume à la flamme d'une bûche, la pose sur la table. À sa lueur, de la pointe de ses ciseaux dans ses doigts boudinés, elle coupe les coutures de la ceinture, en sépare les deux bandeaux de cuir. Les doubles louis s'échappent, roulent sur le bois sombre du plateau qu'éclaire leur or où se reflètent les flammes. Parfois ils sautent de la table, courent sur les dalles puis ralentissent leur course, s'épuisent, vacillent, et, fatigués, se couchent. Que c'est beau l'or ! Pour certains parlent les paysages, pour d'autres les visages : pour Charlotte, c'est l'or ! À lui seul il traduit tous ses désirs, exprime tous ses sentiments. Pour sûr, il ne sera pas dépensé. À quoi servirait-il d'avoir de l'or s'il fallait s'en séparer ? C'est comme si à leur naissance ses enfants lui avaient été retirés. Elle se baisse, légère et avide comme une pie, ramasse en un instant les brillants louis d'or. Antoinette était racée, Irène pouliche, Charlotte est une rapace. Ses mains ratissent, ses doigts saisissent âprement ; une fois gonflée jusqu'à ras bord la poche profonde de son tablier, elle ne peut plus se relever, l'or ramassé l'entraîne. Compatissants et désireux d'en finir, Hippolyte et Philibert, chacun par une épaule, la relèvent contre la table. Elle y entasse des piles de dix doubles louis, s'assure qu'elle en a élevé cent, en écarte dix pour elle, relève son tablier en poche, en fait glisser une moitié seulement, s'enfonce dans la grande armoire, disparaît et farfouille entre les vêtements pendus, les tiroirs et la double cloison de planches au fond de laquelle elle les place. Soulagée, elle s'extirpe de l'armoire, recommence avec la seconde moitié. Les deux hommes écoutent le bruit métallique des louis qui tombent sur d'autres louis. Philibert fait signe à Hippolyte de bien ouïr pour repérer. Charlotte recule, ses pieds ressortent, puis ses fesses pointues, puis le reste. La citoyenne Moulouses referme les portes du haut meuble, passe ses doigts dans ses cheveux comme pour se refaire une beauté après l'exploit de sa vie. Philibert une à une et sans les vérifier fait glisser dans les poches de son manteau les neuf piles qui sont les siennes. Les yeux de Charlotte à cette vision se durcissent, deviennent assassins.

Si son gros Hippolyte ne se montrait point si benêt, l'occasion serait belle d'assommer par-derrière le ci-devant, d'enfouir son corps sous le tas de fumier. Ni vu, ni connu. Qui saurait que Philibert est venu ? Il suffirait que les fils mènent vendre la voiture et les chevaux le prochain mercredi au Puy place Laurent pour s'en débarrasser sans perdre sur leur valeur et personne n'en saurait rien. Mais Hippolyte est lourd, ses fils honnêtes et Julie trop curieuse. Elle s'en veut de n'avoir pas préparé le coup. Avec des patriotes de sa connaissance, tout eût été possible. Encore qu'un ancien garde-française sans doute se batte bien. Mais un coup de masse par-derrière…

« Embrasse ton ennemi si tu ne peux l'étouffer. »

– Vous allez bien goûter le vin de notre dernière vendange ? Il n'est pas encore fait, mais il promet. Pendant l'absence de son père, Odilon s'en est occupé.

L'occasion est trop belle de montrer qu'il est bien Hippolyte Moulouses, chez lui. Il se dirige vers la porte de la cave, tire le verrou que Charlotte avait poussé, voit la porte de l'étable se refermer, est certain qu'un fils au moins a écouté, et sans doute de même Julie dans l'escalier.

À Versailles avec Antonia ils faisaient appartement à part. Par un long couloir, leurs deux chambres se rejoignaient. Pour le devoir conjugal, assurer la lignée, c'était lui qui la visitait.

À Ceyssac, dans le même lit et bien sûr la seule chambre, il dort avec Charlotte. Renseigné par Julie, Philibert lui a confié qu'ils se déshabillent en se tournant le dos, enfilent leur longue chemise de lin que sans doute Charlotte lui aura posée sur le dos d'une chaise.

Hippolyte attend qu'elle soit couchée, la rejoint, souffle sa chandelle ; elle-même déjà a mouché la sienne. De sa large main qu'il passe sous la nuque de son épouse, il saisit l'épaule droite puisque Charlotte prend la place à sa droite, puis de son bras solide il l'attire et la renverse sur lui, ventre à ventre. Charlotte ne s'y attendait pas ; cela fait bien longtemps qu'il la délaisse pour ses servantes et autres filles du village et des entours. À Ceyssac, il sera prudent. Avec Antonia, il fallait des préambules, des manières ; avec Charlotte il pratique comme Irène le lui a appris, trousse la chemise sur les fesses, roule Charlotte sous lui et lui sur elle ; surprise mais avide, malgré le poids qui la plaque, elle s'excite, elle s'échauffe. Leurs entrejambes s'exploitent avec rage, les cuisses de Charlotte s'écartent. Il faut le reconnaître ; de leur désir le sentiment amoureux reste bien absent. Sans vergogne il la pénètre et la fait jouir en jouissant mieux qu'il ne le faisait avec la reine, mais moins qu'avec Irène. Dans les épaules de son gros Hippolyte, Charlotte plante ses doigts, avec ses ongles le griffe. De plaisir et de reconnaissance, elle détend les doigts, caresse les épaules qu'elle découvre douces comme jamais, même aux premiers jours. La mémoire de ses paumes ne lui fait pas souvenir que velours était sa peau. Doucement, chaudement, tandis que le membre force en elle, Charlotte passe et repasse ses mains étales ; elle ne se souvient pas que ce dos à caresser fût si doux ; elle explore les omoplates, la crête de la colonne, les côtes sous la chair. Peut-être est-ce le repos de ces semaines ? Hippolyte gardait le dos noueux d'efforts. Cerise sur le gâteau, au bas de la pointe de l'omoplate gauche, elle découvre sous la pulpe du bout de ses doigts un grain de beauté dont elle ne se souvient pas. Même aux premiers jours de leur mariage où ils s'aimaient tous nus et la fenêtre ouverte au grand jour des après-midi trop chauds pour aller aux champs, jamais elle ne l'avait repéré, encore moins touché. Cela est impossible. Un grain de beauté ne pousse pas en deux semaines ; elle est bien certaine d'elle-même, son Hippolyte elle le connaît par cœur ! Les premiers temps, ils vivaient vrais amants. Il se retire, se tourne, s'endort, sans même un mot, à peine une caresse. Elle se met cul à cul, réfléchit, puis à son tour s'endort.

L'aurore apparaît tard fin décembre, et paresseux se font les coqs. Au premier chant, le jour est encore loin, l'aube n'a pas commencé de poindre, et pourtant la nuit n'est plus si noire, elle blanchit sur l'horizon velouté des hauts monts du Devèze.

Charlotte a peu dormi, attend d'Hippolyte un premier remuement. Il se tourne, s'éveille, pense à caresser le corps sous la chemise rabaissée, s'essaie à se lever.

– Reste au lit encore un peu ; pendant ton voyage, les fils tout seuls s'occupaient des bêtes.

– En ce cas... Hippolyte laisse une main sur l'épaule de Charlotte, s'efforce à se rendormir.

Charlotte ne repousse pas la main, poursuit sa réflexion : cette main sur l'épaule au matin, ce rendormissement, lui qui jamais ne demeurait au lit après le chant du coq. Il descendait retrouver sa Julie qui soufflait du boufadou à raviver les braises sous les cendres de l'âtre. Dès le grésillement du rouge, elle y posait des brindilles pour relancer le feu.

Derrière les volets maintenant le jour pointe, laiteux ; il éclaire les branches en givre, assoupies à hauteur de la fenêtre de leur chambre.

Charlotte n'y tient plus, saute du lit, pousse le volet de bois :

– Le jour est là ; lève-toi, maintenant.

Comme la veille, dos à dos, du moins le croit Hippolyte, le rituel reprend. Il ôte sa chemise, se met tout nu pour s'habiller. Charlotte a gardé la sienne ; sans se tourner pour bien l'observer, vers lui elle fait deux pas, pose sur le grain de beauté un index accusateur au bas de l'omoplate complice.

– Tu n'avais pas ce grain de beauté avant ton voyage ; je ne te le connaissais pas.

– Depuis si longtemps que tu ne me regardais plus !

Pauvre Hippolyte tout nu ! Vite sur la chaise il saisit la chemise de toile qu'il va porter ce jour. Mais Charlotte insiste.

– C'est curieux et bizarre. Je te connais bien. Un grain de beauté ne pousse pas à ton âge !

Elle minaude, le taquine, passe devant lui, le serre à la taille, ose ses lèvres sur sa bouche, l'amène à goulûment l'embrasser. Il lui rend son baiser comme Irène lui a appris. Antonia n'aimait pas, trouvait cela grossier, digne du peuple. Frémissante de la surprise, Charlotte sur ses lèvres garde le goût de sa salive, respire son odeur.

– Et puis, tu es bien amoureux depuis ton retour !

Il traîne sur la table quelques miettes, des verres vides. Après le déjeuner du matin, les hommes ont quitté la grande salle, sont partis à l'ouvrage. Hippolyte et Odilon en forêt vers la Combe, car c'est le temps du bois, Paulin et Gildas à l'étable : l'hiver est là, les vaches ne sortent plus ; avec les fourches de bois pour ne pas les blesser, ils écartent la litière devenue fumier ; ce fumier, ils le raclent, le brouettent derrière la ferme sur le tas, mettent de la paille propre pour une litière fraîche. Tout cela prend du temps. Charlotte a suffisamment pourvu Julie d'ouvrage à la souillarde avec les fromages à retourner puis à mettre à sécher pour être seule dans la grande pièce où elle s'est enfermée. Elle va à l'armoire, y entre, tire les tiroirs, saisit à poignées les louis déposés derrière les planches de vieux noyer taillées à la hache et dont est menuisée la double cloison qui fait fond. La veille, elle s'est contentée de faire des piles, n'a pas vérifié le nombre exact de louis ; sur la table elle les verse pour les recompter, mais aussi et surtout pour le plaisir de tous les toucher. Charlotte pince un louis entre le pouce et l'index, l'admire à la lumière du jour qu'offre la fenêtre vitrée. C'est le luxe de cette ferme, ancienne maison forte : des vitres sont aux fenêtres et non du papier huilé. Elle regarde l'effigie de celui qui était roi. Malgré la République, sur ses louis, il est toujours le roi. Elle regarde de plus près. Jamais elle n'avait tant regardé. Elle n'a pas de loupe, mais cela suffit. Elle imagine la perruque ôtée : le profil est celui d'Hippolyte. Avant son voyage, elle n'y avait pas prêté attention sur les louis économisés par ses soins. Elle retourne à l'armoire, s'empare de ses anciennes économies. Ils sont à l'effigie de l'ancien roi Louis XV, d'autres à celles de Louis XIV, quelques rares, les éponymes, montrent Louis XIII. Elle ne pouvait se rendre compte de la ressemblance. Elle ignore l'atrophie des dernières finances royales ; elles se trouvaient si mal en point que le plus longtemps possible il avait fallu éviter de battre nouvelle monnaie. Dans les dernières années seulement, de nouveaux louis furent frappés à l'effigie de Louis XVI ; pauvre monarque, il n'en aura guère profité.

En Charlotte se bousculent et émergent d'imprévisibles pensées… C'est bien l'effigie d'Hippolyte. Un vrai sosie. Et si c'était… Le grain de beauté, la chaleur amoureuse du soir, la tendresse de la main le matin, le profond baiser du lever, les louis… lui aurait-on substitué son Hippolyte ? Elle en aura le cœur net. À midi, au repas, elle ne dira rien. Cet après-midi, sous le premier prétexte, elle se fera conduire au Puy dans la carriole par Hippolyte lui-même. Au temps de Turgot, le percepteur de la place du Martouret, qu'elle connaît bien, possédait à Versailles un bien modeste office de garçon de bureau. Le ministre lui avait fait obtenir cette perception chez un fermier général de ses amis qui avait en charge le Velay et le Vivarais. Maladière, c'était le nom du percepteur, voulait rentrer au pays y épouser une demoiselle Courmont, fille d'un marchand de chevaux, avec une jolie dot. Maladière avait servi Turgot dans toute sa carrière. Le ministre, qui avait le sens de l'humain, ne lui avait pas refusé ce service. Quelques jours après, le 12 mai 1776, Turgot apprenait sa disgrâce ; Maladière avait eu chaud. À partir de Varennes, jugeant la monarchie perdue, Maladière pour sa carrière se fit acharné jacobin, s'affilia au comité patriotique local du Puy où il se lia avec l'enragée Charlotte Moulouses.

Devant l'Hôtel de Ville, sur la place du Martouret, s'arrête la voiture que conduit Hippolyte. Un peu plus bas, au rez-de-chaussée de la perception, se tient le bureau de Maladière.

– J'en ai pour une minute, le temps de récupérer un papier pour le vin dont j'ai fait la demande pendant ton voyage. Il faut des papiers pour tout maintenant. Tel que je te connais, le cabaret ne t'attendra pas longtemps.

Hyppolite songe au conseil de Philibert, descend de la carriole, attache le cheval à l'anneau de la mairie, entre au cabaret.

– Citoyen, voilà ce que j'ai découvert.

– Quoi donc, citoyenne ?

Et Charlotte de tout raconter : Philibert de Ceyssac, le voyage, les louis, le retour amoureux, le grain de beauté, le sosie de l'effigie.

– Si cela est, de suite il faut transmettre à la Société populaire qui préviendra la Convention.

– En attendant, il vous faut le surprendre ; vous m'avez dit avoir souvent croisé Louis Capet dans les couloirs de Versailles : vous le reconnaîtrez.

– Je vais me poster devant la porte de la perception. Faites-le parler et si possible se mettre en colère : cela lui arrivait rarement et marquait d'autant plus les esprits et les mémoires. En pareil cas, il montait haut sa voix qu'il avait faible, et je me le remettrai. Si c'est Capet, lui-même sera surpris de me voir ; sur son visage il ne pourra s'empêcher de trahir sa surprise. En tel cas, j'aviserai.

Charlotte sort de la perception, traverse la place, entre au cabaret où Hippolyte fréquentait. Si ce qu'elle subodore est exact, sans doute instruit par Philibert de Ceyssac, il est entré au même. Dès la porte ouverte, elle l'aperçoit, bien entouré. Sans doute pour fêter son retour et se rendre populaire, il a payé tournée. Le verre à la main, il écoute, sans parler. Pour ne donner aucun éveil, Charlotte se montre femme accommodante.

– J'en ai terminé, je tiens le papier.

Elle quitte le cabaret. Hippolyte, sans dire mot, c'est un silencieux, paie, salue, la rejoint.

– Je savais bien que tu retrouverais tes piliers de cabaret : j'espère que tu ne vas pas les rejoindre trop souvent !

Elle n'est pas Antonia et Hippolyte n'a plus lieu de se taire.

– Laissez-moi en paix, voulez-vous !

Et pour le dire il hausse sa voix de fausset.

Charlotte n'en souhaitait pas davantage, cela suffit à Maladière qui observe. Elle ne réplique pas. Hippolyte, soulagé d'avoir su s'imposer, étonné de son effet, traverse la place, découvre Maladière. Malgré sa vue basse il le reconnaît de suite. Maladière et Charlotte se sont trompés sur lui : sa maîtrise est extrême et rien sur son visage ne trahit qu'il soit surpris. Personne dans la machine de la substitution n'avait prévu ce grain de sable. Il sait bien que Maladière l'a reconnu : le traître tabellion n'a pu dissimuler sa satisfaction. À Versailles, lorsqu'il le croisait, il s'inclinait bien bas ; ici, il peut demeurer droit. Sans rien manifester, Hippolyte se hisse sur la banquette, laisse Charlotte s'installer, surprend cependant le signe qu'avec Maladière ils se font. D'un claquement des rênes il lance le cheval et vite au trot par Espaly rejoint Ceyssac.

Les rênes se tendent, devant la porte d'entrée de la ferme la carriole s'arrête.

– J'ai à faire, dit-il à Charlotte. Je vous laisse descendre.

Il relance le cheval, fait le tour du hameau, pousse jusqu'au pont-levis de la forteresse, le franchit au plus grand de son trot, s'engouffre dans la nef immense et troglodyte. À l'écurie, Anne-Françoise et Mélanie s'occupent à bouchonner Mésange et Hirondelle après la promenade de l'après-midi. Surprises, elles s'approchent d'Hippolyte :

– Vous venez nous saluer ? s'esclaffent-elles ! Soyez prudent, jamais Hippolyte Moulouses ne serait entré en carriole dans la cour du château des barons de Ceyssac.

Chez ses seuls vrais amis Hippolyte peut laisser son visage trahir son inquiétude. Les deux sœurs devinent une complication, un tracas, pire peut-être.

– De suite je dois voir votre frère ; les autres gentilshommes sont-ils encore ici ?

– Oui, ils ne doivent partir que demain. Sauf le baron de La Roche qui dès hier au soir est retourné préparer son château.

– Il reste quatre gentilshommes ! Conduisez-moi vite.

Les deux sœurs s'engouffrent vers l'escalier à vis qui rejoint le logement et le donjon, quatre à quatre grimpent les marches. Hippolyte, plus lourdement, s'applique à les suivre. Dans la salle seigneuriale, la cheminée est allumée où brûlent des bûches de frêne. Le baron, la baronne, Philibert, Vergezac, Fromone, Malaval, Moelsheim, aperçoivent Hippolyte, sidérés de l'apparition.

– Vous ? s'écrie Philibert, quelle imprudence !

– C'était la seule solution, et peut être est-il déjà trop tard.

– Vous nous affolez, réplique pâlissant le baron Thomas-Antoine.

Autour d'Hippolyte, comme pour le protéger du danger qu'ils ignorent, les gentilshommes font cercle. Marie-Anne va fermer la porte qui donne sur la cuisine, en tire le verrou. Mélanie et Anne-Françoise referment celle sur l'escalier, se postent dos contre l'huis.

– Je vous en supplie, implore le baron, parlez vite.

– Voici…

Et Hippolyte raconte tout, dans l'ordre, et dans tous les détails.

Tant sont abasourdis, que tous font silence.

– Et tout ça part d'un grain de beauté ! Si je l'avais su, regrette Marie-Anne, j'aurais demandé pour lui remède aux dames blanches. De toute façon, il est trop tard !

Tous les regards vont vers Philibert. Il s'est tu, s'est appliqué à écouter. Chacun sait que pour agir son talent est égal à celui pour parler. Il décide. Chacune de ses paroles, tellement elle s'énonce claire, depuis longtemps semble avoir été méditée.

– La providence jusque-là nous avait trop protégés. À cette heure, deux personnes seulement flairent la substitution. Elles n'ont pas eu sans doute le temps de prévenir. Il faut agir immédiatement. Nous devons les supprimer.

– Les supprimer ! s'offusque Thomas-Antoine.

– Oui, père, ce sont elles ou nous ; ne recommençons pas la pusillanimité qui nous a conduits là où nous sommes.

Hippolyte baisse la tête, sait qu'il n'a pas fait son métier de roi.

– Vergezac, tu connais la perception du Puy ?

– Oui, je suis du pays ; cela sert.

– Tu connais Maladière ?

– Oui, je l'ai souvent croisé au Puy, place du Plot, au marché du samedi matin, parfois même au Pouzarot, pour d'autres raisons…

– L'heure n'est pas aux fariboles ! Prends Fromone et Malaval avec toi. Vous vous assurerez par la fenêtre de la perception que Maladière est seul dans son bureau. Sinon vous attendrez la sortie de son visiteur. Fromone se postera devant la porte de la perception, et, pendant un instant, ne laissera personne pénétrer. Malaval entrera avec toi dans le couloir et montera la garde devant la porte du bureau de Maladière afin que nul ne puisse ni entrer ni sortir. Vergezac, tu ouvres la porte, la refermes, t'avances vers Maladière ; sans un mot, mais sourire aux lèvres pour qu'il n'appréhende rien, sans un bruit, avant qu'il ne réagisse tu lui passes ton sabre au travers de la gorge. Vous m'avez bien entendu ? Partez immédiatement et faites votre tâche. Deux mots encore : prenez votre bagage sur votre selle, ne remontez pas à Ceyssac. On ne sait jamais. Fromone, tu rentreras chez toi à Dijon et Malaval à Lyon. Si besoin est, nous vous ferons prévenir. Vergezac, mission accomplie, remonte à ton hôtel rue Pannessac, tiens-toi reclus quelques jours et prépare tes pigeons au cas où.

Les gentilshommes s'embrassent, puis le baron et les femmes, saluent Hippolyte comme presque à Versailles. Autour de lui, encore plus se resserrent Thomas-Antoine, Philibert et Moëlsheim. Les deux sœurs, qui pour laisser sortir les trois gentilshommes ont rouvert la porte qu'elles gardaient, la referment. Dans la salle souterraine, déjà sur la longue dalle de roche basaltique bondissent les chevaux vers le jour, franchissent le pont-levis. Bientôt il va faire nuit.

Au-dessus, dans la salle, les deux gentilshommes se rapprochent de la cheminée où à la lueur des braises Hippolyte ressasse une vie où tout échoue. Thomas-Antoine, Marie-Anne, Mélanie et Anne-Françoise se rangent à leurs côtés. La lumière des flammes éclaire les visages, fait briller les ors des poignées des sabres dont les gentilshommes du roi se sont armés. À Hippolyte, pour la première fois, Philibert parle en chef :

– Qui se tient chez vous en ce moment ?

– Charlotte seule. Julie a pris son après-midi pour aller voir sa mère à Brossac. Comme les jours sont courts, elle ne rentrera que demain. Odilon, Paulin et Gildas travaillent cet après-midi dans les bois de la Combe où ce matin j'étais avec eux. Mais au retour ils s'arrêteront à l'entrée de Ceyssac chez les Chassagnes car avec eux nous exploitons une coupe en commun. Le temps de vider chopine, ils ne seront pas à la ferme avant deux heures.

– C'est parfait, nous disposons largement du temps nécessaire à notre expédition. Je m'excuse pour les cœurs tendres. Avec Moëlsheim nous allons d'un court galop nous rendre chez vous-même. Vous demeurerez ici, dans cette salle, entouré des miens. Vous ne devez surtout pas risquer d'être vu.

Tous frémissent de ce qu'ils s'attendent à entendre. Mais n'existe aucune autre solution. C'est cela ou la découverte de la substitution, la guillotine pour toute la famille du baron, l'ignominieux retour d'Hippolyte à Paris, son exécution, la rentrée du sosie à Ceyssac. L'ignoble Charlotte Moulouses, par voie de confiscation au titre de récompense pour sa découverte du complot, devient la maîtresse de la baronnie.

– Nous nous postons tous deux devant la porte d'entrée, Moelsheim dissimulé derrière le mur. Je me présente seul. Charlotte connaît ma voix, elle m'ouvre. Vous me suivez sabre au clair. Elle devine aussitôt pourquoi nous sommes deux. Pour l'empêcher de crier, je lui appuie la pointe de mon sabre sur la gorge. Nous la forçons à reculer jusqu'à la cuisine. Vous la saisissez et la plaquez dos à l'évier. J'appuierai plus fort pour l'obliger à se pencher en arrière au-dessus de la pierre afin que le sang ne tache point les dalles. J'enfoncerai la lame, elle sera morte.

Tous sont choqués ; chaque regard interroge Philibert.

– Que voulez-vous faire d'autre ? L'enlever, la séquestrer ? La poignarder dans les bois pour que le corps soit retrouvé ? Elle doit absolument disparaître, et toutes traces de son exécution. Le sang s'écoulera dans la seule pierre d'évier, facile à nettoyer. Enfant, souvent j'allais jouer dans la maison forte : j'ai assisté à la pose de cette pierre. L'évier se trouvait encore en construction : la pierre en est seulement encastrée dans le mur sur son plus long côté, de l'autre elle repose sur deux linteaux fichés dans le sol et dressés la verticale. Le dessous est vide, les parois sont maçonnées, un vrai sarcophage qui n'attend que le corps. Personne ne cherchera Charlotte dans ce tombeau. Par contre, pour soulever la pierre, il conviendrait de nous trouver plus de deux. Pourrez-vous être des nôtres, mon père ?

– Bien sûr ! Je suis encore solide. Et puis je connais la maison par cœur et me souviens parfaitement de la construction de cet évier par les précédents propriétaires.

Le baron s'interrompt. Une idée lui vient.

– Il vaudra mieux que ce soit moi qui frappe à la porte et me présente. Charlotte Moulouses se méfiera de vous pour le rôle que vous avez joué dans cette affaire. Peut-être ne vous ouvrirait-elle pas. Avec elle, je saurai mieux m'y prendre.

La nuit est venue. Elle est si claire qu'on y discerne les détails du chemin, les pierres qui affleurent, les racines qui entravent, les branches qui accrochent. Philibert sur Achille, dont les fers arrachent aux cailloux des étincelles que révèle la nuit, ouvre le chemin creux. De la forteresse il dévale jusqu'au bourg. Le baron suit, puis Moëlsheim. Chacun des trois est si bien déterminé, sait si bien se battre, est si bien armé, que malheur à qui s'opposera à leur expédition. Dans une heure peut-être, les trois fils rentreront ; il faut faire vite, très vite. Haute et claire vogue la lune dans le ciel ; quelques teintes grisâtres s'attardent sur les monts lointains. Avant la ruelle, derrière la ferme des Moulouses, ils arrêtent leurs montures, sautent à terre, de la paume de leurs mains flattent les naseaux des chevaux pour qu'ils ne hennissent point. Achille regarde son maître, sent que se prépare quelque chose de grave. Il le sait à la façon dont pendant la cavalcade Philibert tenait la bride, serrait ses flancs entre ses cuisses.

Seul le baron, son cheval à la main, n'a rien à cacher ; il sait que Charlotte s'étonnerait à cette heure de le voir à pied. Du poing heurte l'huis comme à l'accoutumée lorsqu'il rend visite. Sans doute derrière celle-ci ou dans la grande salle, Charlotte a-t-elle reconnu sa manière. Des pas s'approchent et Thomas-Antoine retrouve l'allure sèche de la femme rapace.

– Qui est-ce ?

– Thomas-Antoine.

La pauvre ne peut savoir ; elle connaît la voix, ouvre en confiance. Depuis si longtemps ils se pratiquent. C'eut été le jeune, avec ce qu'elle a découvert, elle serait plus méfiante. Mais le baron, il ne lui effleure même pas l'esprit qu'on n'est jamais trahi que par ses amis.

– Que me voulez-vous à cette heure, à la nuit bien tombée ?

Miracle de l'inspiration, la bonne idée vient au baron.

– Hippolyte, votre mari, a versé avec sa carriole dans le fossé du chemin vers la Ceysse, au pied du dyke. Philibert l'y a découvert bien meurtri ; nous l'avons hébergé au château pour le soigner plus vite.

– Sans doute après le cabaret au Puy est-il retourné boire Dieu sait où !

– Il vous demande.

– J'ouvre.

Le baron, Philibert et Moelsheim écoutent le glissement du verrou, perçoivent dans la serrure le tour de la grosse clé. La porte s'entrebâille ; les trois gentilshommes l'enfoncent de leurs épaules, bousculent Charlotte ; menue, malgré sa résistance, elle se retrouve plaquée contre le mur, écrasée derrière la porte. Brusquement sur son cou s'abaisse la pointe du sabre de Philibert. Dans la pénombre, les yeux du garde-française fixent les siens, l'hypnotisent. Sur sa carotide, douloureusement se fait sentir la pointe du sabre ; apparaît une goutte rouge qui roule sur sa peau rêche.

– Relevez-vous, citoyenne Moulouses, et reculez droit où nous vous conduisons.

Le baron marche devant ; à la façon des soldats, Philibert et Moëlsheim lui tiennent un bras, la poussent devant eux. Ils la pressent, la forcent à reculer. Tellement Charlotte flaire le sang prêt à couler, qu'elle se tait, n'ose pas ouvrir la bouche. Thomas-Antoine traverse la grande pièce, se dirige vers la souillarde où il sait la pierre d'évier ; lugubre, le groupe le suit. Déjà morte en elle-même, Charlotte ne peut que reculer. La pierre d'évier s'approche, Philibert et Moëlsheim y adossent leur victime, la renversent en arrière. Charlotte, en un suprême effort pour survivre se déporte sur le côté, se jette à quatre pattes, mord à la jambe le baron qui l'a trahie. Comme au cochon qui se rebiffe à la tuaille, Philibert d'un coup de sabre ouvre la nuque de Charlotte ; la pauvre se retourne, ses yeux sont effroyables, tel le porc qu'on égorge elle pousse un cri strident à ameuter tout Ceyssac. Philibert, déterminé, enfonce dans la gorge la lame de son sabre et le sang coule à flot. La pierre se rougit, la gorge ouverte gargouille du sang chaud qui jaillit. Charlotte a vu sa mort venir et voit sa vie partir. Philibert retire la lame, sur le tablier de la victime en essuie les deux faces.

– Vite, soulevons la pierre ; mais auparavant il faut envelopper la blessure pour ne pas laisser tacher le sol.

Sous le dos il défait la boucle du tablier, passe la bride sur le visage livide dont les yeux morts gardent la haine, et du vêtement rougi fait un pansement dont il entoure la gorge entaillée. Délicatement, Philibert et Moëlsheim déposent le cadavre sur les dalles du sol.

– Le plus simple, dit le baron, pour desceller la pierre, consiste à enfoncer sous elle les lames de nos sabres ; elles feront levier. La pierre est simplement posée. Nous la soulèverons facilement.

Les lames s'enfoncent ; les trois hommes appuient sur les poignées, la pierre se détache. Les doigts passent sous elle, la soulèvent : un vide sombre apparaît qui jusqu'au sol s'enfonce. Doucement, pour éviter tout bruit, ils déposent la pierre sur les dalles à côté du cadavre. Philibert le contemple :

– Il ne faut pas lui laisser ses habits. Un jour l'évier sera démoli. Nu, le squelette se taira ; habillé, il parlera.

Un par un les vêtements sont ôtés et apparaît le corps sans vie, privé de son sang, ses deux seins maigres effondrés, et le triangle noir dont le frisou a perdu sa brillance.

– Mettons tous les vêtements dans sa robe et roulons-la en boule ; nous brûlerons le tout dans la cheminée du château jusqu'à ce qu'il n'en reste que cendres.

Les six mains saisissent le cadavre, le déposent au fond du trou. Demeurées relevées, les paupières laissent les yeux morts regarder. Les gentilshommes soulèvent la pierre, la replacent comme elle était exactement. Pas un seul interstice ne se peut deviner.

– Alors ?

– Tout s'est bien passé. Aucun dérangement, aucune trace. Citoyen Hippolyte, il convient maintenant de vite rentrer chez vous. Si vos fils vous ont précédé, vous les surprendrez à appeler leur mère ; cherchez-la avec eux. Si vous rentrez premier, soyez occupé à fureter partout à leur arrivée. Vous devez tous les quatre fouiller toute la nuit, ameuter tout Ceyssac, et pourquoi pas les écarts ! Demain matin, descendez au Puy prévenir la gendarmerie de sa disparition. Je crois que maintenant la substitution a réussi.

Il faisait froid et la violence de la bise en aggravait la sensation déjà hivernale. Julie la ressentait d'autant plus pénible à supporter que brusquement l'hiver succédait à un automne qui s'était prolongé. Au loin, sur les monts Devèze et Recours, s'accumulaient de lourds nuages gris sombre ; dans quelques jours, ils apporteraient la neige. Du hameau de Brossac où vivait sa mère, jusqu'à Ceyssac où elle se rendait chez ses patrons, il lui fallait en marchant vite un bon quart d'heure, et c'était suffisant pour se geler. Enfin elle atteignit la première fontaine, s'engagea dans le chemin qui montant vers le château passait devant la ferme des Moulouses. Vite, elle prend à droite, frappe à la porte. Hippolyte lui ouvre. Derrière lui se tient Odilon ; Paulin et Gildas sont à l'étable. À la campagne, quels que soient les événements, il faut d'abord soigner les bêtes ; traire, mettre au frais dans la souillarde les gerles emplies du lait tiré, enlever la litière souillée devenue fumier, remettre pour le bétail bonne couche de paille fraîche.

– Entrez, Julie.

D'instinct, elle perçoit une différence.

– Vous ne l'avez pas vue ? questionne Hippolyte.

– Qui ?

– Notre mère, pardi ! rétorque Odilon.

– Mais non, j'arrive de Brossac ; je ne suis pas sortie, sauf ce matin pour revenir ici.

– Hier au soir, lorsque nous sommes rentrés, elle n'était pas chez nous. Le père arrivait du château, où elle ne s'était pas rendue avec lui. À leur retour du Puy, elle était descendue à la ferme tandis qu'il montait au château. N'est-ce pas, père ?

– J'avais affaire au baron Thomas-Antoine ; à mon retour, j'ai trouvé Odilon et ses deux frères qui partout appelaient leur mère.

– Nous l'avons cherchée partout, rajoute Odilon. Même que je suis allé demander aux Charlanches. Nous ne nous fréquentons pas, mais en pareil cas, c'est différent.

Hippolyte réfléchit, prend la décision que de toute façon il doit prendre pour faire vraisemblable, d'abord et avant tout assurer le quotidien :

– Julie, demande-t-il, faites comme si vous étiez la femme de la maison, remplacez votre maîtresse pour son travail de ce matin. Je descends au Puy prévenir les gendarmes.

Cela va faire une heure qu'il attend. Au bout du couloir, un gendarme l'a fait asseoir. Derrière une porte, il entend que l'on parle fort, voit entrer des écharpes tricolores, en sortir d'autres, suppose la vraie cause de tout ce dérangement. Sont arrivés des gendarmes à cheval, quatre avec un gradé. Hippolyte observe, sourit, tant il connaît bien la gendarmerie ; ses ancêtres l'ont créé et lui, roi, il en a étudié tous les rouages : une mécanique parfaite. Le seul corps qui résiste : rois, révolution, république, elle demeure. Il n'ignore rien des grades inchangés ; il sait même que leurs chevaux sont réformés de l'armée, comme les gendarmes qui les montent, eux-mêmes anciens soldats. Enfin un gendarme vient vers lui :

– Je suis à vous, citoyen Moulouses. Nous sommes fort occupés avec le meurtre du citoyen percepteur Maladière. Figurez-vous qu'au temps de Capet à Versailles, il se trouvait protégé de Turgot ; cela laisse tout supposer. Ce matin, dans son bureau, on a retrouvé son corps ; froid ! Le cou traversé par une lame de sabre ! Son assassin connaît les armes : ce n'est pas le premier venu qui réussit un coup pareil ! Vous ne trouvez pas ?

– Oh ! moi, vous savez, je ne suis qu'un paysan qui jamais n'a quitté Ceyssac !

Brave Vergezac ! songe Hippolyte attendri. Aux gardes-françaises, autrefois gardes du roi, c'était effectivement l'une des meilleures lames.

– Qu'est-ce qui vous amène à la gendarmerie ?

– Ma femme, la citoyenne Charlotte Moulouses, a disparu.

Le gendarme attarde son regard sur lui :

– Dites-moi, citoyen ; la citoyenne Moulouses était avec le citoyen Maladière membre de la Société populaire du Puy ? Les deux affaires ne seraient-elles pas mêlées ?

Le gendarme scrute Hippolyte, se lève, ouvre la porte de la pièce où les voix se font hautes, entre, en referme la porte. Une minute se passe ; il revient avec un capitaine à écharpe tricolore, le chef de la brigade du Puy.

Les deux hommes se plantent devant Hippolyte, demeurent dans le couloir.

– Vous avez cherché partout ? questionne l'officier.

– Oui, mon fils a même demandé chez les voisins.

– Quand vous êtes-vous aperçu de sa disparition ?

– Hier au soir. De fait, ce sont mes deux fils qui en rentrant n'ont pas trouvé leur mère à la ferme. Après mon arrivée, nous l'avons recherchée encore puis attendue toute la nuit. Ce matin, j'ai décidé de venir vous prévenir.

– Hier, qu'a-t-elle fait ?

Hippolyte, du premier coup, voit la faille.

– Elle m'a demandé de l'amener en carriole au Puy ; elle avait un papier à réclamer au citoyen Maladière.

Cet interrogatoire est pour lui inconnu. De toute sa vie il n'eût pensé être interrogé. On ne lui posait pas de questions, on répondait aux siennes. Jamais dans son éducation personne ne l'a préparé à répondre à des questions ; il voyait son grand-père en poser. Devant celles de ce capitaine, représentant du nouvel ordre républicain, il se sent infirme : la loi, c'était lui.

– Vous êtes entré dans son bureau avec elle ?

– Non ; je suis allé au cabaret sur la place boire chopine avec des amis.

Il sent avoir bien répondu : les gendarmes auraient pu croire qu'avec son épouse il avait tué Maladière.

– Et ensuite ?

– Lorsqu'elle a quitté la perception, elle est venue me chercher au cabaret. Je suis sorti, puis elle est montée avec moi dans la carriole. Il me souvient que le citoyen Maladière se tenait debout devant la porte de la perception. J'ai lancé le cheval, nous sommes rentrés à Ceyssac où j'ai posé ma femme juste devant la porte de la grande salle. Elle y est entrée.

– Et vous ?

– J'ai profité que la carriole était attelée pour…

Vite… il faut trouver un prétexte plausible. La visite au baron de Ceyssac n'était pas prévue. Décidément, il reste mal préparé à être simple particulier. Par la grâce de Dieu, le roi n'avait pas à se justifier de quoi que ce fût !

… monter au château où le ci-devant baron ne m'avait pas payé une futaille de vin.

– Voilà ce que c'est de commercer avec les ci-devant !

Mais en lui-même le capitaine a noté ; il faudra vérifier cela de plus près.

– Vous allez rentrer chez vous. Ne vous éloignez pas, nous allons nous rendre à Ceyssac. Vous pouvez disposer, citoyen.

Ouf ! Hippolyte quitte la gendarmerie, monte dans la carriole. Un homme prévenu en vaut deux. Les gendarmes vont chercher, fouiner. Il faut vite ôter l'or que Charlotte a caché dans l'armoire, le mettre à l'abri ailleurs, mais où ? Et puis prévenir le baron de confirmer l'alibi, et surtout qu'immédiatement Moëlsheim quitte le château.

Allègrement, le cheval trotte vers Ceyssac. Hyppolite ne peut se rendre au château. Tous les jours, cela se verrait. Oui, mais envoyer qui ? Julie, pardieu ! Elle connaît Philibert ! Et puis, d'une pierre, deux coups : ce sera l'occasion d'entreprendre avec elle ce qu'il aurait dû faire depuis la veille.

– Elle n'est pas revenue ?

– Non, répond Julie occupée sur la pierre d'évier à éplucher les légumes de la soupe.

Hippolyte se maîtrise, renifle : pourvu que de dessous aucune odeur ne se dégage ! Heureusement, il fait froid à la souillarde. Il s'approche de Julie, parderrière lui saisit les épaules, pose ses lèvres sur le cou si blanc. Pour saisir son joli minois, le tourner vers sa bouche, une main lâche une épaule, l'autre bien doucement s'empare du menton ; les deux bouches se rencontrent. Julie laisse sa soupe, répond au baiser, croche de ses doigts les larges épaules. La voilà rassurée : hier, elle s'inquiétait de son indifférence. Maintenant, qui sait ? Tant pis pour Odilon ! Si la maîtresse ne revient pas, peut-être prendra-t-elle sa place ? Tous deux ils se lutinent. Comme Julie est experte ! Il pense à Irène, à ses façons dans la voiture. La main de la jeune servante se met partout, le chatouille où elle sait qu'il craint, caresse où il aime. Mais il ne frissonne pas aux mêmes endroits, ne vibre point à l'identique ! Julie s'en surprend, cherche, trouve enfin. Bizarre qu'il ait changé ! Il caresse la hanche sous la jupe longue et sans dessous, ignore avoir trouvé son endroit préféré ; Julie de ses cheveux amoureusement lui frôle la joue, chatte elle sent sur son cou le souffle chaud du maître. Les grosses mains qu'elle connaît lui pelotent les seins et elle gigote de rire. Cette fille décidément est un corps vif, disponible à tous les mâles, et Hippolyte ignore qu'elle se donne à Odilon, son fils aîné.

– Si Charlotte ne rentre pas, je serai seul.

– Peut-être…

Julie hors de ses bras se glisse telle une anguille, sait qu'avant la nuit son maître aura faim et que d'abord elle doit être bonne servante. Le reste viendra avec l'estomac plein. Glissent dans la marmite, les légumes coupés fins ! Elle jette une poignée de gros sel, verse dessus l'eau du seau, recouvre du couvercle. Hippolyte, galant, suspend du bout d'un bras le chaudron à la crémaillère.

Maintenant, le message.

– Tu connais suffisamment Philibert de Ceyssac ?

– Mais oui, minaude-t-elle en se jouant.

Serait-il jaloux ?

– Je dois demeurer ici. Les gendarmes vont venir. Peux-tu monter au château, demander Philibert et lui dire de venir aussitôt ?

– Tout de suite ?

– Tout de suite, s'il te plaît.

Et sur la bouche il lui claque un baiser.

Vite, l'armoire ! Si les gendarmes fouillent, comment justifier deux cents doubles louis ? Une fortune ! C'est ce que certains soirs à Trianon perdait au jeu son Antonia ; mais ici, à Ceyssac, personne ne possède pareille somme. Comme à Charlotte il l'a vu faire, il tire les tiroirs. Derrière celui du milieu, en bas, contre le fond, cachés dessous, reposent les quatre sacs de cinquante doubles louis. Il subodore que les gendarmes se doutent d'économies ; pour les leurrer laisse un petit cinquième. Où les mettre ? Voyons, la seule solution, la cave, pardieu ! La ferme est vide : Julie au château, les fils retournés faire du bois à la Combe. Aucun ouvrage n'attend : que la mère revienne ou pas, il faut couper, scier, rentrer le bois. Avec eux pour la journée ils emportent leur manger ; ils ne surprendront pas leur père. À une vive flamme de l'âtre il allume la chandelle, prend par l'escalier, pousse la porte centenaire, descend dans la cave douillette en ce début d'hiver. Parmi les futailles il hésite, cherche le bon endroit. Un tonnelet semble vide, étouffé de poussière, submergé de plâtras ; sur un entassement de tonneaux abandonnés, il gît, hors d'usage. Depuis combien d'années tous dorment-ils ici ? De la lame du couteau creusée d'usure qui jamais ne quitte la poche du paysan, il fait sauter le fond du tonnelet, pousse au plus profond les quatre sacs, les couvre d'un chiffon moisi et oublié, réajuste le fond, remonte sans attendre dans la grande pièce ; personne ne doit rien savoir.

Ce gourmand va à l'âtre, soulève le couvercle : le parfum de la soupe fumante le distrait de ses soucis. Cela aussi il l'apprécie ; la cuisine de Versailles était somptueuse, mais comme paraît délicieuse cette soupe de légumes !

Julie a fait vite, le galop d'Achille retentit dans le chemin. Derrière Philibert, elle chevauche montée en croupe. Hippolyte sort sur la porte, pour la descendre de cheval la saisit par la taille. Un sourire et la vue de deux mollets bien ronds moulés sous les bas blancs sont sa récompense. Vite, elle entre voir sa soupe. Philibert ne cache pas son inquiétude :

– Qu'y a-t-il ?

– Les gendarmes m'ont questionné ; je leur ai répondu qu'hier au soir j'étais monté au château. Ils vont aller chez vous s'assurer de mes dires. Vous me deviez le prix d'une futaille livrée ; j'étais monté le réclamer.

– Très bien répondu ! Combien ?

– Deux louis.

– Parfait. Pour le reste ?

– Ils vont venir ici, et fouiller, sans doute. J'ai mis l'or en lieu sûr. Ils enquêtent pour Maladière ; Vergezac n'a pas raté son coup.

– Plus que parfait. Je remonte au château, moins nous serons vus ensemble, mieux cela vaudra.

Philibert, sans même avoir à le solliciter, se laisse emporter au galop d'Achille. Hippolyte le regarde s'éloigner, se retourne pour rentrer dans la grande salle. Une jeune fille est là, devant lui. Pour la première fois il la voit ; c'est Isabelle Charlanches. Elle possède le regard émouvant d'une biche aux yeux verts, sa lumineuse peau blanche s'adoucit d'un grain fin presque satin, ses dents sont comme neige, ses oreilles adorables transparaissent sous les boucles de longs cheveux blé doré d'une parfaite beauté où la lumière s'accroche. Petite mais bien prise, les deux mains d'Hippolyte feraient à l'aise le tour si délicat de sa taille ; sa tête ne touche pas aux épaules du colosse. Son visage se dessine dans l'ovale angélique que longtemps ont cherché les sculpteurs helléniques. Deux fossettes l'éclairent.

Elle sourit à Hippolyte et son sourire l'enchante ; de sa personne émane le charme d'une fée. Elle porte modestement les habits d'une simple paysanne, mais si élégamment que bien des dames à la cour l'eussent pu prendre pour modèle. Ses petits sabots vernis, ceux qu'elle met pour sortir, dépassent de sa jupe.

– Votre épouse est-elle rentrée ?

Élégante, sa voix chante, caressante. C'est la première fois qu'une jeune fille à ce point lui fait battre le cœur. À Versailles il en voyait de plus piquantes, de plus pimpantes, plus richement vêtues, aguichantes, provocantes. Il les craignait plutôt. Jamais autant l'émotion ne l'a envahi.

– Non ; nous l'avons cherchée partout. Je me suis rendu chez vos parents, mais vous n'y étiez pas.

– J'y étais, mais comme nous nous parlons peu, ils ne m'ont pas appelée, m'ont prévenue seulement après votre départ. J'ai aperçu Philibert de Ceyssac revenir avec Julie en croupe, et je voulais savoir.

Petit à petit, il revient à lui, sort de son éblouissement.

– C'était surtout Charlotte qui avait mis le froid entre nos deux familles.

Comme il sait, il se surprend à parler d'elle au passé.

– Je n'ai rien contre vos parents, et encore moins contre vous.

C'est curieux cet homme de trente-huit ans et cette fille d'à peine vingt. À part un bonjour échangé en se croisant sur un chemin, jamais ils ne s'étaient parlé. Son sosie éprouvait-il pour elle les mêmes sentiments qu'il découvre ? En ce cas, les lui avait-il avoués ? Peut-être craignait-il Charlotte ? De toute façon, ils demeuraient secrets puisque Philibert ne lui en a pas soufflé mot alors que sans en rien cacher il n'avait pas dissimulé ceux pour Julie. Mais pour Julie, était-ce des sentiments ?

Elle aussi Isabelle se demande pourquoi elle découvre son voisin. Souvent elle le rencontrait, jamais ne lui parlait. La différence des âges ? Le froid des deux familles ? La vigilance de Charlotte ? Au plus profond d'elle-même, elle paraît le découvrir.

Hippolyte sent que définitivement se meurt une partie de lui-même. Il se décide, entreprend :

– Si vous voulez, entrez. Il ne fait pas chaud dehors et aujourd'hui la bise mord.

– Non ; y pensez-vous ? Imaginez que mes parents m'aperçoivent ! Je suis déjà demeurée trop longtemps. S'il y a du nouveau, venez nous le dire : le père et la mère ne sont pas si sévères !

Pour arrêter la bise, sur sa poitrine et sur sa bouche elle rabat son châle de laine, s'élance pour courir jusque chez elle mais Hippolyte la surprend à tourner la tête vers lui.

Devant l'âtre, sa mère, sur la longue table patinée de fumée, prépare le repas de toute la famille.

Tellement entre le froid ! Isabelle prend soin bien vite de refermer la porte.

– Où étais-tu ?

– J'ai voulu savoir si Charlotte était revenue.

– Alors ?

– Non.

– À qui as-tu demandé ?

– À Hippolyte.

– À Hippolyte ?

– Oui, et il m'a paru différent.

– S'il devient libre de sa Charlotte, nous découvrirons un autre homme.

– Vous croyez, Mère, qu'elle ne reviendra pas ?

– Je sens quelque chose là-dessous. Une femme ne quitte pas mari et enfants comme cela, surtout quand frappe l'hiver ; il est arrivé quelque chose.

Ce premier dimanche de janvier 1793, l'année qui allait être terrible, il faisait un froid mortel. Les jours d'avant, la neige était tombée très fort et avait déposé sur le Velay un épais tapis blanc. Le silence étouffé laissait deviner que partout au pays ce devait être pareil. Chargées de neige, les branches des sapins s'affaissaient pour pleurer de froid. Outre que c'était dimanche, ce temps d'hiver rendait aux paysans tout travail impossible. Hippolyte en avait profité pour se rendre avec les siens, Paulin et Gildas, Julie et Odilon, chez les Charlanches annoncer les futures fiançailles de ces derniers ;

de fait, l'occasion se présentait trop belle de rencontrer Isabelle chez ses parents, de vérifier ses sentiments. Au moment de sortir, le vent se levait en courtes bourrasques, faisait voler une épaisse poussière blanche, puis disparaissait comme il était venu, laissant pesamment retomber les traînes de neige arrachées aux arbres. Diaphanes, elles rejoignaient sans bruit l'épaisse couche endormie. Odilon donnait le bras à Julie ; brusquement ils avaient déclaré leur projet et ni Hippolyte ni la mère de Julie ne s'y montrèrent opposés ; le mariage se ferait au printemps. Dès sa première rencontre avec Isabelle, Hippolyte n'avait plus accordé aucune attention à sa servante. Peut-être imprudemment, le soir il ne tentait même pas de vérifier le peut-être du matin, un peut-être oui ou un peut-être non. Ce revirement arrangeait Julie. Dans quelques années Hippolyte serait déjà un peu tassé et il semblait mieux pour elle d'épouser Odilon qui, fils aîné, serait le maître un jour, même si la nuit du 4 août 1789 le droit d'aînesse avait été supprimé. Charlotte ne revenait pas, ou ne se retrouvait pas. L'enquête des gendarmes s'avérait molle, leur visite sans insistance. Pour l'assassinat de Maladière, l'enquête traînait de même : après le zèle des premiers jours, tout s'était assoupi. La Société populaire du Puy avait toujours considéré que l'ancien protégé de Turgot dans les bureaux de Versailles se montrait davantage opportuniste que franc républicain ;

elle l'acceptait sans pour cela le considérer comme vraiment des siens. Son retournement brusque, seulement après Varennes, laissait ses membres dubitatifs. À tout prendre, la Société préférait encore la famille ci-devant de Ceyssac : elle n'avait pas émigré, demeurait tranquille dans son château et ne jouait pas les derniers convertis ; au moins, eux, on savait qui ils étaient.

Hippolyte quelques fois put revoir Isabelle au hasard des chemins, mais presque jamais seule. Elle donnait le bras à sa mère et ils ne faisaient que se saluer, même si le regard d'Isabelle parlait en silence. Quand il la voyait, rayonnante, douce et bienveillante, attentive, plus rien ne comptait que cette silhouette fine, ce miracle de beauté. Pour donner le change, parfois il demandait des nouvelles de Damien, le fils aîné qui se trouvait aux armées. C'est par elles qu'il savait qu'aux frontières on ne se battait pas ; les rois européens ne semblaient guère désireux de porter secours aux siens.

Sous les lourds sabots la neige se collait et bientôt il leur semblait marcher sur des poteaux que régulièrement ils brisaient en tapant leurs pieds contre les pierres. De grandes capes protégeaient leurs épaules et d'amples chapeaux de feutre abritaient les têtes des hommes. Julie sur ses cheveux avait passé une large et chaude laine blanche qui lui cachait les joues et le bas du visage. Enfin, sur leur gauche ils se trouvèrent face à l'huis des

Charlanches et tous les cinq frappèrent leurs sabots à la marche de pierre qui protégeait l'épaisse porte de hêtre dont les clous plutôt que se rouiller se patinaient. Au bruit des sabots, Jacques, le père, vint leur ouvrir. Bernadette, la mère, avec Isabelle, debout face à l'âtre, s'activaient à un pot-au-feu de cochon. Dans son chaudron, suspendu à la crémaillère au-dessus des braises vives, il murmurait dans son bouillon, dispensait une délicieuse odeur, invitait par avance au repas de midi. Marc, le second frère, s'activait sous l'appentis à quérir des bûches pour la réserve du jour adossée à la cheminée. Malgré que les Moulouses aient frappé fort leurs sabots, ils apportaient dans la grande pièce la neige dont leurs capes et leurs coiffures restaient couvertes.

– N'ayez crainte, dit Bernadette, ça séchera bien d'ici l'été !

Hippolyte n'a pas qu'à Isabelle fait nouvelle impression : ses voisins eux aussi l'ont trouvé différent, plus ouvert, plus parlant depuis la disparition de Charlotte. Julie surtout s'est interrogée : ce petit changement, elle l'avait noté dès le retour de Paris, avant même la disparition de sa maîtresse. Ah ! si Charlotte pouvait parler ! Devenue par les faits maîtresse de la maison, Julie de plus en plus souvent fait conversation à Bernadette et Isabelle, soit à la fontaine, soit le samedi matin au marché du Puy, et toutes trois observent de même.

Pour Noël, point de messe de minuit à l'église encastrée dans les parois du dyke. Certains bruits ont couru d'un prêtre réfractaire qui l'a dite au château ; mais Hippolyte prévenu par Philibert savait qu'il ne devait pas s'y risquer.

De chaque côté de la longue table, Jacques les fait s'asseoir sur les bancs de noyer.

– Ainsi vous êtes venus ?

– Oui ; j'ai pensé qu'il n'existe aucune raison de ne pas nous fréquenter. Odilon et Julie vont se fiancer, nous avons voulu vous l'annoncer.

Tous les félicitent, tous les embrassent, mais tous le savaient déjà. Cependant Julie n'a pas oublié les noisettes et sort le sac de la poche de sa jupe, bien enveloppé, bien à l'abri de la neige. Offert à tous, elle le pose sur la table, l'ouvre grand. Jacques sort un petit marteau du tiroir et commence à briser les coques. Les dragées trop chères sont pour les riches.

– Marc, descends à la cave chercher le pétillant. Toi, Isabelle, apporte les verres. C'est vrai qu'il était bien dommage de ne pas se parler entre voisins, surtout en vis-à-vis.

– Vous connaissiez ma Charlotte, elle ne parlait guère.

– Vous restez toujours sans nouvelles ?

– Nous ne nous faisons plus d'illusions.

– On ne sait jamais.

– Merci, vous êtes braves.

Isabelle, pendant que parlent les hommes, va à l'armoire de cerisier, un vieil arbre abattu que son grand-père sous Louis XV avait fait scier pour cela, ouvre une porte, prend les verres et fait le tour de la table pour les poser devant chacun. Lorsqu'elle se trouve à côté d'Hippolyte, il devient tout chavirant et ne peut s'empêcher d'écarter son genou pour en presser sa jupe jusqu'à sentir le sien. Isabelle le sent, ses joues prennent couleur de rose. Ils laissent leurs genoux faire aimant. Heureusement la pièce est sombre, point de vitres aux fenêtres mais du papier huilé ; le dehors gris d'hiver apporte peu de jour. Seuls les cœurs de chêne qui dans la cheminée brûlent en hautes flammes donnent une courte lumière. À part Hippolyte près d'elle, personne ne remarque les joues rosies d'Isabelle et personne ne sait sauf lui qu'elle ne retire pas son genou. Le désir ne peut franchir le rêve : il imagine sa grosse main qui tendrement enserre la taille si fine, une taille de nymphe, caresse la peau douce, si douce, glisse haut vers le buste, s'arrête comme en passant sur le moelleux du sein ; elle s'attarde à la rondeur de l'épaule où la peau si faire se peut doit se caresser plus lisse, puis au creux tiède du cou. Hippolyte entend le silence. Tous se demandent pourquoi Isabelle cesse de tourner autour de la table, de poser devant chacun son gobelet. Il s'extirpe de son rêve, parle :

– Merci, Isabelle, dit-il en saisissant l'étain que tend la main aimée.

Isabelle se réveille ; elle aussi en rêvant ressentait la main caressante à la peau de velours. Elle se reprend, poursuit son service. Bernadette, la mère, aurait-elle compris ?

Marc, le pétillant à la main, remonte de la cave. Jacques se lève, délicatement tourne le bouchon, le retire du goulot, aussitôt emplit les godets sans laisser se perdre une seule bulle de la mousse dorée.

– À notre santé, au bonheur des futurs fiancés !

– À notre santé, et surtout à la leur, reprend Hippolyte adressant à Odilon et Julie un sourire de père, celui qu'il pressent ne jamais adresser à ses propres enfants. Son esprit un instant quitte Isabelle, rejoint son fils mort, son petit dauphin Louis au Temple, sa fille Élisabeth, et leur mère Antonia. Curieusement, pour ne pas les oublier, de toute son âme, de toute la force de sa mémoire il recompose les visages…

Les verres s'entrechoquent, se croisent les regards d'Isabelle et Hippolyte. Amoureuse attention d'Isabelle, providence de l'amour, tous deux face à face se retrouvent assis. Mais la table n'est pas large, l'espace resserré, et leurs cœurs attentifs. Parfois, les yeux parlent plus vrai que les mots. Hippolyte réfléchit : Isabelle, paysanne, sans doute ne sait pas écrire. Ils auraient pu se passer des billets. Il va falloir trouver autre chose. Et danse sur le sien le pied d'Isabelle.

Odilon, ostensiblement, serre la main de Julie, du regard tente d'accrocher celui de son père. Mais celui-ci, en esprit, tout entier se fond en Isabelle ; Julie oubliée, le père sait gré au fils de l'en avoir délivré, ne lui en veut pas du tout. Odilon s'imagine bien à tort sa victoire ; mais c'est celle de Julie, c'est elle qui l'a choisi ! Jacques et Bernadette se retiennent de sourire : que le fils du maître épouse la servante, voilà qui n'est pas courant, même en ces temps républicains ! Mais prendre celle qui de notoriété publique ne se refusait guère, à commencer par son père, cela il ne peut l'ignorer. Enfin, il sait ce qu'il fait.

*

* *

Ce 29 janvier 1793 au Puy, sur la place du Martouret, depuis le matin, la neige durcit sous le piétinement des pas. Clouée sur la porte de l'hôtel de ville, une affiche attire les gens. Bien peu savent lire. Hippolyte comme eux est venu au marché avec les siens. Sur l'affiche, imprimée en grosses lettres, la nouvelle se lit terrible ; pour son sosie le remords lui met le cœur au bord des lèvres. Il se retient de lire l'affiche à haute voix ; depuis six jours il savait mais le taisait. Un pigeon de Cartelinches posé chez Vergezac portait le message fatal. Le maire de la ville du Puy, l'ancien chanoine Jean-Antoine-Christophe d'Authier de Saint-Sauveur, qui désormais se fait appeler Aristide pour mieux plaire à la Société populaire, sort sur le perron, tenant à la main une autre et même affiche. Il attend le silence, et de sa voix la plus forte, lit :

– « Le 21 janvier 1793 Louis Capet a été guillotiné. » Le premier magistrat n'en dit pas davantage et rentre dans l'hôtel de ville.

*

* *

Il fallait bien trouver une solution. Le genou qui ne se retirait point, les joues qui rosissaient, le pied qui s'attardait sur le sien indiquaient assez que deux cœurs se prenaient. Hippolyte pour Antonia avait éprouvé de la tendresse, surtout lorsqu'au matin du 19 avril 1778 elle lui avait annoncé qu'enfin elle était enceinte ! À Versailles, alors que pendant les premières années de leur vie maritale, la jeune fille de quatorze ans le jour de leur mariage se refusait à lui, jamais il ne l'avait trompée. Il acceptait sans mot dire les murmures sur son mariage non consommé. Pendant le voyage de la substitution, sans amour il succombait à Irène par les sortilèges de l'élixir rouge des dames blanches. La jouissance dura mais ne fut que physique. Pour Julie, il joua en bon acteur le rôle imparti. Certes, il la trouvait piquante ; s'il n'avait rencontré Isabelle, peut-être lui aurait-il proposé davantage après la disparition de Charlotte, se serait-il attaché à elle. À moins que, par intérêt, Julie n'eût préféré s'en faire un bon époux ? Mais Isabelle ! La jeune fille le subjuguait de l'amour jamais connu dont discouraient les romans de la bibliothèque de son grand-père. Auparavant, cet amour idéal ne lui manquait pas. Seulement, maintenant, il ne vivait que pour Isabelle. Malheureux d'attendre, ils ne pouvaient seulement jamais s'embrasser, ni même se toucher le petit doigt ; seuls se connaissaient leur genou et leur pied. Un à un il les avait sentis ; en cet instant lui fut révélé qu'Isabelle ne les retirait pas. Assis près d'elle, il rêvait aux caresses prodiguées seulement en esprit : par-dessus la table leurs regards se croisaient, se nouaient tels des fleurets d'amour. La vision s'imposait que ne pouvaient durer leurs entrevues aussi espacées qu'insatisfaisantes. Il eut beau par la suite inventer mille prétextes pour se rendre chez les Charlanches, emprunter un outil qui manquait, veiller les soirs chez les uns ou les autres à dépanouiller, à regarder les femmes filer leurs quenouilles, tout cela ne leur permettait pas de se retrouver seuls. Isabelle de son côté ne demeurait pas inactive en recherches, mais à la ferme veillait sa mère et sortir seule au-delà de la fontaine s'avérait difficile. Dès l'hiver fini, les lessives reprendraient au lavoir, il faudrait mener les bêtes au pré, les occasions de rencontres seraient plus nombreuses et plus faciles ; mais comment se parler longtemps, s'embrasser, être amoureux ensemble ?

Vers la fin de l'hiver, avant de reprendre le travail de la terre réveillée, Hippolyte s'inquiéta de sa cave, voulut vérifier où en était son vin, alluma une chandelle, descendit l'escalier. Il fallait transvaser des tonneaux, faire le compte de ceux qui devaient être remplacés. Mais son premier souci était bien sûr de vérifier la présence des louis d'or dans leur tonnelet et pour cela le déplacer. Lorsque Hippolyte y avait celé son or, il s'était appliqué à ne pas laisser de traces sur la poussière. L'ayant saisi, déposé sur la terre sèche privée depuis toujours de la lumière du jour, il put s'assurer que l'or y dormait bien à sa place. Mais il s'aperçut alors que le tonnelet reposait sur deux vieilles futailles menaçant de s'effondrer sous des gravats terreux et une épaisse poussière. Pressé lorsqu'il avait caché l'or, il n'y avait pas suffisamment prêté attention. Hippolyte voulut les enlever, et pour cela commença d'en tirer une à lui, la déposa dans l'allée de la cave. Derrière elle veillait une porte ; il tenta de l'ouvrir mais la serrure à force de ne plus servir s'était rouillée et de toute façon la clé ne se trouvait plus dans sa gorge. Hippolyte ne comprenait pas où pouvait bien donner cette porte puisque de toute façon derrière elle passait le chemin qui séparait la ferme des Moulouses de celle des Charlanches. Il remonta quérir un clou, avec une pince tordit la pointe pour en faire un crochet. Le souvenir le tarauda de son atelier installé au-dessus de son cabinet à Versailles, mais ce fut bref, car un soudain espoir lui fit entrevoir le miracle. Avec son crochet, ce n'était pour lui qu'un jeu de débloquer la serrure. Il tira la porte sans qu'elle grinçât trop, avec sa chandelle examina la galerie de quinze pieds à peu près, solidement étayée de poutres de châtaignier qui s'ouvrait devant lui ; elle passait sous le chemin. Une autre porte la fermait, qui sans doute ouvrait sur la cave des Charlanches. Comme la sienne avec son clou, il la crocheta. Elle ouvrait sur une autre cave en vis-à-vis. Le miracle semblait vouloir se réaliser. Ainsi, les deux fermes communiquaient par ce passage sous le chemin. Les Charlanches l'ignoraient sans doute ; sinon Isabelle lui aurait évidemment parlé de cette opportunité. Il tenait la solution ; elle devenait d'autant plus urgente qu'il semblait à Hippolyte que depuis quelque temps Bernadette suivait sa fille de plus près. Devinait-elle quelque chose ?

Le lendemain matin, de la fenêtre de sa chambre, il aperçut Isabelle emplir une cruche à la fontaine qui plus bas coulait sur la place. Son cœur battit de voir si jolies mains aimées plongées dans l'eau trop froide. Hippolyte ne se faisait pas à la rude vie de la jeune fille. Les autres l'indifféraient, mais pas celle d'Isabelle. À Versailles, jamais il ne se préoccupait de savoir comment son linge était lavé. Chaque matin, et plusieurs fois par jour, son valet de chambre disposait sur des fauteuils et dans sa chambre, ses vêtements, ses habits royaux ; ensuite d'autres valets l'aidaient à s'habiller. Et cela depuis toujours, puisque né à Versailles et petit fils du roi. Il ne savait même pas l'origine de ce miracle de linge immaculé, parfaitement repassé, empesé, parfumé, toujours renouvelé. Ce fut au Temple seulement qu'il dut s'habiller et se déshabiller seul.

Le soleil de l'hiver finissant venait à peine de dépasser la crête de la colline. Les cheveux d'Isabelle en étaient tout éclairés ; l'astre y déposait comme des aigrettes de lumière. Hippolyte ne se lassait pas de l'admirer. Doucement il l'appela :

– Isabelle ? Vous allez attraper la maladie.

La jeune fille leva la tête, du bout des doigts lui envoya un baiser :

– Gros paresseux ! Vous vous levez seulement ?

– Bien sûr que non ! J'ai déjà soigné les bêtes avec les fils. Mais je suis remonté quérir un mouchoir et j'ai bien fait puisque je vous vois. Je descends vous faire part d'une surprise !

Devenir amoureux le rajeunissait. Il se mouvait moins pesant, marchait plus vite, presque comme un jeune homme grimpait et descendait les escaliers. Il dévala les marches de bois, ouvrit la porte et en trois pas fut auprès d'Isabelle. Il prit le temps d'un regard pour s'assurer que personne ne les observait, puis lui saisit les bras et sur son cou nu si blanc déposa un baiser. Isabelle, amoureusement, se tournait en tous sens pour offrir une peau avide d'autres baisers.

– C'est la surprise ?

– Je vous en apporte une autre…

Isabelle le regarde :

– Nos deux caves communiquent. À onze heures, trouvez-vous un prétexte, descendez dans la vôtre et allez au fond devant une porte qui donne face à notre ferme. Je l'ai débloquée. Vous n'aurez qu'à la pousser : je vous attendrai juste derrière. À tout à l'heure, il ne serait pas impossible que votre mère nous surveille.

Et dans le cou il l'embrasse encore une fois, puis lui libère les bras.

Jacques Charlanches et Marc, son fils, se trouvaient partis pour la journée : l'hiver terminé, les labours de printemps pouvaient maintenant commencer. La terre se réchauffait au soleil des jours qui allaient s'allongeant ; bientôt, elle pourrait accueillir au creux de ses sillons les semences qui nourriraient les hommes. Bernadette tranquillement vaquait à sa besogne. À vrai dire, elle ne serrait pas Isabelle comme Hippolyte le croyait. Mais sa fille restait à marier, il convenait de s'en soucier. Isabelle à la ferme, son ouvrage se faisant, à son gré elle allait et venait. À onze heures, celle-ci prit l'escalier descendant à la cave ou plutôt aux deux caves, car les Charlanches cultivaient plus de vigne que les Moulouses et une seule eût nécessité une voûte de trop longue portée. Prudente, avant de descendre, à la flamme de l'âtre, elle alluma une chandelle ; à part l'été – et encore ! –, toute l'année il convenait de tenir du feu dans ces fermes de pierre grise aux confins du Velay, proches voisines du mont Devès. Et puis, même au cœur de l'été, il fallait du feu pour cuire les repas, sans compter la chaudière des cochons ; mais elle cuisait dehors, près de la soue. Plusieurs chandelles attendaient sur le manteau de la cheminée ; il suffisait d'en saisir une, de l'allumer à la flamme ou de souffler sur un brandon de braise. Isabelle entra dans la seconde cave, celle du fond où elle savait la porte oubliée, poussiéreuse et si épaisse qu'elle avait enterré plusieurs générations de Charlanches et continuerait pour d'autres. Au premier coup d'œil, Isabelle la repéra discrètement entrouverte. Elle n'eut pas à la pousser : Hippolyte avait deviné ses pas de chatte ; il poussa vers elle la porte, Isabelle apparut.

– Je ne vous savais pas si bon serrurier. Où avez-vous trouvé la clé ? Même mon père l'a souvent cherchée, mais en vain.

– Je vous dirai cela un jour.

Déjà ils ne parlent plus, profitent de l'instant, s'enlacent, s'embrassent. Qu'elle est douce dans ses bras ! Il ne s'en lasse pas. Mon Dieu qu'ils sont heureux ! Qu'elle se sent bien contre lui ! Telle une mésange au nid. Tendrement, ils s'étreignent. Ce n'est pas la première fois, mais le sentiment que personne ne sait où ils sont, ne connaît leur amour, en renforce le prix. De son index câlin, elle lui caresse les joues, le nez, les lèvres enfin, prononce des mots sans suite.

– Tu es toujours là, tout au fond de mon cœur ; et le seras toujours.

Ce tutoiement ignoré d'Hippolyte glisse une larme entre ses paupières serrées. Il n'ose l'essuyer, comme pour mieux en savourer l'eau perlée.

– Je suis si heureux avec toi ; tu me manques trop !

Il l'embrasse à nouveau et voit qu'elle tient ses yeux fermés, qu'elle lui offre son cou d'une blancheur irréelle. Isabelle va un peu plus loin dans les mots d'amour, à Hyppolite elle dit des phrases qu'elle n'aurait pas cru savoir, qu'Antonia jamais ne lui a prononcées. Ils s'enlacent avec une passion longtemps retenue à laquelle sans honte Isabelle s'abandonne. Elle s'imprègne de sensations rêvées, seulement soupçonnées, respire son odeur, jouit presque d'un orgasme de sentiments. Dans les bras d'Hippolyte elle chavire pour de bon avec les mots d'amour très simples qui leur viennent sur les lèvres et dont jamais ils n'auraient pressenti la saveur. Hippolyte tel qu'à Versailles saisit la main d'Isabelle et en approche ses lèvres. La jeune paysanne attend ses paroles. Pour un homme qui n'a connu qu'une reine réticente, la jeune fille qu'il aime est une révélation ; viennent enfin les paroles qu'elle attend s'il veut qu'elle soit sienne.

– Isabelle, veux-tu être ma femme ?

Un petit oui sort de la jolie bouche ; pourquoi faut-il qu'il soit suivi d'un mais ? Certes existe la différence d'âge, mais là n'est pas le problème.

– Je voudrais tant être ta femme ; mais peut-être Charlotte n'est-elle pas morte ?

– Je suis certain qu'elle est morte.

– Comment le prouver ?

Un éclair sidérant traverse l'esprit d'Hippolyte : mais lui-même est marié ! Où avait-il la tête ? Que faire d'Antonia ? Il ne peut deviner Marie-Antoinette guillotinée le seize octobre prochain, et malgré Isabelle il l'espère comme lui délivrée par ses gentilshommes fidèles. Charvériat pour cela s'active à Paris. Les pigeons de Vergezac et du frère Cartelinches renseignent Ceyssac presque chaque jour. Le drame est absolu. Avec Antonia, son mariage fut conclu pour raison d'État, pour l'alliance avec l'Autriche contre la Prusse, sans même connaître sa future épouse autrement qu'en portrait. Elle n'avait que quatorze ans, longtemps s'était refusée à lui, avait ri de lui, sans compter qu'un jour il devait apprendre Fersen. Non, Antonia, c'est oublié, c'est le passé ; il n'est plus qui il était, il s'appelle aujourd'hui Hippolyte Moulouses. Mais Charlotte, jamais avec elle il ne fut marié, seulement il ne peut le révéler, au risque certain d'être arrêté, ramené à Paris ; cela, peu lui importerait, si la sanction réelle, la vraie peine, n'était pas de vivre sans Isabelle, de la perdre à jamais. Non, dès demain, il rendra visite à Philibert, examinera avec la famille Ceyssac comment attester de la mort de Charlotte.

– Je le ferai prouver. Au profond de moi-même, je ressens la certitude de sa mort.

Comme par amour il ment bien !

– De toute façon, nous ne pouvons plus nous cacher. Dès ce soir, je reviendrai chez ton père lui demander ta main. À quelle heure rentrera-t-il ?

Isabelle regarde l'homme qu'elle aime. Pour cette phrase prononcée, elle l'adore. Sa réponse par l'imprévu se retrouve empêchée :

– Isabelle ? Où es-tu ?

C'est Bernadette, la mère.

Sa fille secoue sa robe pour en faire tomber les poussières, les traces d'argile de la cave qu'à la pauvre lumière de la chandelle elle ne peut déceler. Leurs lèvres encore une fois s'embrassent, vite elle s'en retourne. Lui, bouleversé, reprend ses esprits, l'écoute s'éloigner comme biche aux abois, doucement et sans bruit tire la porte derrière lui.

Hippolyte, au galop, à cru, presque grotesque sur son limousin s'il n'était si bon cavalier, franchit le pont-levis de la forteresse de Ceyssac. Dans la salle sombre du dyke il surgit et y surprend Mélanie et Anne-Françoise.

– Prenez garde ! Hippolyte Moulouses à peine savait-il monter à cheval ! Les paysans ne chevauchent point, ou alors au pas : ils vont dans leur carriole, ou dans leur tombereau !

Et les jeunes filles de rire !

– Je n'y ai point songé, mais ne pense pas avoir été vu. À cette heure, tous les gens se trouvent à table.

Dès qu'Isabelle et lui se sont séparés, Hippolyte n'y tenant plus s'en est allé détacher le seul cheval de la ferme, un limousin de trait. Le sosie le montait, mais au pas ; dès la sortie de la ferme sur le chemin qui grimpe, Hippolyte mettait sa monture au trot, puis au galop sous le couvert des hautes haies même effeuillées qui bordent la montée au pied du dyke. Depuis sa dernière chasse en septembre 1789, il n'a plus galopé. Trois années et demie ! Sur ce brave limousin, dont les sabots énormes et le poids de deux chevaux de selle éclatent les pierres, martèlent le sol comme la masse l'enclume, Hippolyte retrouve toutes ses sensations. Dans la Grande Écurie, ses chevaux s'élevaient hauts et entiers, bais ou noirs, dressés pour lui. Pour la guerre, mais jamais il ne la connut, ses écuyers lui dressaient des chevaux blancs que seul il montait, faciles à distinguer par les soldats. Dans les forêts royales il filait comme le vent, fabuleux cavalier chevauchant en hercule ses chevaux magnifiques. Aux chasses de la cour, de loin on le reconnaissait. Chacun le savait si bon cavalier que lorsqu'il le voulait, personne ne pouvait le suivre ; excepté son capitaine des chasses, le prince de Ligne.

– Votre père et votre frère sont-ils là ? De suite il faut que je les voie !

Il se surprend à parler en souverain, à savoir être roi alors qu'il ne l'est plus !

– Suivez-nous, nous nous apprêtions à dîner.

Au bout de la longue salle souterraine, au bas de l'escalier, les deux jeunes filles le laissent les précéder, tous les trois pénètrent dans la salle où la table est dressée.

Philibert, surpris, salue, se tait, essaie de deviner.

– Vous ! Ici ! s'écrie Thomas-Antoine, le baron, quelle imprudence !

– Je sais, mais l'affaire ne peut attendre.

– Du moment que vous êtes ici, vous allez partager notre repas, tranche Marie-Anne, la baronne. Louise et Jacques Fromont sont absents ; je leur ai donné leur journée pour des funérailles dans leur famille. Nous serons à l'aise pour parler. Mélanie et Anne-Françoise, soyez assez aimables pour jouer les jeunes filles de la maison.

Mélanie dresse un couvert, Anne-Françoise approche une chaise. Le baron et Philibert, inquiets, s'attendent au pire ; mais ils sont à cent lieues de ce qu'ils vont ouïr. Hippolyte inspire profondément, tant est difficile ce qu'il doit confesser :

– Préparez-vous à être surpris, c'est malaisé à dire.

– Abordés avec tact, il n'existe pas de sujets impossibles, rassure le baron.

Chacun s'attend à tout, mais s'en trouve bien éloigné ! Hippolyte inspire fort ; ses poumons jettent les mots :

– Je suis amoureux !

Peste ! Voilà qui n'était point prévu. À la cour, on le disait peu porté sur les dames ; il ne manquait plus que cela !

– D'une jeune paysanne, Isabelle Charlanches, ma voisine.

– Vous n'y pensez pas ! s'exclame le baron.

Philibert se tient coi, il entrevoit la suite. Marie-Anne et ses filles sourient, trouvent l'homme sympathique, surtout la mère qui à Versailles l'a connu si balourd. Décidément, l'élixir rouge a produit plus que son effet.

– Nous voulons nous épouser !

Les femmes admirent, Philibert réfléchit, le baron est confondu.

– Mais enfin ! s'exclame-t-il.

– Mais enfin, mon ancêtre Louis le quatorzième se faisait appeler soleil et a bien épousé la veuve Scarron, qui, enfant, gardait les oies !

– Ce n'est pas ce qu'il a fait de mieux ! persifle le baron.

Philibert émerge de son silence, entre dans le réel :

– J'y vois trois empêchements…

– Je les ai considérés et suis ici pour eux. Il me faut votre avis pour le premier, votre conseil pour le second, votre aide pour le troisième.

Plus difficile à entendre se fait le silence autour de la table. Sur les chaises les plus proches s'assoient Mélanie et Anne-Françoise ; elles prévoient la discussion longue, le service du repas retardé.

– Avec Isabelle, nous allons être suspectés d'avoir fait disparaître Charlotte…

– … pour vous marier, termine Philibert. Et les recherches vont reprendre, alors que l'enquête semblait endormie. Il me paraîtrait préférable que votre idylle restât discrète, que le temps fît oublier Charlotte. Il est dans les usages que le veuf ou la veuve ne se remarie pas avant un an. Attendez un peu ; ce serait trop bête de faire échouer la substitution pour un amour affiché prématurément. Songez à tous ceux, vos gentilshommes et ma famille, qui pour vous et l'avenir de la monarchie ont pris d'énormes risques.

– C'est bien difficile quand on aime de parler raison d'État.

Philibert ne cède pas à la compassion. Tant de risques pour quelques mois de patience !

– Il convient cependant d'attendre un peu, insiste-t-il. Je connais les parents d'Isabelle. Ils ne donneront pas leur accord au mariage de leur fille avec un veuf si frais, dont de surcroît le corps de la veuve n'a pas été retrouvé.

Les regards de Philibert et de toute sa famille s'attardent lourdement sur le visage d'Hippolyte ; noué au corps de la morte se situe le nœud gordien, et comment le trancher ? Hippolyte écoute. Pour la première fois il aime, pour la première fois il conduit son cœur lui-même. Comme tout est difficile ! Il imaginait les rois seuls prisonniers de la raison d'État ; simple paysan, il le reste tout autant ! Mais il n'est pas un simple paysan ; en lui repose le corps du roi. Comme la sève de la plante se retire l'hiver pour se protéger du gel et repartir au printemps, le roi se cache dans le sosie pour retrouver le trône après la Révolution. De longs mois à se cacher, à s'aimer dans la cave, derrière les buissons, dans les bois tels deux enfants. Justement, si s'annonce un enfant ? Tout à l'heure dans la cave, si la mère d'Isabelle n'avait pas appelé… Ne pouvant se décider à suivre l'avis sollicité, Hippolyte demande conseil sur le second point.

– Je suis marié. Ce fut un mariage d'État, pour la France et l'Autriche, qui devint de tendresse, jamais d'amour. Pour la première fois, à trente-huit ans, j'aime et suis aimé d'une femme. Mais je ne peux, ni ne veux, être bigame.

Glacial est le silence qui s'installe après cette phrase. Pour un peu le réchauffer, préparer une place aux paroles qui vont suivre, Mélanie prend une bûche, la pose sur les braises qui dans l'âtre rougeoient.

– Qu'y a-t-il ?

Philibert, le premier, par Vergezac avait su la nouvelle. La famille retardait de la dire. Le jeune baron se décide à parler :

– Le problème malheureusement ne se posera pas. Le procès de la reine est décidé. Je l'ai appris ce matin par un message récupéré sur un pigeon voyageur de Vergezac posé au sommet du donjon ; lui-même avait été averti hier au soir par celui de Charvériat demeuré à Paris. Il semble difficile d'envisager une évasion, encore moins une autre substitution. L'issue du procès ne laisse aucun doute...

La famille de Ceyssac observe le visage dont les traits s'assombrissent. Se ferment les paupières, deux larmes semblent perler. Au-delà du bonheur avec Isabelle, se redessine la reine ; tendrement il l'appelait son Antonia, cette toute jeune fille épousée au sortir de l'enfance. Le treize mai 1770 à Compiègne, lui-même n'avait que seize ans, il attendait venant d'Autriche sa promise à la moue de petite fille, mais plus belle encore que le pastel remis par l'ambassadeur pour la découvrir avant son arrivée. Aujourd'hui, vingt-deux ans après, depuis novembre ils sont séparés. Cinq mois... Au retour de Varennes, tous les cheveux d'Antonia en quelques jours avaient blanchi : c'était presque une vieille femme. À la nouvelle de sa mort annoncée, si Isabelle ne prenait pas tout son cœur, il l'aimerait ; mais Isabelle le captive tout entier. Il se confie, lui qui jamais ne se confiait :

– C'est triste, terriblement triste ; elle aimait tant la vie. Je n'ai surpris que sur le tard son aventure avec Fersen, ce Fersen qui eut l'idée de Montmédy mais qui à Varennes fut absent. Peut-être est-ce à cause de lui que la monarchie n'est plus ; mais c'est aussi de ce fait grâce à lui que j'ai connu Isabelle. Pour cela je lui pardonne. L'amour d'Isabelle ! C'est plus beau que d'être roi !

Hippolyte s'enferme en son silence que respecte chacun. Quand il émerge, Philibert le devance :

– J'évoque à votre place le troisième point pour lequel vous demandez notre aide. Vous êtes marié avec Charlotte et pour vous remarier, il faut prouver qu'elle est morte. Tant que son cadavre n'aura pas été retrouvé, la justice ne la considérera pas comme morte. Il s'avère trop risqué de desceller la pierre d'évier. La ferme risquerait d'être empuantie par l'odeur et il faudrait trouver un prétexte pour éloigner vos deux fils et Julie pendant le temps de l'exhumation. Non, il sera nécessaire pour vous marier d'imaginer un autre moyen de prouver la mort de Charlotte sans exhumer son cadavre.

Tandis que son fils parlait, Marie-Anne l'écoutait, paraissait absorbée en profondes réflexions. Brusquement elle relève sa noble tête ; ses longs cheveux un peu plus descendent dans son dos :

– Je tiens peut-être la solution !

– Laquelle ? demandent ses deux filles qui déjà ont deviné.

– Nous n'avons réussi la substitution de deux êtres vivants que grâce aux dames blanches de la forêt du mont Devès. Il s'agit maintenant de substituer deux cadavres ; j'irai les rencontrer.

De leurs fers, durement frappent le sol les sabots de Diane. Ils font voler les mousses qui s'agrippent aux sols humides de la fonte des dernières neiges. Sous les branches sans feuilles, seulement en bourgeons, des vieux arbres de la forêt du mont Devès, la cavalière aux longs cheveux fait bondir sa monture. Marie-Anne n'a pas attendu. Dès après le repas elle sellait Diane et au galop quittait la forteresse, traversait Ceyssac, courait à toute bride vers le dolmen de Ramourouscle, remontait les pentes aux bois profonds encore transis d'hiver vers le Devès, et de là débouchait sur son sommet où, au centre, se tient l'ancien cratère envahi de tourbe enforestée de basses futaies. La comtesse se sent plus dévouée pour Hippolyte à Ceyssac que peut-être elle ne l'était pour le roi à Versailles. Dans la galerie des glaces, il se montrait balourd personnage ; à Ceyssac, paysan amoureux, il devient homme. Au cœur de la forêt restée celte, elle coupe par une sente taillée en plein milieu des houx ; Diane saute un sapin mort couché sur les fougères aplaties et roussies par les neiges de l'hiver, débouche au bord d'une ravine dont Marie-Anne ne distingue pas le fond, envahie qu'elle se trouve par les ronciers et les éboulis de roches. Enfin les sabots martèlent plus doucement, à nouveau ils s'enfoncent dans l'humus de la clairière ; le galop devient trot, puis Diane prend le pas. Dans le vert des sapins que doucement caresse le soleil de mars, Marie-Anne devine les cabanes des charbonniers, aperçoit les meules de bûches qui fument, en respire le parfum âcre et vrai, reconnaît le grand dôme de lierre. Au centre de la clairière se tient une dame blanche ; courbée vers le sol, elle s'applique à cueillir des plantes ignorées. La baronne s'en approche, saute de Diane. La dame blanche se relève. C'est Koridwen, la fée blanche au regard de déesse. Sa mère épousa le dernier druide ; ses cheveux noirs de jais coulent sur ses épaules. Sa voix claire haut placée saisit Marie-Anne :

– Appelez-moi Hermine ; mon vrai nom, personne ne doit le dire. C'est moi qui accueille aujourd'hui. Vous étiez venue cet automne.

– Je ne vous avais pas vue ; vous étiez sous le dôme vert ? Vous cachiez votre visage ?

– Non, mais vous ne pouvez vous souvenir puisque nous avons effacé de votre mémoire tout ce que vous avez vu et entendu sous le dôme. Il en sera de même aujourd'hui si vous devez y entrer.

– J'y suis prête. Ce que j'ai à vous demander est difficile.

– Expliquez-vous. Je vous dirai si c'est possible.

Sur une pierre veloutée de mousse, Hermine comme une chatte s'assoit, invite Marie-Anne à faire de même sur le rocher gris en vis-à-vis. Diane quant à elle se régale des jeunes herbes nées de la terre printanière.

– Nous avons besoin d'un sosie de cadavre ; celui d'une femme de trente-cinq ans à peu près, maigre et osseuse de visage.

– Rien que cela ? ironise Hermine.

– C'est impossible ? s'inquiète Marie-Anne.

– Ce n'est pas impossible. Mais si vous désirez le sosie d'un cadavre, il faudra nous le décrire, et en particulier son visage.

– Je le peux avec assez de précision, car j'ai bien connu cette femme. De plus, mes deux filles peignent admirablement et, pour en faire un pastel, de son vivant avaient croqué son portrait.

– C'est parfait ; vous nous remettrez le portrait. Notre travail en sera plus soigné.

– Je vous l'apporterai demain.

– Il est un autre point. Il nous faut un cadavre, et sensiblement de même taille.

– Cela sera bien difficile. Je ne vois pas…

– Surveillez les décès et les enterrements dans les cimetières. Par ces temps de guillotine, les cadavres ne manquent pas ; nous saurons réajuster le cou, ce n'est pas un problème. Quant aux traits du visage, nous possédons cette science depuis des millénaires.

Marie-Anne réfléchissait.

– Il nous faut absolument le cadavre, insiste Hermine.

– Le cadavre originel aura bientôt quatre mois. Si nous lui substituons un frais, cela se verra.

– Nous savons tout maquiller. Et puis, le monde est si peu ce qu'il paraît être…

Devant l'Hôtel de Ville, sur la place du Martouret au Puy, la hideuse machine menaçait, toute haute dressée. Dispersés dans la foule, Philibert, Vergezac et le baron Thomas-Antoine s'appliquaient à se dissimuler. Marie-Anne, Mélanie et Anne-Françoise se tenaient cachées à l'autre bout de la ville, derrière le cimetière des Carmes, où s'enterraient les suppliciés et, depuis la Terreur, les guillotinés. Reynaud, le sinistre conventionnel dépêché par Paris, sévissait dans le Velay. Pendant la Terreur, par fournées il expédiait à la guillotine les victimes de la délation et les blancs faits prisonniers qui dans les forêts couvrant les sucs se battaient contre les bleus. Vergezac, et quelques blancs descendus des forêts, depuis plusieurs semaines surveillaient l'Hôtel de Ville où se logeait la prison. Ils avaient su que figurait une femme parmi les condamnés. Habillées en femmes du peuple, Anne-Françoise et Mélanie, que personne au Puy ne connaissait, purent assister à la redoutable mascarade que Reynaud appelait procès. À la pauvre femme, dont le seul crime reconnu consistait à n'avoir pas dénoncé ses maîtres émigrés, les ci-devant Laussonne dont l'hôtel était au Puy, il ne restait plus que ses yeux pour pleurer au prononcé de la sentence. De suite, pour le principe, car la guillotine ne se dressait qu'à quelques dizaines de pas, la charrette était avancée, les condamnés du jour contraints d'y monter.

La femme fut allongée, même pas ligotée. Le couteau, encore rougi du sang des précédentes victimes, s'abattait, et la tête roulait dans le panier de sciure.

Dans la même charrette, les aides du bourreau entassaient les cadavres, leurs têtes mélangées. Au plus haut du cimetière des Carmes, loin de l'église de pierres grises, chaque semaine les fossoyeurs creusaient une nouvelle fosse pour le massacre hebdomadaire.

C'était le quatre avril 1793 ; les arbres du cimetière voulaient revivre, éclataient leurs bourgeons, profitaient des jours plus longs, du ciel plus clair, d'un bleu léger, débarrassé de son humidité. Pour que la nuit fût bien noire, il faudrait attendre peut-être neuf heures du soir. Derrière le cimetière, à l'opposé de son entrée, à demi cachées par le mur qui l'entourait à hauteur des chanfreins de Diane, Mésange et Hirondelle, trois cavalières restaient postées à faire le guet. Marie-Anne sur ses genoux tenait une cage où patientait une colombe. Des nuages bienvenus vinrent cacher la lune en son dernier quartier. Autour d'elles, sur l'herbe, la nuit mettait une couleur de frileuses violettes.

Achille, qui marchait en tête, semblait montrer à ses comparses comment ne faire aucun bruit en posant leurs sabots. Arrivés contre le mur faisant face à celui des cavalières, Philibert, Vergezac, le baron Thomas-Antoine, deux compagnons blancs, arrêtèrent leurs montures, de même qu'à leur suite un cheval de bât. Chacun détacha la pelle attachée derrière sa selle, veillant bien à ne pas la lâcher. Vergezac, quant à lui, jeta dans le cimetière un immense sac de grosse toile de jute ficelé à l'arçon de sa selle. Les cinq cavaliers se hissèrent debout sur leur monture, et de là sur le mur.

– Achille, je te confie tes frères, murmura Philibert à l'oreille de son ami avant de sauter dans le cimetière avec les autres.

Tous les cinq à l'intérieur se glissent le long du mur. Courbés, leurs pelles à la main, Vergezac son sac sur le dos, ils marchent vite vers un bosquet de charmilles. Là à l'abri des regards, comme pour cacher sa honte, la municipalité faisait creuser la fosse commune pour les fournées du jour. La terre qui recouvre la dernière fosse demeure si meuble que les pelles entre les mains des hommes ont tôt fait de mettre à l'air les cadavres. Par bonheur, pour la retrouver, une seule femme ce jour a été raccourcie, comme joliment Reynaud s'en vantait au tribunal. La tête gardait les yeux ouverts, le corps était habillé des hardes d'une pauvresse : c'était assurément une redoutable ci-devant, gavée de l'or des rois. Vergezac et Philibert saisissent le corps, le glissent dans le sac. Le baron par respect essuie le visage, dans un beau linge blanc confié par Marie-Anne il enveloppe la tête, la dépose dans le sac où elle rejoint son corps. Les cinq rebouchent la fosse, soulèvent le sac, le serrent sous leurs bras, ramassent les pelles de leur main libre, et vite courent au mur derrière lequel attendent les chevaux. Philibert siffle d'une façon que seules connaissent mère et sœurs ; Marie-Anne ne perçoit que le silence, interroge du regard ses deux filles qui surveillent alentour et ne décèlent rien ; elle ouvre la cage, la colombe s'envole, les cavaliers la voient, se savent en sécurité. Un hennissement, imperceptible sauf pour son maître, se fait entendre. Brave Achille !

– Personne. Nous pouvons y aller.

Philibert et Vergezac font la courte échelle au baron qui s'installe sur le mur. Les deux compagnons suivent et s'y placent à califourchon. Les gentilshommes du roi hissent le sac à portée des mains qui l'empoignent et le déposent sur la crête du mur. Philibert et Vergezac saisissent les mains que tendent les compagnons, se hissent et basculent sur les selles de leurs chevaux comme déjà le comte l'a fait. Les deux blancs font glisser le sac sur le cheval de bât, sautent à leur tour sur leurs montures. Tous les cinq, doucement et sans bruit, rejoignent les cavalières, prennent soin de bien bâter le sac. La cavalcade dévale le long du cimetière, rejoint le Breuil, pique au grand trot vers Espaly. Malheur à celui ou à ceux qui sur la route s'opposeraient à eux ; tous les hommes sont soldats et armés jusqu'aux dents ; les femmes savent tirer, leurs carabines sont en bandoulière, leurs pistolets dans les fontes de leurs selles, chargés, prêts à faire feu.

À une heure du matin, sans encombre ils touchent à Ceyssac, prennent à gauche vers le dyke, grimpent vers la forteresse. Le pont-levis attend tout abaissé, Achille le franchit au galop.

Les trois amazones ne prennent pas le temps de souffler ; il faut profiter de la nuit pour transporter le corps dont la toile de jute dissimule mal les formes. Le temps de changer de chevaux, car même Diane est épuisée de onze lieues de course, et s'élancent dans la nuit les trois cavalières et leur cheval de charge. Dans la salle souterraine, les hommes admirent ces guerrières ; elles ne peuvent qu'aller seules dans la forêt du mont Devès. Les dames blanches n'y admettent que les femmes. Parmi les hauts sapins et les fayards énormes où la nuit confond tout. Marie-Anne se repère. Sous la lune brillante les roches sont claires, les branches glissent des arbres et se confondent aux ronces, partout font silence les animaux de nuit quand surgissent les chevaux. Bientôt s'entend plus sourd le bruit des sabots ; Marie-Anne reconnaît la clairière, dirige sa monture vers le dôme de lierre, masse noire sous la voûte nocturne. Ses deux filles la suivent, sautent avec elle sur l'herbe ; une silhouette blanche se glisse à l'extérieur. S'approche la belle Hermine aux noirs cheveux.

– Le corps est dans le sac, sur le cheval de bât.

– Je vais siffler deux charbonniers pour l'en descendre, il me paraît trop lourd pour nous.

Elle siffle avec ses doigts, et bientôt deux formes noires, robustes, presque à quatre pattes, se glissent hors de deux huttes. Hermine leur fait signe, les formes se redressent, deviennent silhouettes, et les hommes aux faces noires s'approchent du portefaix, en débâtent la charge, saisissent le sac.

– Merci de le porter devant l'entrée du dôme.

Le sac déposé, les charbonniers s'écartent. Nul homme ne peut entrer sous le dôme de lierre, symbole d'éternité, sanctuaire des dames blanches, hormis pour les aimer.

– Ce sont vos filles ?

– Oui, elles m'ont accompagnée, puisque les hommes ne le pouvaient pas.

– Et puis nous avons apporté le portrait, pour mieux vous approcher de la ressemblance.

Hermine examine Mélanie et Anne-Françoise. Elles ne lui semblent pas fragiles ; cependant…

– Vous ne devrez pas vous montrer sensibles, ce n'est guère ragoûtant. Depuis des siècles, les dames blanches pratiquent la thanatopraxie. Nos aïeules nous l'ont transmise d'Irlande, la seule contrée que les Romains n'aient pas conquise ; les Celtes y sont demeurés libres. Cette science des corps morts maintenait bonne figure aux chefs et aux druides avant leurs funérailles.

Derrière les pans de lierre, Marie-Anne devine un rougeoiement. Sortent huit formes blanches qui saisissent le sac, le transportent sous le dôme.

– Suivez-moi pour nous aider à reconstituer le visage. Les jeunes filles sont-elles prévenues de l'endormissement pour oublier ce qu'elles verront et entendront ?

– Nous le savons, répond Mélanie.

Toutes quatre pénètrent sous le lierre. Sur l'autel de mousse, les huit dames porteuses ont déposé le corps.

– Qui détient le portrait ?

D'un petit cylindre de cuivre qui ne l'a pas quittée, Anne-Françoise tire un papier roulé ; c'est le pastel. Mélanie dressait les plans, elle-même portraiturait. Hermine le saisit, l'examine, l'admire :

– Je vous félicite ; un véritable chef-d'œuvre, vous avez du talent.

À la flamme du foyer, de plus près elle le décrypte :

– La femme semblait peu avenante. Son mari ne devait pas en être très amoureux. Ah ! encore une chose : avez-vous l'or ?

Marie-Anne, qui sait les dames blanches peu philanthropes, tend le sac d'or préparé pour cela. Hermine le prend, d'une main fine le soupèse, semble satisfaite. Aussitôt les porteuses découpent la toile de jute. L'une retire la tête, déplie le linge qui l'enveloppe ; les sept autres déshabillent le corps diaphane et vidé de son sang, l'exposent nu sur une large lauze des carrières du Mézenc. Le triangle noir en ressort d'autant plus au haut des cuisses mortes. Une dame blanche s'approche qui attendait devant le feu. Marie-Anne la regarde, c'est Macha, celle de la première rencontre. Upanisad, sa fillette future reine, dort sur sa couche tout à l'écart.

– Le visage n'est pas trop éloigné de celui de Charlotte Moulouses, je l'apercevais sur le marché du Plot lorsque j'y vendais nos philtres. Voyons donc ce portrait ; madame la baronne, quand avez-vous vu Charlotte Moulouses vivante pour la dernière fois ?

– Environ quatre mois.

– C'est déjà long ; je me défie de la mémoire.

S'avance une autre dame ; à ses doigts longs, effilés, précis comme des pincettes, aux ongles tels des aiguilles, Marie-Anne devine que c'est elle qui va officier. Elle saisit une tige d'os, l'enfile dans les vertèbres du cou, approche la tête, aligne les vertèbres cervicales sur la tige jusqu'à ce que la tête et le cou se rejoignent parfaitement. De la pulpe de ses doigts, elle rapproche les peaux tranchées, prend une pommade blanche qui dans une coupelle d'or se réchauffe sur les braises, en enduit le sillon à la jointure des peaux juxtaposées, masse jusqu'à son absolue disparition. Par chance, les yeux sont marron, comme ceux de Charlotte ; sinon il eût fallu les traiter avec les gommes obtenues des sucs résineux que recueillent les charbonniers des écorces incisées. Dans les narines la dame blanche pousse ses doigts pointus, sculpte le nez jusqu'à lui donner la forme recherchée. De ses pouces qu'elle glisse dans la bouche, elle fait de même aux joues. Le visage se rapproche de celui recherché.

– Les pommettes étaient-elles plus fortes ?

– Plus pointues, précise Anne-Françoise.

La dame blanche saisit un gland creux et percé, l'applique sur une pommette, aspire par le trou. La pommette se redresse, s'appointit ; sur l'autre, elle pratique de même. La raideur cadavérique maintient les formes acquises.

– Est-ce cela ?

– Oui, mais les lèvres me semblaient plus épaisses. Regardez le portrait.

La dame blanche regarde, acquiesce, saisit une longue épine d'acacia taraudée en seringue, la plante dans la lèvre supérieure, y souffle une poudre d'émulsion. Elle gonfle, enfle la lèvre, agit de même pour l'inférieure. Le visage de Charlotte apparaît.

– Est-ce ainsi ?

– Oui, enfin… presque…

– Il n'est pas souhaitable que la ressemblance soit parfaite. En quatre mois un cadavre devient méconnaissable, surtout abandonné tout un hiver à tous les vents.

– Il faut cependant qu'il le soit suffisamment pour être identifié.

– Je vais le rendre répulsif aux animaux : ainsi ils ne le dévoreront pas.

Elle s'empare d'une outre tannée à l'huile de noix cueillies encore vertes pour l'étanchéité, la débouche. C'est la vessie d'un sanglier, un puissant et vieux solitaire que les charbonniers avaient tué il y a plus d'un an. Son urine y est conservée. Une odeur infecte à mettre le cœur aux bords des lèvres envahit le dôme vert ; Marie-Anne et ses filles pâlissent, croient qu'elles vont vomir, mettent une main devant leur bouche.

– C'est l'affaire d'un instant.

Comment une si belle femme reste-t-elle insensible à cette odeur si repoussante ?

Elle inonde le corps nu du liquide aussi incolore que pestilentiel ; par la peau il pénètre les chairs et aussitôt l'odeur en est captée. Les trois femmes retirent leurs mains, relèvent la tête, ne sentent plus rien.

– C'est extraordinaire ! s'exclame Mélanie.

– Au sens propre du mot, demoiselle ; tout ici est hors de l'ordinaire. Maintenant nous allons habiller le corps. À propos, comment Charlotte Moulouses se trouvait-elle vêtue le jour de sa disparition ? Ses vêtements doivent se retrouver à l'identique.

– J'avoue ne pas le savoir, déplore Marie-Anne.

– Alors, nous la laisserons nue. Cela vaut mieux. Enveloppons le corps dans un linge car le sac est inutilisable et bâtons-le sur le cheval. Vous le ramènerez d'où vous venez. Surtout, qu'il ne soit pas déposé dans la forêt du mont Devès. Maintenant, regardez-moi.

Les trois femmes fixent les yeux qui les hypnotisent. Bientôt, elles ne peuvent supporter le regard, la tête leur tourne. Sur le tapis de mousse épaisse recouvrant le sol du dôme, elles chutent sans se meurtrir.

Dans la clairière, toutes trois rouvrent les yeux. C'est toujours la nuit complète, une nuit froide du printemps né de quelques semaines. Un clair de lune magnifique argente la clairière, marbrée de place en place par les souches, les touffes jaunies, les roches dispersées. La nuit dessine les crêtes des montagnes, les cimes des hautes futaies. Quelques pépiements indiquent que bientôt l'aube s'annoncera. La baronne sent une main qui l'aide à se mettre debout. Hermine est devant elle ; Macha et une autre dame blanche ont aidé Mélanie et Anne-Françoise.

– Le corps est bâté sur le cheval. Vous ne vous souviendrez de rien, redescendez au dyke. Faites vite ; la nuit va faire place à l'aube et ensuite à l'aurore. Malgré tous nos pouvoirs, nous ne pouvons empêcher la Terre de tourner !

Pour la première fois, un sourire effleure ses lèvres.

Ceyssac dormait encore. Seuls les croisillons d'une petite fenêtre au plus haut du donjon laissaient par les vitres qu'ils encadraient passer une lumière diffuse. Elle indiquait que les hommes veillaient, attendaient le retour de celles qu'ils chérissaient. Le galop des chevaux martela le pont-levis abaissé, puis s'apaisa sous la voûte de la salle creusée.

– Vite, ce sont elles ! s'exclament à l'unisson Philibert et son père. Vergezac, soulagé, sourit aux compagnons.

Tous s'élancent dans l'escalier du donjon, dans la salle rejoignent les cavalières.

– Alors ? demande Philibert.

– Tout est parfait. À vous de déposer le corps.

– Nous y allons.

Le portefaix n'est pas débâté. Philibert saute sur Achille, escorté du seul Vergezac. Les compagnons doivent rejoindre les leurs dans les monts Yssingelais, là où s'organise une petite Vendée. Le baron, encore fatigué de l'expédition sur Le Puy, préfère se reposer, demeurer en famille, les pieds à la chaleur de l'âtre.

Les deux gentilshommes et leur fardeau détalent du château, laissent Ceyssac, prennent le sentier de traverse, le descendent jusqu'au vieux lavoir de pierres gauloises et celtes, pénètrent haut sur la prairie en bordure où dort un bief sous un roncier. Alentour, ce qu'il reste de nuit offre un refuge aux bêtes errantes, aux petites proies traquées par leurs prédateurs. Des nuages avisés voilent une lune brumeuse. Tandis qu'Achille veille, Philibert et Vergezac débâtent le cheval, tirent le corps en son linceul, déroulent le linge, glissent sous les ronces la femme nue.

Sur deux tréteaux, à la gendarmerie du Puy, le capitaine commandant la brigade a fait poser des planches de sapin. Sur celles-ci, un gendarme a étalé un drap et avec son collègue y ont déposé le corps. Par respect pour la morte, sur sa nudité, jusqu'aux cheveux ils ont relevé les pans du drap. Hippolyte Moulouses, Odilon, Paulin, Gildas, avec Julie, ont été convoqués. Les mains jointes devant eux, tous les cinq se tiennent debout. Le capitaine attend qu'arrive Jean-Jacques Boudon, le maire de Ceyssac, et celui du Puy ou son adjoint pour ajouter leur témoignage à l'identification. Les deux édiles entrent ensemble ; ils bataillaient entre collègues. Le capitaine peut alors officier :

– Citoyens, nous nous contenterons de découvrir le visage. Le corps n'est pas plaisant à voir et n'apporterait rien. Si quelqu'un cependant souhaite le voir tout entier…

Les têtes à l'unisson font le signe du non. De sa grosse main velue, l'officier saisit le drap, dégage une chair noircie qui a été visage. Les yeux sont grands ouverts mais déjà l'on discerne que leur eau s'est retirée et les globes en sont flasques. Le nez semble avoir été griffé, sans doute lorsque le corps a été dissimulé sous le roncier car pour l'en retirer les gendarmes ont pris grand soin d'écarter les ronces. Hippolyte sait que le premier il doit le reconnaître mais ne s'en approche pas trop vite.

– Selon le médecin, la mort remonterait à peu près à la date où votre épouse et mère a disparu. C'est le fils Fonlade avant-hier en menant au pré les bêtes de son père qui a découvert le corps. Pour leur première sortie, il a voulu faire le tour des clôtures et s'assurer de leur état ; il a été attiré par les pieds qui dépassaient des ronces. Son père est venu nous prévenir et nous nous sommes rendus sur le pré, devant le roncier. Le corps se trouvait nu. Nous l'avons transporté à la gendarmerie du Puy et avons prévenu le procureur.

Hippolyte alors s'approche, se force à se baisser pour sembler examiner le visage de près. Il fait signe de le rejoindre à ses fils, à Julie, s'étonne de jouer si bien son rôle, lui qui la veille se demandait s'il en serait capable.

– Qu'en pensez-vous ? Il me semble que c'est bien elle.

Odilon, qui examinait le visage, lâche un vague « peut-être ».

Julie qui redoute le retour de sa maîtresse, s'approche, regarde longuement :

– Je crois bien que c'est elle.

S'approchent enfin Paulin et Gildas ; eux seuls paraissent véritablement émus.

– Peut-être…

– Citoyen maire de Ceyssac, vous la connaissiez bien ? Qu'en pensez-vous ?

– Je crois qu'effectivement c'est sa physionomie. Mais je ne comprends pas pourquoi son corps a été retrouvé nu et sous les ronces d'un bief au plus haut d'une prairie.

– Sans doute un crime de rôdeur, estime le capitaine. Avait-elle de l'argent sur elle ?

– Peut-être, mais pas une forte somme, répond Hippolyte qui pense aux deux cents louis.

Pour paraître plus vrai, il croit devoir en rajouter.

– Mais pourquoi l'avoir dénudée ?

– Pardi, pour lui prendre ses vêtements après l'avoir tuée. Tout se vend ; et puis, peut-être les bandits avaient-ils une femme à habiller.

Cette phrase de l'officier ramène Hippolyte à Versailles ; lui reviennent en mémoire les scènes avec Antonia pour les centaines de milliers de livres qu'elle dépensait en parures. Sa liste civile n'y suffisait pas, elle laissait des dettes partout, il devait tout régler pour faire taire les fournisseurs. Pauvre Charlotte ! Toutes ses dépenses en une année n'auraient pas payé un seul mouchoir d'Antonia.

– Ce qui me paraît curieux, poursuit le capitaine, est qu'elle ne porte aucune trace de blessures. On croirait une mort naturelle, m'a confié le médecin. Si ça se trouve, elle a fait un malaise, des rôdeurs l'ont trouvée, ont volé ses habits puis dissimulé le corps sous le roncier. Ils savaient bien que pendant l'hiver sous la neige personne ne le découvrirait et qu'au printemps il serait méconnaissable. Messieurs, si votre conviction est arrêtée, nous allons dresser procès-verbal d'identification du corps de Charlotte Moulouses.

Hippolyte se fait lire le procès, trace une croix. Personne ne doit savoir ici qu'il est l'un des hommes les plus instruits de France ; à la cour, et dans toutes les capitales d'Europe, nul n'ignorait sa science en tout. Odilon fait de même, sous l'œil de Julie ; les deux autres fils parce que leur père et leur aîné avaient tracé la leur. Julie trace la sienne ensuite. Les deux maires signent, puisque la famille a reconnu sa morte.

*
* *

Ce premier samedi de novembre 1793, sur la porte de l'Hôtel de Ville du Puy, une affiche est clouée. Ce jour de marché, les paysans de Ceyssac, d'Espaly, des écarts et de plus loin sont descendus au Puy. Hippolyte s'y trouve avec les siens, Isabelle de même. C'est peut-être l'un des derniers marchés sans neige et il s'agit de faire pour l'hiver les provisions de tout ce que les fermes ne produisent pas. Ces hivers du Velay sont rudes, la neige y tombe épaisse, souvent aussi précoce qu'imprévisible ; une fois les chemins bouchés, tant pis pour celui qui n'a pas tout prévu. Chaque famille qui en possède vient avec sa carriole et son cheval. Pour les autres, elles lient deux vaches sous le joug, ou bien attellent un âne ; les plus pauvres tirent à bras.

La foule s'approche des grosses lettres de l'affiche. Pour Hippolyte, point n'est besoin d'attendre la lecture du maire. Il lit des yeux seuls pour que personne ne sache : « Le seize octobre 1793, la citoyenne Marie-Antoinette Habsbourg, veuve Capet, a été guillotinée à Paris en exécution du jugement du peuple français. »

Il pâlit, se met à trembler ; Isabelle s'inquiète, s'approche de lui. Elle non plus ne sait pas lire, et le maire n'a pas encore lu.

– Tu es malade, tu es tout pâle ?

Il regarde autour de lui, s'assure que personne n'écoute, répond en murmurant et le plus bas possible :

– Parlons doucement, que personne ne puisse entendre. Peut-être Isabelle ; c'est pour moi un terrible jour. Je n'aurais pas dû te dire mon amour sans te révéler toute la vérité. Mais je ne le pouvais.

– Tu me fais peur. Je t'aime, et malgré les vingt ans qui nous séparent, rien ne m'empêchera d'être ta femme.

– Personne non plus ne me retiendra de devenir pour toujours ton époux. Mais tu dois tout savoir. Peut-être, lorsque tu le sauras, refuseras-tu d'aller plus loin avec moi.

– Serais-tu un criminel, je t'aimerais quand même !

– Jamais je n'ai fait tirer sur personne, et c'est pour cela que je ne suis plus où j'étais. Mon crime est d'être un homme trop bon.

– Je ne comprends rien à ce que tu dis. Pourquoi tout ce mystère ?

– Ce que j'ai à te révéler est délicat, dangereux surtout pour toi comme pour moi. Tu pourrais, si un jour cela se découvrait, risquer ta tête avec la mienne.

À son tour tremble et pâlit Isabelle ; de crainte qu'elle ne tombe, Hippolyte la prend par les épaules.

– Écoute ; si tu es prête à tout entendre, à garder pour toi tout ce que je te révélerai, si quoi que tu apprennes de ma bouche tu es prête à me conserver ton amour, je suis décidé à tout te révéler.

Elle le regarde, et de voir comme sur elle il pose son regard d'homme, contre lui elle se révèle sa femme. Toutes ses forces lui reviennent.

– Je suis prête à t'écouter, je veux être ta femme.

– Puisque tu es sûre de toi, il nous faut trouver un prétexte pour nous rejoindre dès cet après-midi. Ce que j'ai à te dire sera long, et je te le répète, personne ne doit savoir.

– C’est tout simple ; cet après-midi, mes parents ne seront pas à la ferme ; ils doivent se rendre au château pour discuter avec le baron d’un échange de parcelles. Quant à Marc, il a annoncé à mes parents qu’il ira à la braconne aux garennes sur la lande de Chadenac, mais je sais qu’il en profite, quand les parents ne sont pas là, pour aller rejoindre sa mie, la fille Fonlade.

– C’est parfait, mon amour ; je frapperai à ta porte dès que j’aurai vu sortir tes parents. Je guetterai.

Hippolyte n’attend pas longtemps. Dès la sortie de ses parents, Isabelle derrière la fenêtre guette le passage désiré. Il passe, elle se précipite pour vite ouvrir la porte avant même qu’il ne frappe. Hippolyte entre, d’un coup de talon referme l’huis, et dans ses bras serre bien fort celle qui va être sa femme. De ses yeux pleurant l’amour, elle appelle son regard et il l’embrasse à l’étouffer ; à peine l’a-t-il serrée que se collent les bouches humides. Après la cave où ils se cachaient, c’est maintenant si bon de pouvoir s’embrasser dans la grande pièce des parents d’Isabelle, presque chez eux. Contre ce grand corps entre les deux bras qui la serrent fort sur lui, elle se sent bien petite, mais si bien au chaud, si bien protégée. Leurs lèvres s’écrasent, leurs visages l’un et l’autre s’épousent. Les fortes mains descendent le dos aimé, le caressent, l’échauffent ; elles ignoraient qu’il était si facile d’apprivoiser l'amour. Hippolyte en oublie les paroles attendues, mais non point Isabelle toute retournée encore de l'émoi du matin. Doucement de ses bras elle repousse le large torse :

– Parle-moi, Hippolyte. Je veux tout savoir ; comme je te l'ai promis, j'entendrai tout, et tairai tout. Puis je serai ta femme. Viens.

Elle se tait et l'entraîne vers l'escalier qui conduit à sa chambre. Hippolyte entend ce langage sans mots, l'aime encore plus de ce silence que de paroles, même d'amour. Montant les marches, ils se tiennent la main. Isabelle pousse la porte de la chambrette et, tous deux, côte à côte, s'assoient sur le bord du lit, les pieds sur le parquet menuisé en planches des sapins de la forêt du Bouchet.

– Parle, Hippolyte.

Il la regarde, dans les siennes lui prend les deux mains, parle enfin.

– Je suis le roi de France.

Isabelle d'un bond se raidit mais n'enlève pas ses mains. Toute petite, elle entendait dire par ses parents et autour d'elle : « Si notre bon roi savait ça ! » Le roi, c'était tout, c'était le père. Elle regarde Hippolyte :

– Le roi ?

– Le roi.

Et de tout raconter. L'enfance à Versailles, la mort du père, l'incompréhension de Louis XV le grand-père, les mépris réciproques avec la du

Barry, le mariage d'État à seize ans avec la petite fille d'Autriche qui en avait quatorze, se refusait à lui, était trop étroite du chemin, se retirait lorsqu'il la pénétrait, les rumeurs qu'il devait entendre alors qu'il savait par le refus de qui le mariage n'était pas consommé, les examens humiliants par les médecins sur ordre du grand-père, la catastrophe d'être roi à son tour, et bien trop jeune. Enfin l'intervention incognito du beau-frère l'empereur d'Autriche pour obliger sa sœur à consommer son mariage, le premier enfant, la révolte puis la révolution, la mort de ce premier enfant en mai 1789, quand lui-même aurait dû n'être que roi, son refus de faire couler le sang, les erreurs initiées et accumulées par celle qu'avec tendresse il appelait son Antonia, la folie de Fersen et de Varennes, la prison du Temple, l'évasion puis la substitution, l'arrivée à Ceyssac, l'exécution de Charlotte, leur rencontre à tous les deux, la nouvelle ce matin de la mort d'Antonia. Vidé de son passé, Hippolyte se tait.

– Voilà, je ne t'ai rien caché.

– Oh, je t'aime encore plus !

Elle se jette sur lui et tous les deux sur le lit se renversent. Hippolyte s'efforce à oublier les leçons d'Irène, d'être avec Isabelle comme jeune homme avec vierge fiancée ! Longuement ils s'embrassent, se caressent, délacent leurs vêtements. Sans quitter Isabelle des yeux, Hippolyte la déshabille, fait glisser sur sa peau fleur de miel les tissus encombrants, dévoilant des seins piquants qu'il embrasse longuement ; ses doigts sont délicats autour des aréoles et les pointes sont humides de baisers. Leurs peaux chaudes et soyeuses s'échauffent l'une contre l'autre et des frissons d'amour courent le long de leurs flancs. Plus douces que ses joues et plus pures que ses seins, les cuisses d'Isabelle sont là si blanches sur le dessus du lit que goulûment Hippolyte en souriant y promène sa bouche. Les longs cheveux blé doré à leur tour sont dévorés. Lui qui jamais seul ne se déshabillait, en un tour de main il jette ses vêtements et tous deux se glissent entre des draps dont la fraîcheur les surprend mais ne fraîchit point leurs ardeurs. Isabelle de toute sa joie accueille en elle Hippolyte et connaît l'amour comme elle l'attendait. Elle trouve le corps rêvé, l'agrippe avec volupté, par le plaisir se laisse submerger. Il se montre amant ardent, donne libre cours à sa force qu'en frémissant elle reçoit. Après l'amour, longtemps ils demeurent dans les bras l'un de l'autre, se distillent des mots tendres. Il prend le temps de découvrir encore la grâce du corps aimé si léger, son rire cristallin, ses jolies petites mains ingénues en caresses, la douceur de sa peau, le velouté de l'intérieur de ses cuisses… et le voilà qui fond devant elle ! Ce fulgurant bonheur lave Hippolyte des exercices d'Irène ; lui revient douloureusement tout ce qu'avec Antonia il n'a jamais connu. C'est comme si tous les deux ils étaient encore vierges ; cet orgasme est le premier et plusieurs fois ils s'aiment. Nus, offerts, ils s'endorment dans le lit, lovés l'un contre l'autre, heureux dans leur bonheur nouveau.

Vers le vallon où la Ceysse promène ses méandres, le soleil commence à s'endormir. Jacques et Bernadette s'étonnent en rentrant de trouver la porte simplement repoussée, l'âtre sans flammes, en braises seulement. Si une jeune fille se tient seule dans sa maison, elle ferme la porte à clé. Quand ils sont partis rejoindre la forteresse, ils se souviennent parfaitement avoir entendu Isabelle derrière eux tourner la clé deux fois. Cela ils en jureraient. Le plus grave reste l'âtre sans flammes ; pour une raison ou pour une autre, Isabelle aurait pu s'absenter. Mais alors elle aurait derrière elle refermé la porte à clé et même en cas d'oubli jamais elle ne serait partie sans recharger le feu. Bernadette craint le pire, monte l'escalier ; Jacques appelle :

– Isabelle, es-tu là ?

À la voix du père, les amants s'arrachent à leur sommeil. Mais il est trop tard, s'ouvre la porte de la chambre, passe le visage, puis entre la mère.

– Oh, mon Dieu !

Dans le lit elle surprend le couple nu, même si sont tirés le drap et la couverture.

– Maman !

– Madame, s'exclame Hippolyte, je vais vous expliquer.

Il n'est plus un gamin, l'amour vient de le conforter homme. Maintenant qu'il ne règne plus, presque il parle en roi.

– Accepteriez-vous, madame, de vous tourner afin de nous permettre de passer nos vêtements ?

Sur elle, Bernadette perçoit se poser le regard du maître. Elle se retourne, sort de la chambre, ferme la porte, attend sur la marche de l'escalier. À son exclamation, Jacques est monté la rejoindre, elle lui fait signe d'attendre.

– Vous pouvez entrer, madame, dit la voix derrière la porte.

Bernadette tourne la poignée, entre, suivie de Jacques.

– Quoi ? Vous ? Ici ? lance-t-il à Hippolyte d'un ton qui interroge. Isabelle, qu'as-tu fait ?

Elle se tait, mais il parle pour elle.

– Excusez-moi, monsieur. Vous vous souvenez que du vivant de ma défunte, nos deux familles ne se fréquentaient pas, se parlaient à peine. Le lendemain de sa disparition, Isabelle et moi nous nous sommes rencontrés. Elle venait aux nouvelles. Depuis longtemps je ne l'avais vue de près. Je voyais une jeune fille et non plus une enfant. La vision me sembla fulgurante ; j'ai su que je l'aimais. Je ne pouvais le lui dire. Je demeurais marié et même sans cela comptais le double de son âge, nonobstant la froideur entre nos deux familles. Pendant longtemps il me fut impossible de lui avouer mon amour et toujours je l'ai respectée. Nul n'a pu au pays trouver à redire à quoi que ce fût. Jusqu'à ce début de janvier où je me suis rendu chez vous pour l'annonce des fiançailles d'Odilon avec Julie. Tandis qu'Isabelle servait, nos genoux se sont frôlés, restaient soudés, et je sus que Julie partageait mon amour. Depuis, souvent, nous nous sommes parlé. Comme vous le savez, au sortir de l'hiver, le corps de ma défunte fut retrouvé par le fils Fonlade.

Encore plus amoureuse Isabelle regarde Hippolyte.

– Et maintenant, devant la loi, je me retrouve veuf. Au Puy, ce matin, sur le marché du Plot, nous nous sommes confiés. Je ne pouvais plus me taire. Je vous ai vus sortir, et suis venu chez vous lui demander sa main. Nos deux cœurs ont chaviré, nous ne pouvions pas ne pas nous aimer.

Hippolyte un instant laisse place au silence, se redresse de toute sa taille, et, comme s'il parlait en roi, s'adresse à Jacques et Bernadette :

– Madame, monsieur, votre fille Isabelle et moi nous nous aimons, et voulons nous marier. Je vous demande sa main.

– Citoyen Moulouses, lui répond Jacques, vous ignorez les usages et nous sommes choqués que vous ne les ayez point respectés. Avant de vous répondre, il nous faut parler à notre fille. Je vous prie de sortir, de rentrer chez vous ; je vous enverrai chercher pour vous dire notre réponse.

Hippolyte s'incline, fait le tour du lit, prend Isabelle par les épaules, les lui serre sans l'embrasser pour ne pas provoquer ses parents ; puis se recule, les salue, passe devant eux, descend l'escalier, sort de la ferme et rentre chez lui. Il souffre énormément, cet homme qui avait tout été et n'est plus rien sauf lui-même. Dans la même journée il a appris la mort d'Antonia dont il imagine voir rouler la tête décapitée. Il ne l'a jamais aimée d'amour mais choyée d'une infinie tendresse et elle lui a donné des enfants adorés. Les larmes lui remontent aux yeux de penser à la mort du premier, à son petit dauphin emprisonné, à sa fille de même. Mais dans tous ses tourments, au-dessus de tout, explose le miracle d'Isabelle. Les deux amants ne pouvaient tout à l'heure encore attendre. Depuis de si longs mois ils languissaient, leur amour se faisait trop poignant, et après ce qu'il avait confessé, ils ne pouvaient que s'aimer en amants ou se quitter. À tel point que si les parents d'Isabelle refusaient le mariage, il ne pourrait que l'enlever. Les cent doubles louis restaient cachés dans leur futaille ; avec cette somme, ils pourraient partir loin, en Amérique par exemple. Hippolyte sourit de lui : roi, il s'était opposé à cette expédition de ce fou de Lafayette ; voilà que maintenant il pense à se réfugier au Nouveau Monde avec la femme qu'il aime.

Mais ce refus, il ne l'imagine même pas tant il lui paraît impossible. Paulin et Gildas ne sont pas à la ferme, Julie et Odilon non plus ; pour s'empêcher de s'asseoir et pleurer, il se met seul à l'ouvrage, se réfugie dans l'étable pour traire et soigner les bêtes.

Jacques et Bernadette sont de même effondrés : surprendre leur Isabelle, leur fille si sage et si droite à fauter, et dans sa chambre de jeune fille ! Certes, il se voyait souvent que tourtereaux et tourterelles prennent un peu d'avance. C'était bien fréquemment l'astuce des filles de se faire mettre grosses lorsque le garçon traînait à demander le mariage ; cela se faisait caché, dans la paille des granges, des gerbiers, dans les prés ou les bois. Mais provoquer ainsi les parents dans leur demeure, dans la chambre même de leur fille ! Bernadette souffre de tout cela mais ne veut empêcher le bonheur pour sa fille. S'ils s'aiment ? La différence d'âge n'est pas exceptionnelle dans ces pays de terre où bien des mariages s'arrangeaient pour ne pas diviser les domaines. Mais comme s'ils n'avaient pas pu attendre, ou faire ça ailleurs ! Persuadée qu'Hippolyte a entraîné Isabelle, elle lui en veut ; si elle savait le vrai ! Jacques ressent l'offense au père. Profondément il aime sa fille et pour cela lui pardonnera. Mais comme il sera difficile d'oublier ! Jamais une jeune fille n'ouvre à un homme en leur absence la porte de la maison des parents ! Et celle de sa chambre en plus !

– Mais enfin, que t'a-t-il pris de l'entrer dans la maison, de le monter dans ta chambre ? Nous sommes déshonorés ! Notre voisin n'est pas mauvais parti. Malgré la différence d'âge, après tout, si vous vous aimez ! Tu sais très bien que contre ton gré jamais ta mère et moi nous ne t'aurions mariée ! Nous ne sommes point comme cela ! L'aimes-tu vraiment, au moins ?

– Oh ! oui, père. Et comme lui, dès notre première rencontre au lendemain de la disparition de notre voisine ! Je l'ai trouvé autre, comme si jamais je ne l'avais vu. Son sourire naissait nouveau, sa voix plus attentive, ses manières plus raffinées. J'ai senti qu'entre nous quelque chose se passait. Nous nous sommes parlé souvent, et rencontrés de même. Il ne m'entreprenait pas, puisqu'il était marié. Mais après la découverte du corps de sa défunte, tout a changé. Et puis, il m'a tout raconté ; je ne peux rien vous dire, mais depuis si longtemps il vivait dans le chagrin ! Nous nous aimons tant, nous ne pouvions nous priver de nous. Laissez-moi l'épouser.

Des yeux, les parents se consultent. Eux aussi furent jeunes et amoureux. Mais surtout ils aiment leur fille et veulent son bonheur.

– En ce cas, va le chercher.

– Maintenant ?

– Maintenant.

– Oh ! merci, merci !

Et Isabelle de se jeter dans les bras de ses père et mère, de les embrasser, et eux de la serrer contre eux, comme si encore elle restait leur petite Isabelle.

Ce n'est pas rien que s'occuper seul des bêtes : garnir de foin les râteliers pour qu'elles se tiennent tranquilles pendant la traite, les tirer l'une après l'autre sans oublier de leur attacher la queue d'une tresse de joncs pour éviter d'en être fouetté, surtout l'hiver où faute d'être au pré à coucher sur l'herbe propre, les poils s'agglutinaient en grelots de bouse séchée cinglant la peau comme lanières plombées. Le seau bien calé entre les cuisses, le cul sur le tabouret à un seul pied attaché autour du ventre, guetté par les deux chattes qui toujours à ce moment rejoignaient l'étable, pis par pis il fallait traire jusqu'à la dernière goutte. Tout cela, Hippolyte l'avait appris seul en regardant ses fils et puis Julie. Il ne s'agissait point d'amusement comme Antonia à Trianon. Les bêtes ne batifolaient pas enrubannées. Hippolyte s'attelait à un vrai travail, ne jouait pas. Lorsque le seau à ras bords se montrait plein, il convenait de verser le lait dans la gerle, tout chaud, tout crémeux encore sous sa mousse odorante. Hippolyte aimait les deux chattes, la noire, plus câline, la tigrée, plus sauvage, et ne les faisait pas fuir comme Charlotte ; elles savaient bien, les matines, que le maître offrait sur la terre battue une lichette aussi blanche que savoureuse dont elles se régalaient. Il fallait les voir surveiller l'avancée de la traite au pied de la gerle où après chaque seau le maître leur étalait une savoureuse gâterie de lait tout chaud sorti du pis. Pendant la nuit, au chambron, la crème remonterait à la surface et ce serait le premier travail de Julie de la recueillir pour la baratter en beurre. Le reste du lait serait pour la cuisine et les fromages. Toutes les vaches une fois tirées, la litière sale s'évacuait au trident de bois. Lorsqu'une branche sur un buis présentait une forme intéressante, celui qui l'avait repérée revenait la couper au goua ; écorcée, bien séchée, elle ferait une belle fourche. Hippolyte se plaisait à cet ouvrage utile et mesurait combien la nature s'était trompée en affublant d'une couronne celui qu'elle avait conçu pour être paysan ou forgeron.

Il fourchait du fumier dans la brouette lorsque brusquement s'ouvrit la porte de l'étable.

– Oh ! Hippolyte, Hippolyte, mes parents sont si bons ! Ils nous pardonnent.

– C'est bien vrai, mon amour ?

Et dans ses bras il la prend, la serre de joie, l'embrasse, l'étouffe un peu, tant il l'aime avec force ; elle se déprend pour respirer.

– Oui, c'est vrai.

Et sur ses lèvres elle lui pose un baiser.

– À vrai dire, je n'en ai jamais douté. Depuis que je les observe, j'ai vu qu'ils étaient bons. Ta famille est brave et tu tiens tout d'elle-même.

– Et toi aussi, tu es bon !

Et tous les deux encore ils s'embrassent, se serrent à s'étouffer, comme pour s'assurer que leur vie est à eux.

– Viens, mes parents nous attendent.

Hippolyte maintenant se sent bien trop paysan pour laisser ainsi ses bêtes. Vite il termine d'enlever la litière sale, plante la fourche dans la brouette, la roule derrière la ferme, la monte sur la planche, la déverse sur le tas de fumier. Isabelle, paysanne avant lui, s'empare d'une autre fourche de buis, du gerbier arrache de la paille fraîche qu'elle épand sous les bêtes.

Lorsque dans l'étable revient Hippolyte roulant la brouette vide, y entrent Odilon et Julie, surpris de les trouver tous deux, tant les amoureux ont su pour eux seuls garder secret leur bel amour. Un regard s'échange, Hippolyte prend dans la sienne la main aimée.

– Le mieux est que vous le sachiez : Isabelle et moi nous allons nous marier. Ses parents nous attendent.

Julie sourit, embrasse Isabelle, puis son maître dont elle ignore que jamais il ne fut son amant.

– Tous mes vœux de bonheur, citoyen Moulouses, je suis heureuse pour vous.

– Je le suis aussi pour ton prochain mariage avec Odilon. Je vous embrasse tous les deux.

Odilon confie à Isabelle :

– Avant Julie, mais tu étais très jeune, et nos deux familles se battaient froid, je te regardais avec beaucoup plus que de la seule tendresse.

– Je n'étais pas aveugle, tu sais ; mais je savais que ce ne serait pas toi.

Dans la grande pièce des Charlanches, Bernadette avec un fagot a relancé le feu. Jacques apporte sur ses bras plusieurs belles bûches, du hêtre de deux hivers. Pendant qu'avec quelques-unes il regarnit le feu, frappe à la porte le gros poing d'Hippolyte.

– Entrez, lance le père.

Isabelle tourne la poignée, pousse la porte, fait entrer l'homme qu'elle aime. Dans l'attente, il se tient sur le seuil. Elle, derrière lui, referme la porte, se tourne vers ses parents, lui prend la main. Tous les deux attendent la réponse, mais ne sont pas humbles, ne demandent pas pardon. Ils se sont aimés, et l'amour n'est pas faute. De l'âtre, la mère se relève ; maintenant, hautes et vives montent les flammes. Le père, une à une dans ses mains calleuses et dures, prend le reste des bûches, les range au côté de la cheminée. Sur les flammes, il se frotte les mains, en secoue les poussières d'écorce sèche, se relève à son tour, s'approche de son épouse. Les deux couples s'observent et leurs regards s'apaisent de l'harmonie très douce des yeux verts d'Isabelle ; comme son père les couve ! Comme il veut que sa fille soit heureuse ! Et comme il souffre qu'elle n'ait pas respecté les règles ancestrales qui en ordre tiennent les familles ! Révolution ou pas, la famille est la famille et les pères sont les pères.

– Voyez-vous, citoyen Moulouses, nous ne voulons, ma femme et moi, que le bonheur d'Isabelle. Vous nous avez fait beaucoup souffrir en abusant de notre maison.

– Comme je vous le révélais tout à l'heure, nous nous aimons depuis si longtemps ! Et sans pouvoir vivre tout notre amour ! Notre passion s'est trouvée la plus forte. Je vous le redemande encore, accordez-moi la main d'Isabelle. Vous venez de nous confier que vous ne vouliez que son bonheur.

Jacques se tourne vers Bernadette qui acquiesce du regard :

– Et toi, Isabelle, veux-tu d'Hippolyte pour époux ?

– Oh ! oui, père !

Et d'embrasser ses parents.

Par la main elle prend celui qu'elle aime et le conduit à eux :

– Embrassez-vous ! Maintenant vous êtes de la famille.

Hippolyte tel qu'à Trianon surprend la main de Bernadette, y dépose ses lèvres. Comme Jacques, elle est surprise ; Isabelle vérifie les dires de tantôt.

– C'est pendant votre voyage à Paris que vous avez appris ces belles manières ? lance sa mère en boutade. Ici nous sommes à Ceyssac, embrassez-moi sur les deux joues.

Sans y réfléchir, Hippolyte avait embrassé tout à l'heure Julie sur les joues. Isabelle, c'était tout autre. Mais Bernadette, sa presque belle-mère, il n'a pu s'empêcher de revenir aux bonnes manières, comme elle l'a observé. Cela ne se faisait pas que le roi embrassât sur les joues, sauf ses enfants ; même Antonia, il lui baisait la main. C'est Bernadette qui prend l'initiative, sur ses deux bonnes joues elle lui claque deux bises.

– Sors les verres, Bernadette. Je descends à la cave quérir un pétillant. Venez mon futur gendre ; vous n'êtes jamais encore descendu à la cave. C'était idiot ce froid entre voisins. Je possède de mes aïeux deux petites caves distinctes, elles sont excellentes, taillées dans le basalte, telles celles du dyke sous la forteresse.

Avant de le suivre, Hippolyte sourit à Isabelle. Bien sûr que si qu'il connaît la cave ! La porte du fond, surtout !

– La mienne aussi élève parfaitement le vin, mais elle est taillée d'une seule pièce.

À gauche de la lourde porte d'entrée, Jacques pousse une petite porte ; elle ouvre sur le passage qui conduit à l'escalier aux grosses marches de pierres usées de pas, des semelles dures des sabots. La cave s'ouvre en bas, face à eux. Jacques promène la chandelle, montre à Hippolyte les futailles, les bouteilles empilées. Hippolyte tourne la tête, sourit à la vieille porte empoussiérée tout au fond de la cave.

– Vous regardez cette porte ? Elle ne s'ouvre pas. Depuis longtemps la clé a disparu. D'ailleurs, elle ne doit ouvrir sur rien, et conduire nulle part. Personne ne se souvient plus. Mon père ni mon grand-père jamais ne m'en ont parlé.

Sur le plateau de la longue table noirci d'usage, Bernadette et Isabelle ont disposé les verres des grands jours ; le reste du temps, les gobelets de terre cuite des moines des Estables suffisent à se rafraîchir. Jacques fait sauter le bouchon, le crémant des Vigneaux pétille dans les verres, sa mousse en bave sur les bords.

– À votre santé, soyez heureux !,dit Jacques en choquant tout à tour son verre aux trois autres mais différemment avec celui que tient la main aimée de Bernadette.

Hippolyte de son gros nez hume le vin, aspire une gorgée, s'en arrose le palais, claque sa langue, avale, vérifie l'arôme en gorge :

– Il est bon, dit-il, plongeant ses yeux dans ceux d'Isabelle.

– À propos, les interpelle Jacques, plus concret que gourmet quand comptez-vous vous marier ? Il faut respecter l'année de deuil.

Du regard, les amants se consultent.

– C'est bien notre intention. Nous nous marierons dans un an, au printemps.

– Nous pourrions remettre les noisettes et faire les fiançailles cet été, propose Isabelle. En même temps que le mariage de Julie et Odilon. Cela fera des économies.

Étonné, Hippolyte la regarde. Il faudra qu'il se fasse à ces sempiternels soucis d'économies ! Les paysans de Ceyssac ne sont pas riches et la première qualité pour eux consiste à savoir compter !

Jacques prend son air soucieux :

– Cela vous fera un an à attendre. Il faudra être sage, pour le coup ça jaserait ; tu m'entends, Isabelle ?

– Oui, père.

Ce mercredi 23 avril 1794, Isabelle, aidée de sa mère Bernadette et de sa sœur Denise, revenue spécialement de Solignac pour cela, arrangea son trousseau dans une armoire robuste. Jacques, aidé de Marc et Damien qui pour cette occasion avait obtenu une permission, transportèrent l'armoire chez le futur marié comme la coutume le voulait. Hisser sur la carriole la lourde armoire pleine n'avait pas été facile, mais l'usage était ainsi. Il avait fallu le renfort d'Odilon, de Gildas et même d'Hippolyte. Isabelle l'avait ornée de sa quenouille, cadeau de sa grand-mère Clotilde, et des rubans qu'en prévision de ce jour Bernadette et Denise lui avaient achetés à la dernière foire de Saint-Martin au Puy. Ce déménagement occasionnait une première fête, un avant-goût de celle du mariage. Les violoneux et cornemuseux venus de Ceyssac, d'Espaly, mais aussi de Solignac, s'en donnaient à cœur joie. Bien sûr les amis, les familles, s'époumonaient à chanter leurs répertoires à boire. Il fallut ouvrir grand la porte des Moulouses pour faire passer l'armoire et plusieurs hommes ne furent pas de trop pour la hisser par l'escalier jusqu'à la chambre des futurs époux.

Sitôt installée, Isabelle fait sortir son monde et sans attendre commence à remettre à leur place les pièces de son trousseau malmenées par le transbordement ; sous sa fenêtre, violoneux et cornemuseux, ceux qui sont descendus après avoir aidé, ceux qui ont chanté, ceux qui jouaient les mouches du coche, font honneur au tonneau que pour eux Hippolyte met en perce.

Profitant de la fête, le futur marié remonte dans la chambre et au diable le trousseau ! Le mariage aura lieu dans deux jours, personne ne comptera ! La recommandation de Jacques n'a plus lieu d'être. Les futurs époux n'en peuvent plus d'attendre. Ils se ferment dans leur chambre, porte et fenêtre repoussées, rideaux tirés ; ils s'aiment comme au jour de la révélation. Hippolyte prend dans ses mains le visage adoré, longuement embrasse la bouche aimée. Comme par enchantement ils se retrouvent nus, ne prennent même pas la précaution d'un tour de clé. Le soleil qui dore le lit satine leurs peaux ardentes, pose ses rayons sur les cheveux d'Isabelle, affine sa taille toute en souplesse, illumine pour Hippolyte l'arrondi de ses hanches, sa toison de lumière. Elle lit le désir d'Hippolyte, ne retient pas le sien. Longtemps encore ils s'embrassent, tant goulûment leurs langues se lient. Isabelle allongée sur le dos, il la caresse, sa main descend au plus intime, elle frissonne d'attente. Ses douces paumes prennent son ventre, sa langue s'attarde entre ses cuisses, puis, brusquement, il remonte les bras pour l'attirer à lui.

C'est la toute première fois depuis la première fois. Quand il la refait sienne, elle retrouve le plaisir, lui offre tout son corps. Tant maintenant ils sont mélangés l'un à l'autre qu'ils n'aspirent plus qu'un même parfum. Plusieurs fois la jouissance revient en éruptions, puis prend mesure en saccades plus éloignées. Violemment, Isabelle se serre contre celui qu'elle a voulu pour homme et tous deux s'apaisent, guettent l'un chez l'autre le bonheur assouvi de leur accord parfait. Julie, doucement, pousse la porte nuptiale. En bas, les fêtards ne voient pas le fiancé redescendre et les coquins se doutent de l'avance que s'octroient les tourtereaux. Un doigt sur la bouche, Julie leur intime de ne pas monter. Leurs corps liés, leurs regards absorbés, les amants assoupis n'entendent pas la porte qui s'entrouvre, et encore moins Julie. Comme elle est bonne, Julie ! Femme d'amour, elle referme et en bas ne dit rien, emmène chanter plus loin, sur le petit chemin qui monte au château.

C'est au samedi 25 avril qu'avait été fixée la date du mariage. Les ménétriers précédaient le cortège pour se rendre à l'église du château. Sur un des flancs du dyke, creusée et construite en son sein, elle dressait humblement son clocher de trois arches ajourées : sur un autre s'appendait la cure, accrochée au flanc de la roche. L'église s'ouvrait dessous, ne laissait sortir du dyke que sa principale façade et celles des chapelles latérales. Les paroissiens entraient par cette façade, reliée au bourg par un large escalier. Le baron, sa famille, ses gens, y pénétraient par l'intérieur de la forteresse. Tous ensuite s'y rejoignaient sur les mêmes bancs. Le curé jureur du Puy y officierait. Les Charlanches, les Moulouses, les parents éloignés, les amis, tous avaient revêtu leurs plus beaux atours, et parmi eux la famille du baron de Ceyssac, proche des Moulouses, comme chacun le savait. Pour mettre chacun à l'aise, le baron, la baronne, Mélanie et Anne-Françoise, Philibert bien sûr, avaient veillé à se vêtir seulement en bons bourgeois. Les habits de Versailles dormaient dans les armoires et sans doute n'en ressortiraient-ils plus avant le dernier voyage. Seule, Marie-Anne, la baronne, glissait dans sa manche, et veillait à bien le faire dépasser, un carré de dentelle du Velay offert par le roi lui-même à l'occasion de son anniversaire en 1788. Le monarque avait prié l'intendant du Puy de lui en expédier une douzaine à cet effet. Pendant la cérémonie, elle ferait en sorte qu'il y attarde son regard. D'avance elle se réjouissait de danser avec lui ;

durant la danse, elle le prierait à l'oreille de faire danser ses filles. La Révolution n'avait pas permis qu'elles fussent présentées ; toute fille noble, le jour de sa présentation à la cour, était priée par le roi à danser. Marie-Anne voulait profiter des danses du mariage pour qu'incognito la tradition fût respectée. Elle le savait piètre danseur, la prison du Temple n'avait sans doute rien arrangé. À moins que sa petite fiancée… Le baron s'efforça à se souvenir du mariage secret de Louis XIV avec la fille Scarron pour s'obliger d'assister à celui imprévu de son roi avec une paysanne. De toute façon, dans son esprit, faute de prêtre non jureur pour la cérémonie, ce mariage n'aurait aucune valeur. Pour Isabelle et Hippolyte, le jeudi soir et le vendredi soir avaient paru bien longs, mais les parents de la mariée ne voulaient rien savoir ; Isabelle dut dormir à la ferme.

Sur leur veste de velours marron et leur culotte de drap gris, les hommes portaient leur belle blouse bleue. Leurs bas, filés en laine de mouton par les vieilles femmes, rarement étaient chaussés de souliers, le plus souvent de sabots, mais neufs. Ces beaux sabots, avec ceux plus élégants des dames, claqueraient en belle cadence pour danser les cotillons. Exceptionnellement, les hommes avaient enfoncé sur leur tête un chapeau rond à bords relevés sur trois côtés. Les femmes, quant à elles, vêtues de leur plus jolie cotte et d'une robe de belles couleurs dont la ceinture serrée avantageait leur taille, guettaient comment seraient habillées les femmes du château. Le corset se réservait pour les riches, les paysannes ne pouvaient s'en offrir. Pour Isabelle, il s'offrait bien inutile tant sa taille était de guêpe ! Chacune avait galonné ses manches avec ce que son homme lui avait offert à la Saint-Martin ; à cela se repéraient les généreux, les radins, ou les pauvres. Un tablier de soie bordé de dentelles, ou simplement de laine selon les bourses, et un fichu de même complétait le tout. Ces dames tenaient à être belles jusqu'au bout de leurs jolis pieds ; leurs petits sabots se montraient vernis, souvent sculptés de fleurs, et pour ne pas blesser, s'adoucissaient d'une bande de cuir de veau teintée de rouge. De plus, profitant du printemps pour être belles sans dépenser, plusieurs tenaient à la main un bouquet de violettes cueillies dans le sentier parfumé tout au long de la Ceysse, tel un ruban printanier.

Hippolyte voulut pour Isabelle une plus belle robe encore que les plus jolies des mariées de l'année aux pays du Velay. Si pour lui il ne recherchait pas l'élégance (à Versailles il se laissait habiller plutôt qu'il ne s'habillait), pour Isabelle, il désirait une parure au-dessus de celle d'une paysanne, même riche. Pour cela, il l'avait persuadée d'écouter les conseils de Mélanie et Anne-Françoise et tous quatre s'en allèrent passer une journée au Puy chez les tailleurs, chausseurs et joailliers. Philibert, averti, trouvait cette excursion bien imprudente, et sollicita Vergezac de se joindre à lui pour les accompagner, tous deux armés en guerre. Achille, superbe, fit au Puy une entrée remarquée devant la carriole dont Hippolyte tenait les rênes. Riche des deux cents louis de la substitution, il offrit à Isabelle une superbe robe de soie noire égayée de dentelles et lui-même se vêtit en riche paysan. Tous les deux entrèrent ensuite chez un joaillier de la rue Chaussade pour acquérir les anneaux d'or. Pour ne pas faire jaser, il s'était plié à ne pas offrir de bague de fiançailles, à se contenter des noisettes. Pour le mariage, il imposa de l'or pour les anneaux.

Arrivée au pied de l'escalier au bas du dyke, toute la noce grimpa les marches, s'engouffra dans l'église. Si, vue de l'extérieur elle paraissait paisible et solide comme le bonheur, de l'intérieur elle se révélait d'espace réduit, et bien vite elle fut pleine. Certains restèrent dehors à prendre sur l'escalier un soleil de printemps, blond, lourd et parfumé comme miel d'acacia. Après les « oui », Hyppolite passa l'anneau à Isabelle ; sachant son ignorance des coutumes du pays elle l'avait prévenu de le pousser après la seconde jointure afin de ne pas lui laisser croire qu'elle serait la maîtresse du logis. Isabelle ne risquait rien de lui faire respecter la coutume, elle savait bien qu'il la laisserait maîtresse ! Toujours de même raison, par signe de future abondance dans le ménage, il lui remit un louis d'or que par prudence il eut bien soin de choisir, parmi ceux datant de ses ancêtres, non frappé de son effigie !

Dans la grande pièce des Charlanches, toute la noce à grand fracas s'assoit autour des larges planches en guise de tables posées sur des tréteaux recouverts de draps bien blancs. Bernadette, Denise et les voisines les avaient fleuris de violettes et primevères. La famille de la mariée voulait bien faire les choses ; l'habillé de soies, le tué, le porc, nourrirait toute la noce. Jacques, Damien et Marc en avaient expédié la tuaille : boudins, andouilles, fricassées, fromages de tête, jambons, côtelettes, saucisses, pieds, queues et tout et tout et tout... car tout est bon dans le cochon ! Sans les compter, les femmes y ajoutèrent lapins, volailles de toutes plumes, fromages forts, sarassous, artisous, fromages blancs, flancs de courge, tartes au fromage, à la crème, au sucre, brioches, le tout bien entendu arrosé du vin des Vigneaux de Ceyssac que les tonneaux mis en perce par Jacques offraient à pleins goulots aux gosiers assoiffés.

Au moment où Hippolyte brûlait de s'esquiver avec sa jeune épouse, Isabelle poussa les petits cris que la noce attendait. Elle avait omis de l'en prévenir tant ce rite lui paraissait d'évidence. Jour après jour elle mesurait la distance entre Versailles et Ceyssac ; le roi ignorait tout des façons de vivre de son peuple et pour Hippolyte beaucoup demeurait à apprendre. Les garçons d'honneur et autres s'étaient glissés sous la table et sans vergogne aucune fourrageaient entre ses jambes pour détacher sa jarretière ; bientôt ils se relevèrent victorieux de dessous les draps qui nappaient les tréteaux, brandissant leur dépouille, puis la découpant au couteau de poche pour en jeter les morceaux sur les convives. Les plus jeunes, comme des coqs à qui la fermière jette les grains, se bousculaient sans douceur pour les attraper, et parfois ne se gênaient pas le moins du monde pour les arracher des mains de ceux qui les premiers s'en emparaient : l'enjeu était de taille, les vainqueurs pourraient embrasser la mariée mais surtout leur cavalière. Cette prise figurait promesse d'avenir ; elle considérait son cavalier comme sans doute bon amant pour sa hardiesse et pour lui la voie s'ouvrait à d'autres entreprises. D'autres cris suivirent : certains petits malins demeurés sous la table attrapaient d'autres jarretières, celles des filles à marier. Cela entraîna le charivari tant attendu qui ouvrait les danses, branles, cotillons et rondes pour toute la nuit. Bien avant le jour, par la connivence de Denise et Julie, les mariés en profitèrent pour discrètement quitter la noce et rejoindre leur chambre qui déjà était celle d'Hippolyte.

Pour cette troisième fois, ils s'aimèrent lentement, voluptueusement, savourant chaque seconde. Plus que les deux premières, son homme prenait le temps de dire des mots d'amour comme elle les aimait, des mots qui saisissaient aussi bien que les bras, des mots qui l'attrapaient au cœur. Au matin, doucement ils se caressèrent, puis se reprirent en un suprême orgasme. Apaisés, les jeunes mariés se rendormirent. Les bruits de la ferme, de la vie du village, les éveillèrent alors que le soleil se hissait sur les coteaux de Ceyssac, baignant la chambre d'une joyeuse lumière au travers des volets. Hippolyte serra contre lui son épouse tandis que des larmes venaient à ses yeux.

– Isabelle, mon petit amour, nous sommes si heureux.

– Oui, restons un peu.

Et c'est elle cette fois qui se précipite sur lui, l'embrasse plus passionnément que jamais. Derrière le volet, le ciel est d'un bleu de printemps, sans nuage aucun.

III

Deux frères

1814. VINGT ANNÉES ONT PASSÉ. Hippolyte et Isabelle font partie de ces heureux ménages où le bonheur se plaît. Souvent, ils se prennent par les mains, se regardent dans les yeux et trouvent bien agréable d'être encore amoureux. Coup sur coup, trois filles leur sont nées : Louise, Marie et une petite Mathilde. Point de fils ; ils n'en attendaient plus, lorsque après dix années de mariage, Isabelle annonçait à son époux qu'il serait encore père avant la fin de l'année. Noël naquit le jour de Noël 1804 et en prit le prénom éponyme. Presque jour pour jour trois semaines auparavant, Napoléon se sacrait empereur.

Noël avait huit ans lorsqu'au retour de Moscou la grande armée se trouva bien petite, exterminée par l'atrocité du froid. Pendant encore un an, les envahisseurs purent être retenus de l'autre côté du Rhin mais au début de 1814 les prouesses de Napoléon ne suffirent plus, l'ennemi entra en France, et tout annonça l'écroulement du grand empire.

Dans le petit manoir d'Hartwell qu'en Angleterre le prince régent mettait à sa disposition, un homme se frottait les mains. Tant d'attente ! Depuis 1789 il attendait : vingt-cinq années d'impatience, de vexations, d'exils successifs, d'espoir d'être roi. Obèse, podagre, perclus, impotent, impuissant, mais prodigieusement intelligent et lettré, et encore plus égoïste qu'incapable d'aimer, il calculait son heure. Soulagé le 21 janvier 1793 de la mort de son frère qui le rapprochait du trône, comblé de celle de son neveu Louis XVII dans la prison du Temple, il guettait la chute de Napoléon. Porté par les armées des rois envahisseurs, enfin il va pouvoir s'installer aux Tuileries. Par les fenêtres de son cabinet, pour la dix millième fois peut-être il contemple la campagne anglaise qu'il va pouvoir quitter : un messager du Régent d'Angleterre lui apporte la nouvelle. Paris s'est rendu, Napoléon a abdiqué le 6 avril.

Le 24 avril, il débarque à Calais des flancs d'une frégate anglaise. Comme il ne peut ni monter ni descendre une échelle, pas même un escalier, les marins britanniques le hissent puis le descendent dans une nacelle d'osier. À la préfecture, dans les appartements mis à sa disposition, il prend le temps du repos, lit dans son fauteuil les dépêches que depuis Paris, Talleyrand mais aussi Fouché lui ont fait parvenir. Il imagine la capitale à son retour ; s'établira-t-il au Luxembourg ? Au Palais Royal ? Aux Tuileries ? Pourquoi pas à Versailles ? Non, Versailles, c'est trop tôt ; le mieux, ce sont les Tuileries. Le Corse en a fait le centre du pouvoir, y fonctionnent toutes les manettes du gouvernement.

Sa première satisfaction est l'entrée du maître d'hôtel diligenté par le préfet pour s'enquérir de ce que Sa Majesté souhaite pour son dîner. Depuis si longtemps en Angleterre il mange mal, alors que pour lui la nourriture raffinée et abondante de Versailles et autres résidences princières satisfaisait son robuste appétit, remplissait toute sa vie. À peine son menu choisi, sans se préoccuper de savoir si quelqu'un dînerait avec lui, un doigt frappe à la porte. C'est Blacas, son homme de l'ombre et de confiance ; il l'a toujours suivi et encore plus servi.

– Trois visiteurs demandant à être reçus, sire.

Louis XVIII péniblement s'arrache à son fauteuil, s'appuie sur ses cannes, rajuste sur sa bedaine le ruban bleu du grand ordre de Saint-Louis, tire sur sa culotte. Péniblement il fait trois pas :

– Qui ?

Louis XVIII se sait si peu roi ! Son trône demeure encore confiné dans les fourgons des alliés à Paris, il doit s'attacher d'autant plus aux apparences. « Plus s'use l'outil, plus on allonge le manche » disait Jacques Charlanches, paysan à Ceyssac. Blacas s'incline bas :

– Trois gentilshommes, sire.

– Avez-vous pris leurs noms ? s'enquiert le roi de sa voix d'eunuque.

– Monsieur le baron Philibert de Ceyssac, monsieur le marquis de Charvériat, monsieur le duc de Moëlsheim, sire.

– Ces noms me disent quelque chose. Il me semble qu'ils servaient aux gardes-françaises de mon frère. D'où viennent-ils ? Sauf Moëlsheim, son nom respire suffisamment l'Alsace.

– Effectivement, sire, le duc arrive de Strasbourg ; le premier vient du Velay, le second vit à Paris.

– Bien, faites-les entrer.

Louis XVIII se ravise ; et le podagre sur ses cannes, pour masquer son infirmité et aussi montrer que le roi ne se lève pas devant ses sujets, retourne à son fauteuil dans lequel il s'effondre. Blacas tourne la poignée de la haute porte blanche liserée de dorures : des bottes éperonnées frappent le parquet ciré de l'antichambre. Trois cavaliers dont la sueur et la poussière collées à la peau montrent la longue route avalée, le chapeau à la main pénètrent dans le cabinet, s'inclinent devant le frère du vrai roi. Au coup d'œil, Louis XVIII jauge les cheveux déjà grisonnants, discerne quelques ridules au coin des yeux, leur accorde peut-être quarante-cinq à cinquante ans.

– Relevez-vous, messieurs ; je suis aise de voir des gentilshommes de France.

Tous les trois se relèvent : Philibert fait plus jeune que son âge, Charvériat paraît le sien, Moëlsheim garde fière allure. Leurs baudriers supportent des sabres à la forte poignée ; elle indique qu'ils ne sont pas ornements de cour. Du regard, Moëlsheim désigne Blacas ; ils ne peuvent parler en sa présence. Des yeux, Blacas interroge son maître. Un haussement d'une trop lourde paupière, un imperceptible signe de tête, le confident décrypte la traduction : Louis faussement XVIII lui signifie de se retirer. Les trois gentilshommes connaissent suffisamment les habitudes de cour, permanentes sous tous les régimes, pour ignorer que Blacas écoutera derrière la porte. Après tout, tant mieux.

– Votre Altesse Royale, commence Moëlsheim…

Philibert et Charvériat discrètement se sourient. Moëlsheim sans égard préférait ouvrir les hostilités.

– Plaît-il ? riposte le roi qui pense à un lapsus, une plaisanterie impossible ou si grossière qu'elle justifierait d'appeler Blacas pour les faire renvoyer.

– Votre frère, le roi Louis XVI est vivant, Votre Altesse, poursuit Moëlsheim.

C'est comme si le duc, sur les genoux du prince, s'amusait à déposer une bombe !

– Que me chantez-vous là ? C'est de bien mauvais goût, une insulte à mon frère.

– Nous ne nous permettrions pas cette goujaterie, indigne de gentilshommes, de surcroît anciens gardes-françaises qui se sont battus jusqu'au bout, et même après comme vous allez l'entendre, intervient Philibert.

Il ne peut s'empêcher de remuer profond le sabre dans la plaie :

– Au contraire de certains qui dès la marche des femmes sur Versailles, ont abandonné le roi, fui à l'étranger en se cachant, sans toutefois oublier d'y emporter leur or.

Louis XVIII au plus profond s'en trouve mortellement blessé ; c'est exactement à lui que s'adressent ces paroles vengeresses. Mais il reste grand politique, son sourire s'affiche constant, son visage engorgé ne laisse rien paraître ; il fait grippeminaud.

– Je vous écoute, dit-il rasséréné.

– Votre Altesse, nous avions mes amis et moi beaucoup réfléchi à l'échec de Varennes. Si, au matin de la fuite, le valet de chambre du roi eût trouvé un sosie dans le lit, le temps que soit découverte la supercherie, l'alerte eût été donnée trop tard pour rattraper la berline royale. Pour sauver le roi enfermé au temple, il fallait lui substituer un sosie. C'est ce que nous avons fait. Je vous passe toutes les péripéties, mais la substitution a réussi malgré toutes les difficultés rencontrées, avant, pendant et surtout après. Nous avons caché le roi dans un petit village, en lieu et place du sosie, afin que personne ne se doutât de rien. Nous le tenions ainsi en réserve pour remonter sur son trône, lui seul jamais n'a cessé d'être le roi. Nous prévoyions bien que la révolution se dévorerait elle-même et que l'empire trop grand s'effondrerait un jour. Votre frère est vivant. Avant qu'il ne prenne la route pour rejoindre Paris et s'asseoir sur son trône aux Tuileries, il a fraternellement tenu à vous en avertir. Bien sûr, votre Altesse retrouvera sa fortune et toutes ses résidences princières.

Louis XVIII sourit. Décidément son frère n'était pas fait pour être roi ; son honnêteté, son absence de ruse et de malignité l'ont toujours perdu et aujourd'hui encore le perdent. L'aîné n'arrive pas à la hauteur du machiavélisme du cadet. Mais il faut en savoir plus.

– J'ignorais totalement votre combat pour sauver le roi mon frère et bien entendu je ne peux qu'être soulagé de le savoir vivant. Mais, dites-moi : qu'a-t-il fait pendant ces vingt années ? Où se cache-t-il que j'aille au-devant de lui ?

Philibert du regard interroge Charvériat et Moëlsheim. Le drame des honnêtes gens est de ne pas voir le mal, d'imaginer les autres semblables à eux-mêmes. D'un signe de tête, ils laissent à Philibert le soin de répondre.

– Le roi, protégé de quatre gentilshommes rappelés pour cela et qui avec nous trois avaient ourdi la substitution, attend pour prendre la route notre retour dans le village où depuis vingt ans il vit incognito. Il vous demande d'attendre à Calais. Le premier, il fera son entrée aux Tuileries et ensuite vous mandera ; il lui importe de bien marquer qu'il est le roi, puisque chacun le croit guillotiné.

Philibert s'interrompt, réinterroge ses amis. Doit-il révéler le lieu ? Le frère devine l'anguille sous la roche, se tait pour faire parler, avec patience attend la suite.

– Comme votre aïeul Louis XIV, mais sous le nom de son sosie, le roi s'est remarié en secret avec…

– Avec ?

– Avec une roturière, une jeune paysanne de Ceyssac, mais aux très grandes qualités de cœur et de plus belle à ravir. Quatre enfants leur sont nés, trois filles et un garçon.

– Heureusement, les enfants ne peuvent s'appeler Bourbon ! Et quel est le nom d'emprunt du roi ? demande-t-il du ton le plus souriant et détaché.

Philibert, inconscient, ne prend pas garde :

– Hyppolite Moulouses, le nom que portait le sosie.

Là encore, le prince se montre grand politique, ne laisse rien paraître. Le garçon dernier-né est un bâtard, certes, mais on ne sait jamais. Mais quel est ce Ceyssac pour y intervenir à temps ?

– Je connais mal le royaume. Où se trouve ce village ?

– Dans le Velay, à côté de la ville du Puy, au pied d'un dyke basaltique au sommet duquel s'élève le château de feu mon père. Mon château depuis sa mort.

– Effectivement, votre nom ne m'était point inconnu. Vos parents faisaient grande impression à la cour et en particulier votre mère que le roi et moi-même estimions beaucoup, comme toute la cour d'ailleurs.

Il ment ; il n'estime que lui-même et jamais n'a estimé personne, et surtout pas les femmes que la nature par une infirmité de naissance l'empêche d'honorer. Son mariage obligé ne fut jamais consommé.

– Dites-moi, c'est fort loin de Paris ?

– À peine deux semaines au galop de bons chevaux. Votre Altesse se souvient que le roi était excellent cavalier, à la chasse personne ne le suivait.

Encore une pique, même dans sa jeunesse Louis-Stanislas-Xavier se montrait piètre cavalier et aujourd'hui il ne peut plus se déplacer que porté en chaise par ses valets ou en voiture.

– Le même temps qu'il me faudra depuis Calais. Je suis perclus de goutte et dois aller lentement, le moindre cahot me fait horriblement souffrir. Messieurs, je vous remercie infiniment de votre visite pour m'apprendre une aussi bonne nouvelle ; faites connaître au roi mon frère que je suis on ne peut plus heureux de le savoir en vie, présentez-lui mes respects et assurez-le de mon obéissance et complet dévouement. J'attendrai ses ordres à Calais, rien ne presse.

Les trois gentilshommes saluent, se retirent à reculons, la porte s'ouvre grand, derrière écoutait Blacas.

– Blacas !

– Sire ?

– Ont-ils quitté la préfecture ?

– Oui, sire, je m'en suis assuré en les faisant suivre.

– Vous avez écouté derrière la porte, comme à votre habitude ?

– Pour mieux servir Votre Majesté au cas où elle n'eût pas tout entendu !

Et Blacas incline son visage de corbeau, sec et pointu, sans aucune grâce. Déplaisant, absolu, ignorant, cassant, Blacas était l'âme damnée de Louis XVIII justement parce que ni l'un ni l'autre n'avaient d'âme ou le moindre sentiment. Le favori venu de rien exécutait toutes les basses œuvres et pendant ces vingt années d'exil n'avait jamais manqué. Une fois son maître rétabli sur le trône il pourrait tout ; tant de secrets peu glorieux les liaient tous les deux que jamais ils ne pourraient se passer l'un de l'autre.

– Que pensez-vous de tout cela ?

– Qu'il faut se dépêcher avant que leur secret ne soit public. Louis XVI retrouvé, Louis XVIII n'est plus roi. Je garde toujours sous la main les dix-sept déserteurs de Dumouriez venus se vendre après leur trahison à Valmy. Avec leur chef, le sinistre Ramourouscle qui déjà nous a rendu tant de services, ils nous suivent depuis Hartwell et sont établis à l'auberge du Bon Repos.

– Ils ne s'y seront pas reposés longtemps ! Comment reconnaîtront-ils mon frère ! En 89, il avait trente-cinq ans, il en a donc soixante aujourd'hui. Moi-même, je ne le saurai peut-être pas.

– Le profil bourbonien, le nez fort, l'embonpoint.

– N'omettez pas de bien donner le nom et le prénom, mais qu'ils l'apprennent par cœur, n'écrivez rien ! Ah ! Surtout qu'ils n'oublient pas l'enfant, deux précautions valent mieux qu'une.

– Votre Majesté me prend pour un débutant !

– Non, Blacas, mais c'est mon souci de prendre garde à tout. Donnez les ordres pour partir dès demain matin à Paris. Je veux être aux Tuileries au plus vite, on ne sait jamais. Maintenant, qu'on m'apporte mon dîner.

Ce 10 mai 1814 en fin d'après-midi, le soleil semblait déjà presque d'été. L'ombre rampait sur le val de la Ceysse, l'assombrissait tandis que sa partie ensoleillée fuyait devant elle, refluait vers les coteaux. À l'opposé, à l'ouest, sur les monts Devès et Recours, de vastes nuages rouges enveloppaient le ciel à l'horizon. Noël, qui aurait ses dix ans à la fin de l'année avait mené ses vaches paître sur les prairies en bordure de la Ceysse, en contrebas du chemin qui monte d'Espaly, où son père Hippolyte Moulouses possédait un grand hectare de pâture. Noël aimait ce coin ; les vaches s'y gardaient toutes seules car l'herbe y poussait haute. De fait, c'était Kaly, la jolie petite chienne noir et blanc, compagne de jeu du petit berger, qui les gardait à sa place. Son père ne fauchait pas cette pâture, la réservait à brouter au printemps pour préserver les réserves du grenier en cas de mauvais jours. Mais ce qui au-delà de tout plaisait à l'enfant était d'y rester seul : s'amuser avec rien, observer les mille petites bestioles dans les hautes herbes, regarder tourner les buses, scruter les cimes des arbres agitées par le vent, repérer à leurs cris les oiseaux cachés dans les haies.

Brusquement, sur le chemin qui monte, une cavalcade furieuse le tira de sa paix. Trois cavaliers, au grand galop déchaîné de leurs montures, couraient à rattraper leur ombre. Le premier, d'un regard, aperçut l'enfant, et, suivi des deux autres, sans se préoccuper d'effrayer les vaches au risque de leur faire tourner le lait, lança son cheval sur la pâture. Noël prenait peur, se demandait comment il allait s'enfuir, quand il reconnut le premier cavalier sur son grand destrier blanc.

Malgré ses quarante-cinq ans, Philibert demeurait bel homme ; à part ses cheveux à peine blanchis, sa prestance restait la même. Achille, parfaitement choyé et bichonné, était mort depuis longtemps, mais le baron de Ceyssac chevauchait depuis lors l'un de ses descendants.

Le concordat de 1801 avait rétabli la religion et au baptême de leur fils en 1805, Hippolyte et Isabelle demandèrent à Philibert d'être le parrain de Noël. L'enfant depuis toujours l'appelait tonton, plus facile à prononcer que parrain.

Charvériat et Moëlsheim ont arrêté leurs montures, toutes frémissantes encore et surtout en sueur de leur course effrénée. Philibert, sans descendre de cheval, se penche vers son filleul :

– Noël, tu vas vite rentrer chez toi ; nous avons pu arriver à temps, du moins nous l'espérons. Rassemble tes vaches, Charvériat va demeurer à tes côtés pour t'escorter jusqu'au château où ce soir tu les rentreras et non pas à la ferme. Tes parents y seront avec toi.

Pendant qu'il parle, Moëlsheim, debout sur ses étriers, surveille la campagne.

– Tu ne vois rien Moëlsheim ?

– Non, nous gardons une bonne avance.

– Mais, que se passe-t-il ? demande Noël qui ne comprend rien à cet affolement.

– Nous t'expliquerons tout cela en même temps qu'à tes parents. Maintenant, rassemble tes vaches, et fais-les marcher le plus vite possible.

Kaly, dès l'irruption des cavaliers, accourait, aboyant. Noël, d'une caresse, la rassurait.

– Va, Kaly, va !

Elle court, trace un cercle autour des bêtes, les rassemble, les pousse sur le chemin où Noël les attend, les active à marcher vite. Charvériat, en vieux soldat, surveille les alentours, place son cheval derrière l'enfant. S'ils surviennent, ce sera derrière eux. Ses pistolets dans leurs fontes, sa carabine chargée accrochée à l'arçon de sa selle, son sabre prêt à tirer du fourreau : ils apprendront que malgré son âge un vieux garde-française sait toujours se battre.

Isabelle à ses côtés, Hippolyte, la soixantaine alerte, se repose assis dans le pré en face de la Ceysse, au pied du dyke. Le vieux couple garde ses trois dernières chèvres encore vivantes. En fait, ils prennent plutôt le soleil, les chèvres pourraient fort bien se garder toutes seules. Ce n'est pas de gaîté de cœur qu'ils vont quitter Ceyssac pour Paris, les Tuileries, la vie de cour, le trône. Tous les deux sont meurtris de tous ces changements, de tous ces drames. La mort d'Odilon, victime de la conscription dans les armées de République, tué sur le Rhin deux années après son mariage ; Julie devenue veuve avec un enfant, le petit Nicolas, lui-même à dix-huit ans à peine, emmené rejoindre les Marie-Louise pour regarnir les rangs après la Russie. Qu'est-il devenu ? Aucune nouvelle. Julie est assise à leur côté, tout effarée de ce qu'elle vient d'apprendre. Il fallait bien le lui révéler. Hippolyte et Isabelle ne pouvaient pas mentir encore. Tout cela parce qu'en mars Philibert leur avait appris que l'Empire s'écroulait et qu'il allait lui falloir redevenir le roi. Ils viennent de tout lui dire, de lui proposer de partir avec eux pour Paris. Que va-t-elle faire ici, seule ? Sa mère, morte depuis longtemps ; son mari, le père de Nicolas, tué ; et ce fils, tout ce qui lui restait, où se trouve-t-il maintenant ? À quarante ans passés, que peut-elle devenir, seule à Ceyssac ? D'autant plus qu'elle ne possède rien, ou si peu ; Paulin et Gildas, ses beaux-frères, ses belles-sœurs surtout, ne lui laisseront guère de place.

Il a fallu sur Hippolyte toute la persuasion des Ceyssac, de Marie-Anne la baronne douairière singulièrement, pour se sacrifier à remonter sur le trône, à justifier la substitution. Mais, plus encore que l'énoncé des principes, ce qui l'a déterminé est le refus de laisser ce frère honni et sans scrupules s'emparer de la royauté, d'en profiter pour lui. Cela, il ne le veut pas. Pourtant, il avait oublié Versailles, et bien vite Antonia par le miracle d'Isabelle. Les blessures de la Révolution commençaient de se cicatriser ; par contre, il ressentait toujours comme une douleur insoutenable l'atroce disparition de son petit dauphin mort au Temple, abandonné, sans soins. Il se souvenait de ce jour où Philibert lui apprit sa mort ; seule Isabelle en fut confidente. Avec elle, il était monté pleurer dans les bois sous la Combe de même que dans les forêts de Versailles pour la mort de son premier enfant.

Le plus difficile ne serait peut-être pas de retrouver le pouvoir, la politique impitoyable, ses apparences, ses duretés, ses vilenies, ses glorioles pesantes, son absence de liberté, d'intimité. Isabelle ne pourrait être reine mais occuperait la place qu'à Versailles tenait madame de Maintenon, l'épouse de son ancêtre. Noël les accompagnerait ; quand il serait grand, il choisirait. Leurs deux aînées se trouvaient mariées. Non, le plus difficile serait de quitter cette campagne qu'il aimait, cette ferme qu'il avait restaurée, les Charlanches, ses beaux-parents, devenus sa seconde famille. Sous la remise il s'était installé un véritable atelier avec forge et établi. Les paysans du pays devaient se rendre au Puy pour leurs moindres réparations : pour eux, par amitié, par goût, il se fit forgeron, charron et serrurier. Sa réputation à forger les socs s'était même répandue, grâce il est vrai par la fraîcheur glacée de l'eau de la Ceysse qui saisissait le fer rougi pour le durcir comme l'acier. Mais son vrai bonheur, il le trouvait avec les bêtes. Il confiait les champs à Paulin et Gildas pour lui-même soigner ses vaches, leur cheval limousin, quelques chèvres, moutons et porcs. Isabelle, comme toutes les fermières, se chargeait des volailles et des lapins. Chaque matin Hippolyte ouvrait la porte de l'étable, profondément en humait l'odeur, en respirait de plaisir.

Dès après la première traite, il les menait au pré, profitait du temps où l'étable se trouvait vide pour changer la paille des litières. Dans une gerbe de paille, il piquait sa fourche de buis, étalait la litière propre sur le sol encore mouillé. L'odeur de la paille sèche se mêlait aux puissants effluves des bouses et de la pisse. Il riait ; ce n'était pas la fermette du petit Trianon où Antonia en robe de soie attachait des rubans au cou de ses agneaux ! Lui se plaisait à ce travail de muscles par besoin de brûler ses forces. La brouette pleine de fumier, il la poussait pour aller la verser sur le tas derrière l'étable. Tout cela fleurait fort ! Il souriait, imaginait ses courtisans se pinçant les narines s'ils se fussent tenus à ses côtés. Ce plaisir paysan, seule Isabelle pouvait le comprendre. Et dire qu'il allait devoir quitter tout cela pour régner à nouveau. Quel dépit de s'asseoir sur un trône après l'herbe du pré ! Hippolyte jeta un regard sur tout ce beau pays de Ceyssac au pied du dyke.

– Regardez, deux cavaliers.

Avant qu'Isabelle et Julie les eussent à leur tour repérés, Philibert et Moëlsheim, sur leurs chevaux fumants, aux robes ruisselantes de sueur et collées de poussière, surgissaient devant eux. Les chèvres s'effarouchèrent d'abord, puis, voyant que leurs maîtres ne faisaient que se lever mais demeuraient sur le pré, recommencèrent de brouter les basses branches des haies.

– Vite, courez vite tous les trois à la forteresse, poussez-y les chèvres, elles aussi !

– Mais… ? interroge Hippolyte.

– Nous vous expliquerons tout, mettons-nous d'abord à l'abri dans les entrailles du dyke ! Moëlsheim, galope jusqu'au château, dis à Vergezac, La Roche, Malaval et Fromone de préparer la défense, de s'armer jusqu'aux dents.

– Et Noël ?

– Il arrive avec ses vaches et Kaly. Charvériat l'escorte.

Philibert avait appris de Charvériat, demeuré à Paris pour observer les événements, l'inévitable abdication de Napoléon ; elle ouvrait les portes des Tuileries au retour du roi, mais le vrai, le légitime, celui des gentilshommes et non pas le frère qui se croyait Louis XVIII.

Il devenait urgent de préparer le véritable roi, celui de Ceyssac, à son retour aux Tuileries et d'informer l'exilé de Hartwell que jamais il ne le fut. Pendant son périple à Calais avec Charvériat et Moëlsheim, qui en étaient les plus rapprochés, Philibert ne pouvait laisser seuls à Ceyssac, Hippolyte, Isabelle, leurs enfants et Julie. Il avait par les pigeons de Vergezac, ses petits amis à plumes dont la tendresse et la fidélité faisaient la joie de sa vie, rappelé Malaval, Fromone et Vergezac, les plus proches du Velay. Eux aussi portaient la cinquantaine, mais fort gaillardement avec sagesse et expérience.

À Yssingeaux, devant un tonneau en perce à l'auberge de *L'oie rôtie*, sur une large et épaisse tranche de seiglou aussi ferme qu'une assiette, Philibert, Charvériat et Moëlsheim découpaient une volaille arrosée d'un verre de vin des coteaux de Retournac ; brusquement, dix-sept cavaliers à la mine patibulaire, armés en guerre, entraient en fanfarons, envahissaient l'auberge, à haute voix commandaient de quoi se restaurer et surtout se rafraîchir. Tandis que pour casser la croûte les trois gentilshommes demeuraient debout, les spadassins s'emparaient de la longue table d'hôte. Sans discrétion, ils s'enquéraient auprès de l'aubergiste de la direction du Puy, clamant qu'ils devaient rejoindre un village alentour, Ceyssac. Prudent l'aubergiste se contentait d'indiquer le chemin qui au-delà des sucs s'enfonçait vers Le Puy, ignorant où se trouvait Ceyssac. Simultanément, sans besoin d'ouvrir la bouche pour se dire un seul mot, un fulgurant éclair avait illuminé l'esprit des trois gentilshommes. À force de toujours penser ensemble et au même sujet, leurs entendements cheminaient à l'unisson. Philibert trop tard maudissait son erreur d'avoir dévoilé le lieu où vivait le vrai roi, et tout autant l'existence du petit Noël qui un jour pourrait lui succéder. Pendant toute la route, ils avaient examiné cette conviction : Louis XVIII ne se laisserait point déposséder, son sourire affiché se révélait un leurre, peut-être irait-il même jusqu'à faire tuer son frère et son neveu. Cette troupe de reîtres accourait pour cela. Philibert sans attendre déposa un napoléon dans le creux de la main de l'aubergiste, tous trois sortirent dans la cour, sautèrent sur leurs chevaux regaillardis d'avoine et d'eau fraîche. Ce sont eux que Noël aperçut, qu'il suivit avec Charvériat, ses vaches et Kaly, tandis que sur le pré Philibert et Moëlsheim rejoignaient Hippolyte, Isabelle et Julie.

Le temps d'arracher les chèvres au broutage des haies, de leur faire passer le pont-levis, d'entrer sous le dyke jusqu'à la porte de l'étable souterraine, Philibert, Hippolyte, Isabelle et Julie montaient à la salle d'armes attenante au logement du baron. Noël et Charvériat arrivaient en vue de la forteresse ; Vergezac, Fromone, Malaval, La Roche, rameutés par Moëlsheim descendaient quatre à quatre l'escalier du donjon, se précipitaient dans la salle d'armes où déjà se trouvait Philibert. Cela faisait presque vingt-deux ans, en décembre 1792, que les sept gentilshommes ne s'étaient pas retrouvés ; d'être rassemblés ils se sentaient de taille non pas seulement à repousser les dix-sept spadassins, cela à un contre trois, ils le pouvaient. Ce qu'il fallait, c'était les tuer tous afin qu'aucun ne puisse jamais prévenir leur maître ; eux morts, les gentilshommes ramenaient leur roi caché, le vrai, le seul, à Paris, le faisaient reconnaître ; pour son frère, il ferait un pont d'or afin que dans l'opulence et les délices culinaires il regrette moins le trône.

Hippolyte redescend, trouve Charvériat en arrière-garde, ouvre grand les ventaux de la porte de l'étable où Noël et Kaly poussent les vaches, et déjà les chèvres retrouvent leur enclos menuisé.

« Bien, maintenant, relevez le pont-levis, fermez les portes à double tour », commande Philibert.

Vergezac et La Roche s'attellent aux mancherons du lourd moyeu de bois où s'enroulent les cordes de chanvre. Le pont de planches s'élève, se dresse, s'approche de la muraille, s'encastre entre les jambages de roche sous le linteau énorme d'une pierre d'un seul bloc. La forteresse est bien close, prête à se défendre sous les ordres de son maître ancestral, le baron de Ceyssac.

« Isabelle et Julie, montez dans les étages, tirez les volets et par les interstices surveillez la route d'Espaly ; prévenez lorsque vous les verrez arriver. Fromone et Malaval, faites de même du haut des créneaux du donjon. Moëlsheim, Charvériat et moi nous resterons en bas, derrière la porte du pont-levis. Sire, pour le combat, il convient maintenant de reprendre votre titre de roi ! Par les souterrains de la forteresse, rejoignez l'entrée de l'église avec Vergezac et La Roche. C'est le point faible. Fortifiez avec des meubles la porte ouvrant sur l'escalier.

Que vos armes soient chargées, prêtes à faire feu. Attendons de voir comment ils vont s'y prendre. Vous, ma mère, prenez avec vous Mathilde, veillez sur elle, enfermez-vous dans la salle d'armes, si besoin défendez-vous. »

Noël sort de l'étable par la porte intérieure ; comme son père, il voulait voir ses bêtes, s'assurer qu'elles ne manquaient de rien, mais surtout caresser la nuque du petit veau, là où il aime, entre la naissance des cornes en boutons. Kaly le suit, car c'est son maître à elle ; avec lui, elle rejoint la salle d'armes.

« Toi, Noël, tu montes et descends vite les escaliers : grimpe au sommet du donjon, surveille, et tiens-nous informés. »

Tous ensemble ils font silence. Du sommet du donjon aux souterrains, chacun à son poste, fusil, pistolet ou sabre à la main, se tient prêt au combat. Avec La Roche et Vergezac, le roi s'apprête à rejoindre son poste derrière la porte de l'église.

– Sire, et Philibert interroge les visages, sire, il va falloir se battre. Ferez-vous comme le dix août aux Tuileries ?

Hippolyte se retourne, se trouve bien peiné d'être à nouveau Louis tant il aime la paix. Il n'est surtout pas pleutre, mais déteste le sang. Il sait se battre : comme tous les princes, il l'a appris entre bonnes mains, sait manier le sabre et l'épée, tirer du pistolet ; au fusil, à la chasse, jamais il ne manquait sa cible.

– Êtes-vous bien certain de ce que vous avancez ? Je n'imagine pas mon frère fratricide. Certes il ne m'aimait pas, me méprisait sans doute, mais de là à vouloir me tuer ?

– Les spadassins de Blacas ne vont guère tarder. Ils ne s'attaqueront pas qu'à vous, voudront détruire toute trace, tout témoignage. Sans cela votre frère pourrait être accusé de régicide. En ce cas, c'est votre cadet, Charles, qui ceindrait la couronne.

– Mais qu'ils la prennent, la couronne !

– Vous savez bien que ce n'est pas possible : vous êtes l'aîné !

– Quel malheur que d'être roi !

Ses yeux s'attardent sur sa fille Mathilde, sur son fils.

– Je ne me suis pas battu pour le trône car j'ai horreur du sang et ne voulais pas verser celui de mes sujets. Le dix août 1792, cela déjà fait vingt-deux ans, je m'étais placé avec ma famille sous la protection de l'Assemblée nationale, je croyais en sa parole. Elle l'a trahie. J'aurais dû rester avec mes Suisses, et vous mes gentilshommes.

D'un regard de père, Hippolyte une fois encore couve ses deux enfants. Ce coup-ci, c'est certain, une cavalcade au grand galop monte le chemin vers Ceyssac, les sabots sur la terre dure martèlent les oreilles enfermées dans le dyke.

– Ils sont là, crient Fromone et Malaval dévalant du donjon, Isabelle et Julie de même depuis l'étage.

– Ne tirez pas encore, il faut savoir comment ils vont s'y prendre, leur lance Philibert de sa voix la plus forte. Vite, que chacun rejoigne son poste. Sauf vous, Fromone et Malaval ; avec La Roche et Vergezac, tenez-vous près du roi à la porte de l'église.

La marque des vrais héros est d'ignorer qu'ils le sont. Le roi se redresse, son regard se durcit.

– Mais aujourd'hui c'est le père qui défend sa famille. Philibert, avez-vous un sabre et un pistolet, et si possible un fusil ?

– Tenez, sire, et Moëlsheim lui tend ses armes. Avec Charvériat, nous tenons les nôtres en double dans leur râtelier à côté de nos chevaux à l'écurie. Je savais que vous vous battriez.

– Et je vais me battre pour ma femme et mes enfants. Pour vous aussi Julie ; j'ai à me faire pardonner de vous avoir entraînée dans ce drame.

– Vous êtes tout pardonné ; durant ces vingt années je vous ai observé, vous êtes un homme bon, et c'est si rare. C'est pour cela que vous avez perdu votre trône. Permettez-moi de vous embrasser.

Et sur les joues paysannes redevenues royales, durcies de barbe en cette fin de journée, elle dépose deux baisers. Hippolyte, ou plutôt Louis, il ne sait plus, les lui rend les larmes aux yeux.

– À soixante ans, je suis encore solide. Je cours rejoindre mon poste devant la porte de l'église.

Ramourouscle force son cheval, encore un peu il va le crever. Suivi de ses seize spadassins, comme si, happés, ils s'engouffraient dans son sillage de poussière, il néglige le chemin vers la forteresse, prend celui qui traverse le bourg du village, aperçoit une ferme avec une vaste cour, s'y engouffre pour chercher à s'enquérir de la demeure d'Hippolyte Moulouses. Le vieux Fonlave, occupé à sa cave, remonte au bruit des sabots, des hennissements, des jurons. À la main il porte deux bouteilles pleines que vite il descend déposer dans l'eau glacée de la fontaine souterraine qui coule sous la ferme.

– Holà ! hurle Ramourouscle, plutôt que de cacher tes bouteilles, tu vas nous dire de suite où se trouve la ferme du nommé Hippolyte Moulouses et sa famille ; sinon je te fais le pari qu'à huit nous vidons ta cave et ensuite te plongeons la tête dans ton bassin jusqu'à ce que tu aies parlé !

Fonlave en perd son teint de vigneron, tremble sur ses deux jambes. Les chevaux fumants l'entourent, leurs têtes au-dessus de la sienne ; les cavaliers au visage assassin, aux chapeaux de travers, à la peau tannée de soleil, dégoulinante de sueur, collée de poussière, le serrent entre leurs bottes à l'écuyère. Coincé entre elles, Fonlave se pétrifie à la vue des armes qui dépassent des fontes, des sabres suspendus aux baudriers, des chevaux plus hauts que lui, des regards abaissés en couteaux. Lui qui a eu la chance d'échapper à toutes les conscriptions se retrouve effrayé de cet enfermement de guerre ; vite, il parle.

– Descendez le chemin. Sa ferme s'y tient au bout, à gauche, en face d'une autre. Mais, dites-moi, que se passe-t-il ?

– Tu n'as rien à savoir, et surtout ne dis rien, sinon tu serais mort.

Ramourouscle lance son bras, pique des éperons, s'élance vers le bas du chemin entre deux longs bâtiments de pierres grises. Un temps de galop, la cavalcade cerne la ferme. Quatre cavaliers font face à celle des Charlanches, quatre autres barrent le chemin, Ramourouscle et les huit autres devant la ferme des Moulouses.

– Il n'y a personne ici ? gronde Ramourouscle.

Le silence seul répond.

– Hippolyte Moulouses ! ouvre ta porte, sinon nous l'enfonçons ! hurle-t-il encore plus fort.

Ce silence l'inquiète, l'exaspère. Derrière les portes et les fenêtres muettes, il craint les fusils chargés, la ferme transformée en redoute. Il se tourne vers ses hommes :

– Tenez vos fusils prêts, vous autres !

– Ordre du roi, ouvrez !

Dans un fracas d'enfer, les huit fusils des spadassins tirent en même temps sur les portes et les fenêtres, les balles transpercent volets et carreaux, le pistolet de Ramourouscle fait exploser la serrure de la lourde porte qui ferme la grande salle. Chez les Charlanches, Jacques et Bernadette sursautent. Occupés dans leur étable, ils n'ont point entendu venir la cavalcade, ni les aboiements de Ramourouscle. Jacques se jette dans l'escalier de la cave, prend le souterrain. Bernadette monte à la chambre, de la fenêtre elle voit les spadassins ; quatre à quatre elle dévale les marches de l'escalier de bois, d'un bond traverse la grande pièce, court à la cave :

– Jacques ! Jacques ! Hippolyte et Isabelle sont attaqués.

– Mais je ne les ai point aperçus rentrer du pré avec leurs chèvres, pas plus que Noël avec ses vaches et Kaly !

Un bruit énorme résonne de l'autre côté de la porte de la cave. Ramourouscle et ses spadassins ont enforcé la porte, pénètrent dans la ferme des Moulouses.

– Tu as entendu ?

– Il faudrait que je sois sourde !

– Vite, il faut bloquer les portes des deux caves.

Jacques et Bernadette s'engouffrent à l'aveuglette dans le souterrain, s'assurent que celle de leurs voisins est bien fermée ; aussitôt ils reviennent sur leurs pas, repoussent la porte de leur cave, tournent la clé dans la serrure, roulent deux futailles contre la porte.

– Il faut les prévenir ; mais où ? Je ne comprends pas qu'ils n'aient rien vu venir.

De fond en comble, Ramourouscle et ses reîtres fouillent la ferme des Moulouses, déversent tout, de rage renversent les meubles.

– Le drôle que nous avons interrogé nous aura trompés ; mais il ne perd rien pour attendre.

Tous les neuf ressortent en fureur, sautent sur leurs montures, enfoncent leurs éperons dans les flancs, d'un galop bondissent dans la cour de Fonlave. Le pauvre, mal remis de ses émotions s'y trouve debout, figé, ses deux bouteilles aux mains. D'un coup de lame, Ramourouscle les sabre :

– Traître ! Menteur ! Où se trouvent Moulouses et les siens ? La ferme est vide ! Parle ! Et ne mens pas où je te casse la tête à la façon de tes bouteilles !

Pauvre Fonlave ! La tête lui tourne, il se renverse de peur, aperçoit entre deux créneaux le petit Noël au sommet du donjon. L'instinct de vie lui fait perdre tout courage :

– Là… là-haut, dit-il en levant le bras.

Ramourouscle relève la tête, distingue le visage de l'enfant. Il serre à le broyer le poignet de Fonlave, lui retourne le bras derrière le dos. Le pauvre vigneron hurle de douleur :

– C'est le fils Moulouses ? Réponds, où je te casse le bras !

– Oui, mais… épargnez-moi !

Les cavaliers poursuivent leur ronde au pied du dyke, arrivent à la Ceysse, entreprennent de remonter le long de la falaise, face à la ferme des Moulouses.

– Oh ! Oh ! Je n'y prenais pas garde à l'arrivée dans le bourg ! Oh ! là là !

Tous poussent des oh ! et des ah ! découvrent l'escalier accédant à la porte de l'église.

Pourquoi se casser la tête au pont-levis ! C'est ici que nous devons porter l'attaque. Il n'empêche, même s'ils ne sont pas très nombreux selon Blacas, mieux vaut faire diversion, attaquer là où ils ne nous attendent pas.

Ramourouscle se tourne vers deux gaillards à ses côtés :

– Gabin ! Vivien ! Vous êtes de Savoie et m'avez confié un jour avoir escaladé des rochers pendant votre jeunesse. Seriez-vous capables, avec une échelle de quarante pieds, d'accéder au premier encorbellement au-dessus du ruisseau ? Si oui, vous pourrez accéder à celui qui le surplombe. À hauteur d'homme d'où vous serez, avez-vous repéré une ouverture ?

– Oui, effectivement, je l'avais remarquée en faisant le tour du dyke, répond le premier homme.

– Elle se trouve facile d'accès. Je parierais qu'elle pénètre dans la forteresse. Retournez à la ferme des Moulouses ou dans les autres si nécessaire, emparez-vous des deux plus grandes échelles ! Faites vite ! Les autres, suivez-moi.

Les quinze cavaliers laissent leurs montures à couvert d'une grange, avancent au pied de l'escalier, jettent un regard attentif sur la lourde porte cloutée ; prudemment, prêts à faire feu, montent les marches, se placent sous le linteau voûté taillé à même le basalte du dyke. Tel un porche étroit il en abrite l'entrée. Trois serrures ferment entre eux les vantaux. Ramourouscle demande à six hommes, deux fusils par serrure, de placer leurs canons à un pouce seulement, de faire feu ensemble sur le pêne et l'entrée de clé, et à son ordre seulement. Les autres, avec lui, enfonceront la porte et foudroieront à bout portant ceux qui derrière elle la gardent.

Six canons tonnent ensemble, les serrures volent, les talons des bottes repoussent les vantaux.

Hippolyte, La Roche, Vergezac, Fromone, Malaval, renforcés de Moëlsheim et Philibert, Isabelle derrière la muraille, le pistolet que Philibert lui a confié à deux mains, ont suivi le bruit métallique des éperons sur les marches. Ils ne se sont pas collés derrière la porte, mais postés à vingt pieds, l'arme chargée, armée, prête à tirer, l'index sur la gâchette.

Derrière le créneau du donjon Noël voit les deux hommes revenir, deux grandes échelles sur les épaules. Tout de suite il comprend ; les hommes descendent vers la Ceysse, remontent, suivent le pied du dyke, placent une échelle sur le bord du premier surplomb. Vite ! Quatre à quatre, descendre l'escalier et prévenir.

C'est une terrible fusillade, assourdissante de détonations, de balles qui sifflent et s'écrasent, de cris, de hurlements. Quatorze fusils et un pistolet font feu depuis l'extérieur par la plus haute marche de l'escalier, sept fusils depuis l'église répondent. Isabelle, depuis la muraille, tire sur le premier spadassin qui entre dans l'église. Hurlant de douleur, il se tord, tient ses tripes, gît sur les dalles froides du sol. Trois autres reîtres se débattent en sang, Malaval serre son bras transpercé. Maintenant, c'est au sabre qu'ils se battent. Philibert, Moëlsheim et Louis ferraillent contre cinq. Tout revient au roi des passes d'escrime que dans la salle d'armes de Versailles lui avaient appris jeune homme les meilleurs maîtres du royaume. La Roche, Vergezac, Fromone s'escriment contre les quatre spadassins encore vaillants. Isabelle voit Malaval blessé, se glisse vers le gentilhomme lyonnais, l'entraîne vers la salle d'armes où sont les femmes. Les lames se lient, se délient, se choquent de taille et d'estoc. Tantôt les gentilshommes, tantôt les spadassins s'acculent à l'escalier ou aux bancs de l'église tellement leurs forces paraissent égales. À soixante ans, le souffle un peu court, Louis se bat avec rage, aussi bien qu'il le peut. Philibert et ses compagnons, chacun en son esprit, ont la même pensée : si seulement le dix août il s'était battu de même ! Aujourd'hui, c'est pour Isabelle et ses enfants qu'il combat. Isabelle, c'est l'amour passion que les années ont renforcé ; chaque coup de sabre, c'est un baiser pour sauver leur amour. S'il la perdait, si elle le perdait, s'ils se perdaient, ils ne pourraient plus vivre. Il frappe encore plus fort ; il frappe si fort que la lame de son sabre tranche le cou d'un bretteur. Des yeux, il cherche un autre combattant, tourne la tête, découvre son fils Noël. Une autre lame l'assaille.

– Papa ! Papa ! Des hommes montent par une échelle vers l'ouverture de la salle d'armes !

Philibert entend ! Vite, il n'y avait point songé : l'ouverture prenant le jour ! Il ne peut se retirer du combat, c'est trop dur !

– Cours chercher Charvériat au pont-levis ! Montez à la salle d'armes et rejoignez ta mère et les autres femmes ; elles sont armées. Tenez bon jusqu'à notre arrivée !

Pendant qu'il parlait, son attention s'est relâchée ; sur le front son adversaire lui a tracé une terrible balafre, son visage s'ensanglante ; la rage le prend et d'estoc il plante son sabre dans le corps de l'homme. Le combat semble maintenant pencher en faveur des assiégés. D'un coup de pointe, Louis lui aussi plante sa lame dans la gorge de son adversaire et les gentilshommes maintenant se battent à quatre contre deux. Ramourouscle a vu tomber l'un après l'autre trois de ses hommes. Il sait que ce sera un combat à mort. Vergezac l'assaille de toutes ses forces et tout son art, lui perce la cuisse gauche. Brave Vergezac ! Pendant qu'il se fendait sur Ramourouscle, le chef de bande d'un coup de lame lui déchire l'épaule. Ramourouscle tient à sa vie, voit le combat perdu. Tant pis pour ses hommes ! Il profite de Vergezac blessé, des autres gentilshommes en plein combat. Pendant que personne encore ne se préoccupe de lui, il se glisse vers l'escalier, se traîne jusqu'à la grange, saisit le licol du premier cheval à sa portée, place dans l'étrier sa jambe valide, se hisse sur la selle, cale dans l'autre étrier sa jambe blessée qui maintenant le brûle atrocement, pique des deux, suit le chemin au long des fermes. Malheureux Fonlave ! Alerté par les bruits du combat, il faut qu'il se trouve sur le chemin. Ramourouscle l'avait prévenu : au galop, sans s'arrêter, il lui assène sur le dos un maître coup de sabre. Fonlave en sang s'écroule sous les yeux de sa femme qui elle aussi venait aux nouvelles.

– Mes filles ! Regardez ! Ô mon Dieu !

C'est Marie-Anne qui a vu. Isabelle soignait Malaval, Julie et Mathilde se tenaient à la sortie de l'escalier, Noël courait à la porte du pont-levis y quérir Charvériat.

Deux faciès hideux de rage, la moustache tombante, le chapeau écrasé, se montrent au jour de l'ouverture. Aussitôt, ils pointent leurs pistolets, s'apprêtent à faire feu. Ils hésitent à tirer en déséquilibre depuis l'ouverture ou à sauter dans la salle d'armes. Ne voyant que des femmes et un blessé, croyant les vaincre à bon compte, ils choisissent de fondre sur les femmes.

Jacques et Bernadette avaient vu les deux hommes s'emparer de la grande échelle des Moulouses, dépendre la leur fixée à ses crochets de bois dans la grange ouverte sur le chemin, filer vers le dyke avec les deux échelles sur leurs épaules.

– Mon Dieu ! Ils vont tenter de grimper à la salle d'armes par le trou qui prend le jour. Vite, il faut les faire chuter en tirant les échelles. Je prends la grande goua à couper les ronces !

Bernadette ne dit rien, saisit une fourche à fumier, le suit en courant. Trop tard : les hommes sont montés, les échelles posées, l'une depuis le sol rejoint le premier surplomb, l'autre sur celui-ci touche au second. Les deux spadassins peuvent pénétrer par l'ouverture.

– Ils sont en haut, je monte, tiens l'échelle.

Bernadette suit des yeux son mari, attend qu'après le premier surplomb il commence à monter les barreaux de la seconde échelle, entreprend elle aussi de grimper.

Noël court par les souterrains, Charvériat s'efforce à le suivre en marchant ; il est le plus âgé des gentilshommes du roi, le sage de la troupe. À cheval, il vaut son homme ; mais à bientôt soixante-dix ans, ses jambes ne suivent plus. Enfin ils débouchent dans la salle d'armes au moment où sautent les deux reîtres.

Courageuses, presque folles de bravoure, avant que les deux hommes se soient rétablis sur leurs jambes, les femmes se précipitent. L'un d'eux aperçoit Charvériat et l'enfant, veut se débarrasser de l'homme pour combattre les femmes. Le coup part, atteint en plein ventre le vieux gentilhomme. Malheur aux assassins ! Vraies amazones, Julie et Mathilde se jettent sur eux, les renversent, les frappent à coups de crosse. Le meurtrier de Charvériat est assommé, l'autre réussit à se déprendre de la meute, fait feu sur Julie : la balle lui fracasse le bras. Un coup de goua terrible tranche le cou de son assassin. Jacques arrivait au trou, en plein combat, sautait, voyait Julie blessée, se montrait sans pitié. Bernadette maintenant se tient sur le bord de l'ouverture :

– Aide-moi à descendre !

– Mais, tu m'avais suivi ?

– Je t'ai toujours suivi !

Quatre contre deux ! Philibert d'un clin d'œil envoie Moëlsheim prêter main-forte à Fromone. Il arrive quand ce dernier touche à la cuisse son adversaire ; l'artère fémorale tranchée, le reître s'écroule dans son sang. Avant que Philibert n'arrive, Fromone se laisse distraire par la vue de l'homme qui meurt ; grave faute : redoutable se montre le spadassin qu'il combat ; il profite de l'instant, lui plante son sabre dans le bras droit. Fromone trop tard a réagi, c'était le bras qui portait le sabre. Les doigts s'écartent, en lâchent la poignée ; à merci, désarmé, Fromone se sait un homme mort. Moëlsheim a tout vu : d'un bond, il se plante face au spadassin, de sa lame il enroule la sienne, la fait sauter, et de sa pointe libérée traverse le cœur de celui qui voulait achever son ami. Le spadassin au bras fracassé dès la première décharge, depuis quelques instants a repris connaissance, a vu son camarade se faire tuer. Il tire de son ceinturon son second pistolet, ajuste Moëlsheim. Philibert, plus prompt que lui, à son tour sauve son ami. Les deux gentilshommes portent Fromone jusqu'à la salle d'armes où les femmes entourent le pauvre Charvériat. Il geint atrocement tant sont douloureuses les blessures au ventre. Philibert se penche sur son ami, le vieux garde-française qui à Paris vingt ans auparavant veillait sur la substitution. Leurs regards l'un sur l'autre s'apitoient, il faudra un miracle si Charvériat veut voir le règne de son roi.

– Dès le combat fini, nous vous allongerons sur un lit, lui dit Marie-Anne. J'ai gardé les remèdes des dames blanches. Vous vivrez, Charvériat.

Charvériat, d'un pauvre sourire remercie son amie, mais il sait bien que les remèdes, même ceux des dames blanches, ne soignent pas toutes les blessures. À ses oreilles parviennent les bruits des pas des gentilshommes et de leur roi. Ils remontent de l'église, le combat achevé.

Isabelle, Mathilde, Marie-Anne encore vaillante, ont allongé Julie, Fromone, Vergezac et Malaval. Marie-Anne sort ses onguents et ses charpies ;

Isabelle et Mathilde prennent chacune en charge un blessé après l'autre, lui parlent, lui sourient, nettoient ses plaies, le pansent sur les conseils de Marie-Anne.

Remontent de l'église Louis, La Roche et Philibert. Isabelle et son époux se précipitent l'un vers l'autre, leur seul désir est eux-mêmes. La Roche et Moëlsheim, indemnes, attendris, ne peuvent se priver du bonheur de contempler les amants de vingt ans. N'était les râles de Charvériat, les autres blessés se retiennent de gémir, plus aucun bruit ne s'entend dans la forteresse ; tous les assaillants sont occis, leurs corps offerts à la vue. Marie-Anne se relève, découvre le front de Philibert :

– Mais, tu es blessé ? Personne ne m'a prévenue. Montre-moi cette blessure.

– Ce n'est rien, mère ; les blessures au front ne sont qu'apparence. Nettoyée, pansée, elle sera vite guérie. Je ne souffre pas tant que mes amis blessés ; et il va vers eux, dit à chacun son amitié, se penche vers Julie, serre son visage entre ses mains, l'embrasse.

– Pauvre Julie ! Tout cela à cause de moi !

– Non, par ma faute, l'interrompt Louis. Et dire que je ne voulais pas du sang de mes adversaires ! J'ai fait couler celui de mes amis. Vous êtes la première femme que j'ai aperçue à Ceyssac, depuis la voiture de Philibert, le lendemain de mon arrivée !

– Je m'en doutais.

Et Julie sourit à son roi.

Lui aussi il l'embrasse. Marie-Anne examine les blessés :

– Vous allez tous guérir, mes amis. Je m'en charge. Quant à vous, Charvériat, si vous pouvez m'entendre, sachez que vous vivrez ; et je sais qui vous guérira !

Se précipite par l'escalier de l'église la femme Fonlave venant chercher secours pour son mari.

– Vite, vite, mon homme gît à terre, il perd son sang. Le dernier en se sauvant lui a taillé le dos d'un coup de sabre.

– Le dernier ? interroge Philibert. Nous ne les avons donc pas tués tous ?

– Je vous l'assure, affirme la femme ; mais venez tout cessant, mon mari se meurt, son dos est tout en sang. Une terrible balafre !

– Nous vous accompagnons, s'empressent Isabelle et Mathilde, car pour Charvériat…

Marie-Anne s'abîme en profondes pensées tandis qu'elle panse le bras de Fromone. Le sabre a frappé d'estoc, l'os n'est pas brisé.

– C'est terrible, lance Philibert à Louis, Moëlsheim et La Roche, les seuls gentilshommes valides. Tout est à refaire.

– Expliquez-vous ! mon cher, demande Louis, candide.

– Vous ne comprenez donc pas ? Celui qui s'est enfui galope en ce moment vers Paris. Il va rendre compte à Blacas et Louis XVIII, dire que vous ne vous cachez point dans une ferme, mais dans une forteresse au sommet d'un pic abrupt, entouré de gentilshommes armés en guerre et sachant se battre. Jusqu'à nouvel ordre, votre frère est le roi. Il va nous envoyer de la troupe, sachant que, vous vivant, son trône est en péril. Nous ne sommes plus que quatre et ne pourrons vaincre indéfiniment.

Louis se tait, excédé ; il avait cru ce combat le premier et le dernier. Il n'est pas né soldat, refuse de passer sa vie sabre au poing.

– Mais que mon frère ceigne la couronne ! Et me laisse vivre en paix, en brave paysan, avec la femme que j'aime, mes enfants et mes amis. Je n'ai jamais désiré d'être roi.

– Tant que vous vivrez, vous serez une menace. Vivant, vous êtes le roi légitime.

Philibert, Moëlsheim et La Roche se concertent.

– En ce cas, à cheval, rattrapons le fuyard et tuons-le ; nous aurons la paix, propose La Roche.

– Nos chevaux sont fourbus, mais le sien aussi sans doute. Le problème reste qu'à supposer que nous le rattrapions, que nous le tuions, cela ne changera rien au fond ; je l'avais oublié.

Tous à Philibert accordent une telle confiance que pour le coup cet aveu les inquiète.

– Blacas sait où se trouve Louis ! Souvenez-vous ; nous le lui avons révélé nous-mêmes lors de notre rencontre à Calais. Sans nouvelles des spadassins, ignorant l'issue du combat, il renouvellera l'expédition avec davantage de troupes, jusqu'à notre mort à tous. Votre frère est roi à ce jour !

– Philibert, je suis las : Versailles, les Tuileries, le Temple, Ceyssac où j'ai trouvé l'amour et le bonheur, et puis je ne sais où ! Je n'aurai donc jamais un lieu où me poser avec les miens ? Et puis ma pauvre Isabelle, ses parents sont menacés eux aussi.

Philibert réfléchissait. Cet homme de fer gardait l'esprit lucide, accordait peu d'attention aux paroles de son roi ! Tant de fois il l'avait vu ainsi ! Mais il savait le fond bon, venait de le voir combattre enfin ! Si seulement pendant la Révolution il s'était montré ainsi, l'épée à la main ! Non, la solution se profilait toute autre. L'issue, comme toujours, nécessitait de se montrer, de chercher la bête dans son antre. Il s'approche de son roi, lui confie son projet :

– Il faut en parler aux dames, répond Louis, leur demander ce qu'elles en pensent.

– Procédons par ordre, proclame Philibert. D'abord, dissimuler les cadavres et les traces du combat. Ensuite, retirer les blessés de la salle d'armes, les installer au propre, entre les draps d'un bon lit, et abrités dans les logements. Ma mère nous a confié avoir conservé des dames blanches quelques remèdes appropriés. Ensuite, organiser la mission.

– Pour les cadavres, indique Louis, le mieux serait la seconde cave de ma ferme. Ils ne doivent pas être dissimulés dans la forteresse, sur les lieux du combat. Personne ne doit savoir. Cette cave m'est inutile, personne n'y va jamais.

Dans la grange, allongés sur la poussière du sol, les morts sont alignés. Louis, une torche à la main, réexamine les lieux.

– Il convient de vider toute la cave de ses fûts, tonneaux et autres matériels. Nous monterons une cloison de briques et de pisé pour fermer le passage. Le secret doit être définitif.

– Vous semblez songer à quelque chose, sire ? demande La Roche qui a pris le commandement des opérations.

– Par inadvertance, j'avais découvert une trappe maçonnée dans un cadre de métal rouillé. C'était encore du vivant de notre pauvre Odilon. Elle donnait sur la seconde cave. Pourquoi ? Je n'en sais rien. Même Odilon en ignorait l'existence ; de même sans doute mon sosie Hippolyte Moulouses, son vrai père, et encore plus Charlotte son épouse. Il suffirait de rouvrir cette trappe et d'y précipiter les cadavres ; personne ne les découvrirait jamais.

– Vous l'avez bien rebouchée, car aucune trace ne se remarque.

– Nous sommes à l'intérieur et il fait sombre. Mais je connais son emplacement. J'avais remis une épaisse couche de terre que nous avions battue avec Odilon sur la voûte de la cave, c'est-à-dire le sol de la grange. Mais on ne sait jamais…

– De toute façon nous n'avons pas le temps. Et puis, d'ici à ce que quelqu'un trouve, nous serons loin et beaucoup d'eau aura coulé dans la Ceysse. Par contre une précaution est nécessaire au cas où : il convient de déshabiller complètement les cadavres de façon que personne à jamais ne puisse savoir qui ils sont. Jacques Charlanches et Noël les ont rejoints.

– Noël, tu es trop petit pour voir cela. Remonte à l'étable avec Kaly. Au travail messieurs.

Pour faire vite et montrer l'exemple, Louis s'empare d'une pioche, sûr de lui plante la pointe sous le cadre métallique de la trappe, tire sur le manche de ses deux bras solides, fait levier. La trappe se soulève. Jacques et La Roche la saisissent, la hissent à la verticale, sur le sol de la grange la reposent bien à plat. Louis par une échelle descend dans la fosse, la visite à la flamme de la torche.

– Faites tomber les corps un à un. Ensuite, rejoignez-moi pour bien les entasser.

Déjà les cadavres sont raidis, les blessures collées aux vêtements. En les tirant elles se rouvrent, de l'eau purulente s'en écoule. Jacques, La Roche et Moëlsheim saisissent les corps nus par les pieds et les mains, les uns sur les autres les lâchent par l'ouverture. Les chairs mortes s'entassent en des bruits sourds, les crânes s'entrechoquent, les paupières ouvertes laissent passer les regards froids, éteints et glauques. Louis, sa torche à la main se détourne de dégoût, repense à ce qui lui avait été rapporté des massacres de septembre. Que de sang pour un trône ! Quelle tragédie que l'histoire ! Jacques file dans sa ferme par le souterrain, revient avec un grand sac de jute. Avec Moëlsheim, il y bourre les vêtements, repart derrière l'étable les brûler sur son tas de fumier, prend soin que tout brûle, jette sur les flammes un peu de paille sèche pour épaissir les cendres ; d'une fourche il creuse le fumier, y enfonce les restes, recouvre le tout à pleines fourchées de fumier ! Dans la fosse, Louis, La Roche et Moëlsheim empilent les cadavres, les déguisent de poussière, par l'échelle remontent dans la grange, replacent la trappe, la recouvrent de terre, la battent du plat des pelles, y épandent de la poussière.

– Celui qui trouvera aura du mal à savoir le vrai, lâche Louis.

Tous se regardent, se souviennent sans le dire du corps de Charlotte depuis dix-sept ans croupissant nu sous la pierre d'évier.

Philibert en courant pénètre dans la salle du château. Devant l'âtre, Mathilde, éclairée des flammes d'or des bougies de cire blanche d'un chandelier de fer noirci par les années, s'occupe à faire danser les fils et les aiguilles d'un carreau à dentelles tout en faisant conversation aux blessés pour les distraire un peu. Cette dentelle vivaroise que Louis XIII le sévère avait voulu supprimer, Jean François Régis l'avait sauvée et les paysannes du Velay en tirent revenu pour mettre dans la marmite un peu plus à bouillir. Les nobles et les bourgeoises la pratiquent pour leur plaisir. La famille de Ceyssac s'y est mise et en éclaire ses meubles, en embellit ses toilettes.

Marie-Anne, la mère, dans la salle à côté, veille Charvériat. Le feu dans l'âtre ronfle, le brancard du vieux gentilhomme a été avancé jusque sous le cantou, cependant il frissonne. Son visage se révèle un peu plus transparent, sur l'arête du nez se reflètent les flammes.

– Comment est-il, mère ?

– Il respire, mais la vie veut le quitter.

Par l'ajour creusé dans la roche, se perd le regard de Marie-Anne vers les monts Devès et Recours où à leurs pieds dort le lac du Bouchet.

– Vite, Philibert, à cheval. Il faut qu'une des dames blanches elle-même descende le soigner. Seules ses mains peuvent le sauver. Pour les autres, je possède leurs remèdes, ils guériront. Quant à ce malheureux Fonlave, sa blessure s'avère bien trop grave pour être soignée de seuls onguents ; lui aussi requiert une dame blanche.

À soixante-deux ans, madame la baronne de Ceyssac a conservé sa force, son port de grande dame, son regard altier mais bon en même temps.

Certes, sa peau si blanche se relâche peut-être un peu, ses longs cheveux, qu'elle coiffe en chignon noué d'un ruban, ont blanchi, mais Philibert et tous les hommes l'admirent, à commencer par Louis : à sa cour, elle effaçait les plus belles femmes dans l'admiration des cœurs masculins. Thomas-Antoine, son mari, elle l'aimait de passion. Quand trop tôt il l'a quittée, on meurt toujours trop tôt, elle a bien cru qu'elle ne pourrait plus vivre tellement tous les deux se chérissaient. Longtemps encore après sa mort elle se surprend à lui parler et parfois il lui semble que Thomas lui répond. Un après-midi même, somnolant dans sa liseuse, elle crut reconnaître ses pas dans l'escalier sur les dalles de pierre. Elle s'éveilla, mais il ne parut pas. Ses filles Anne-Françoise et Mélanie mariées, elle se retrouva seule. Philibert restait au château, se satisfaisant semble-t-il d'aventures passagères avec les femmes du Velay dont souvent les maris et compagnons passaient plus de temps au fin fond de l'Europe dans les armées de l'empereur qu'auprès de leurs compagnes. De ce deuil, des ridules sont apparues au coin de ses grands yeux.

Malgré la fin du jour proche, des bourgeons durs se distinguent à l'extrémité des branches. Le printemps est là et pas encore la nuit. Sous les ramées, chantent des bergeronnettes et des mésanges bleues. En ce mois de mai, Philibert et sa mère entendent bientôt les sifflements des merles absents l'hiver durant. Il leur semble que la forêt du mont Devès explose de toutes ses sèves, que la vie en jaillit. Mais vite, le jour décline ; à l'ouest, sur les montagnes du Haut-Allier, le ciel clair rougeoie et devant leurs chevaux, les branches des noisetiers maintenant à nouveau bien feuillues ne laissent passer que des rais de soleil. Les fayards montent haut accrocher la lumière pour mieux la redescendre au travers de leurs feuillages. À l'écurie, pour eux deux, ils ont pris trois montures : la plus douce et la plus rapide des haquenées si son maître ou sa maîtresse le veut, sera pour la dame blanche. Si Diane comme Achille depuis longtemps a quitté sa maîtresse, une autre l'a relayée. Marie-Anne, à cheval, se montre noble cavalière et sa monture le sait. Philibert l'accompagne ; depuis la défaite de l'empereur, l'invasion des Autrichiens et des Prussiens, des soldats, abandonnés, sans solde, errent partout, rendent les bois peu sûrs. À l'entrée de la clairière il devra s'arrêter, attendre le retour de sa mère avec la dame blanche. Les hommes, toujours, restent interdits dans la clairière celtique.

Seule, Marie-Anne s'avance ; elle ne craint rien. Malheur au déserteur aventuré dans la clairière ; les charbonniers, gardiens des dames blanches et plus encore compagnons de leurs nuits et pères de leurs enfants, s'en empareraient pour leurs bûchers. Depuis plus de vingt ans, Marie-Anne n'est pas remontée au mont Devès, se contentant sur le marché du samedi matin au Puy de s'approvisionner en menus ingrédients pour les petits maux de tous les jours. La dame blanche, qui à tour de rôle descend sur la place du Plot, s'habille en paysanne ; toutes les femmes savent, mais nulle ne dit mot. Le dôme de lierre se dresse là, comme immense yourte verte dans cette forêt du Devès. Et si les Celtes venaient des confins de l'Asie aux temps immémoriaux ? À proximité, se retourne une jeune créature au corps diaphane ; de son regard jaillit la fulgurance qui devine le passé et pressent l'avenir. Pour parer sa blanche cape de lin sous laquelle assurément cette Aphrodite est nue, seules se laissent voir ses mains aux longs doigts fins, chutent jusqu'à ses reins ses parfaits cheveux ébène. Elle allait rentrer pour la nuit lorsque les pas des chevaux, même étouffés dans l'humus, les mousses et les jeunes fougères, ont alerté son ouïe. Elle dirige vers Marie-Anne ses yeux d'azur et reconnaît la femme. Celle-ci arrête sa monture et la douce haquenée, glisse de sa selle, doucement s'approche.

– Je suis Marie-Anne, baronne de Ceyssac.

– Je sais, nous nous sommes rencontrées. Souvenez-vous, c'était à l'automne 1792, vous prépariez la substitution. Vous ne pouvez en moi reconnaître la petite Upanisad. J'étais enfant et m'agrippais par la main à la cape de ma maman Hermine. Votre visage a pris des ans, mais il n'a point changé ; votre regard demeure le même, votre voix toujours charme. Les dames blanches n'oublient jamais, et encore moins leur reine. Je devine que c'est grave. Traverser la forêt à la tombée du jour et repartir de nuit ! Le cavalier qui vous attend à l'entrée de la clairière est votre fils Philibert ; les dames blanches savent beaucoup et devinent le reste. Un homme va mourir ?

Marie-Anne demeure sidérée que tout soit deviné ; et cela la rassure : une telle divination sauvera Charvériat.

– Un ami de toujours gît blessé au ventre, vous seule pouvez le sauver. Un autre geint, le dos sabré.

– L'attouchement de mains pures et stellaires sera nécessaire. Je rentre sous le dôme quérir les remèdes auprès de mes compagnes. La haquenée est pour moi ?

– Oui. Vous savez monter ?

– Les dames blanches sont des êtres de nature. Tout animal les ressent.

Upanisad sans hâte pénètre sous le dôme. Ses yeux d'un noir profond, si largement fendus, possèdent l'attrait de l'abîme ; s'y décèle et s'en élève une âme exaltée par les passions. Ses cheveux exhalent des parfums ignorés de Marie-Anne.

– Je perçois la blessure au ventre de votre ami si grave que cet homme passerait sans mes pouvoirs. L'imposition de mes mains, l'hypnose par mon regard, les senteurs de mes cheveux parfumés de vapeurs médicinales éloignent la mort qui rôde. Mon corps est aérien ; je serai sur ma monture sans qu'elle s'en aperçoive. Pour vos autres blessés, j'ai pris les onguents nécessaires. À cheval, le temps presse !

Comme si tous les jours elle chevauchait, Upanisad s'élance sur la jument qu'elle n'a jamais montée. La haquenée semblait l'attendre et aussitôt enchaîne un tel galop que Marie-Anne, merveilleuse cavalière, éperonne pour le suivre. L'amazone surprend même Philibert ; pour ne pas la perdre, ce fabuleux cavalier sur le petit-fils d'Achille doit forcer sa monture.

La lune brille, pleine ; la nuit s'éclaire, divine : le ciel pur s'ouvre serein. Au-dessus des hautes cimes sur la forêt du Devès, une poussière d'étoiles comme des pépites d'or se répand dans la voûte lumineuse et bleue. Sous la fée Upanisad, la haquenée est transformée. Les chevaux, vrais destriers en guerre, foncent d'instinct, arrachent de leurs sabots terre, mousses et pierres. Malheur à qui serait surpris face à leur ouragan !

La cavalcade furieuse avale le chemin, grimpe à la forteresse, d'un bond franchit le pont-levis sans même toucher ses planches, s'arrête net dans la grande et souterraine salle. Upanisad s'enlève du cheval, à peine effleure les marches de l'escalier à vis, pénètre dans la grande pièce. Sur leurs brancards, recouverts de draps propres, s'offrent allongés ceux qui sans elle mourraient. Charvériat s'offre à la mort tel un gisant, sa bouche ouverte tente un souffle ténu ; Fonlave geint de douleurs rebelles.

Charvériat à peine conscient perçoit à cet instant que la mort le saisit, lui descend sur le cœur. Sa tête s'incline, sa vie s'épuise. Upanisad s'agenouille devant sa couche, déverse à flots ses cheveux odorants sur le nez et la bouche du mourant. Les parfums font leur effet et le souffle reprend. Les yeux noirs et profonds réchauffent de leurs braises l'âme de Charvériat. Upanisad se recule et comme un baume pose ses mains sur la terrible blessure ; l'infection est aspirée en elles. Upanisad se lève, va à l'âtre secouer le mal sur les braises rouges. Le secret de la reine des dames blanches est de transformer la poussière de mort en poudre d'or. Les flammes hautes s'élèvent, brûlent le mal. La reine des dames blanches revient vers Charvériat, impose ses mains sur la blessure ; leurs paumes insufflent les atomes d'étoiles, origines de la vie depuis la nuit des temps pour construire les hommes. Longtemps et sans bouger Upanisad demeure ainsi à transmettre cette force.

Les premières fraîcheurs matinales semblent flotter à la surface des dalles. Le temps s'est écoulé, l'aurore se montre rose, et, quoiqu'il n'y ait point de lumière dans la pièce, on y sent bien le jour. Dehors, le soleil s'étire, éclaire l'eau de la fontaine tandis que merles et rouges-gorges commencent à sautiller là où de ses cheveux fins l'herbe coiffe la terre. Un souffle d'air, léger, se joue à les peigner.

Dans un lit à baldaquin de noble gentilhomme, Charvériat s'éveille alors. Il croit rêver encore de voir par l'ajour bleu, lui souriant, les coteaux ensoleillés. Une femme comme jamais il n'en a vue se tient là, assise devant lui. Son sourire éclôt angélique, ses yeux brûlent, ses cheveux fleurent un parfum insoupçonné ; il se sait ressuscité. Il l'est en effet : aucun remède humain n'aurait pu le sauver. Il veut parler mais Upanisad dans une coupe d'un métal inconnu porte à ses lèvres une boisson apaisante. Il la boit et s'endort.

Paisiblement, dans un lit aux draps blancs, Fonlave repose sans souffrances. À son réveil, il sera porté chez lui. Dans un linge propre et bien plié, sa femme, soigneusement, a enveloppé les onguents qu'elle devra appliquer sur la blessure de son mari. Lui aussi est sauvé.

Dans l'autre pièce du logement, dorment les autres blessés : Julie, Malaval, Vergezac et Fromone. La divine dame blanche, le reste de la nuit, a pu parfaire les soins initiés par Marie-Anne.

Pour la première fois Upanisad parle :

– Je vais remonter à la clairière. Faites boire régulièrement à votre ami la boisson que voici et avec cette autre tenez propre sa blessure. Surtout qu'il ne bouge pas avant sept jours. Ses forces reviendront sans besoin d'autres remèdes.

Seule Marie-Anne savait Upanisad reine des dames blanches au cœur des forêts du Devès, du

Recours et du Bouchet, et que comme ses aïeules depuis les premières aurores, elle uniquement pouvait donner la vie et refuser la mort. Un jour, d'un homme digne d'elle naîtrait sa fille, et celle-là serait reine à son tour.

Philibert s'avance avec le nouvel Achille et la haquenée rapide. Avec Upanisad, leurs regards se rencontrent. Par immédiate divination, elle sait qu'il sera père de la future reine. Durant la chevauchée nocturne ils n'avaient pu qu'être étrangers, pas même se dévisager ; Upanisad comme le vent entraînait la cavalcade que Philibert, merveilleux cavalier comme sa mère, parvenait à suivre.

– Je vais vous raccompagner jusqu'à l'orée de la clairière.

Upanisad ne quitte pas son regard, s'attache longuement à mesurer la prestance de l'homme, son aisance à lui parler, acquiesce sans dire mot.

Philibert tient l'étrier ; Upanisad, telle la biche qui saute, s'installe à cheval sur la selle, presse sa monture de ses longues jambes fines ; la cavale s'élance, file comme le vent. Philibert la rattrape, sourit à sa reine ; un sourire lui répond.

Jusque-là, toute la nuit, Louis s'était tu. Isabelle et lui, l'un contre l'autre assis sur deux chaises voisines, leur fils Noël sur les genoux de sa mère, ils songeaient. Louis revoyait tous ceux qui depuis plus de vingt ans donnaient leur vie, versaient leur sang pour lui ; planait l'image du vrai Hippolyte Moulouses, cet homme qui à sa place s'allongea sous le couteau de la guillotine pour sauver le roi, même si lui-même n'avait pas ourdi la substitution. Sa seule consolation, c'était Isabelle. Il revoyait le matin de leurs premières paroles. Isabelle prit sa main dans les siennes, elle savait trop ce qu'il pensait, toujours ce remords lui revenait dans les moments malheureux. Il s'empara des mains aimées, y posa un baiser, les ouvrit pour reprendre la sienne.

Isabelle ne demande rien, connaît depuis longtemps le drame de conscience de l'homme aimé. Elle réveille Noël, le confie à Julie maintenant éveillée et sans souffrances.

Tous les deux montent au sommet du donjon, admirent et se repaissent de la nature nouvelle qui s'éclaire sous le jour. Isabelle laisse Louis s'apaiser de cette apothéose, présente à son visage la douceur de ses yeux.

– Ne vis pas de souvenirs, ou ce sont eux qui vont vivre de toi. Les événements que tu viens de traverser ne sont pas muets, écoute-les. Renonce au trône, poursuivons notre amour.

Louis pose ses mains sur les bras d'isabelle, doucement porte sa bouche à son oreille :

– Tu as raison, tous les deux nous avons le bonheur, gardons-le.

Et comme la première fois dans la cave, longuement ils s'embrassent. Mais cette fois, c'est au-dessus de Ceyssac.

Lorsqu'au petit matin avec les deux chevaux Philibert redescend de la clairière, un autre homme vit en lui, son amour et sa semence d'homme respirent en la reine blanche et tout seul il se parle en son cœur.

Le jour suivant pointait, laiteux, éclairant une campagne que seul Ceyssac connaissait. Louis et Isabelle en famille se sentaient apaisés au milieu de leurs amis dont ils étaient les protégés. Comme si c'eût été une nouvelle rencontre, voire une seconde nuit de noces, leurs corps se cherchaient, leurs mains se serraient. Depuis l'assaut, il avait été décidé de ne pas retourner à la ferme, de s'installer au château. Philibert craignait une nouvelle attaque, la ferme serait indéfendable, il ne voulait prendre aucun risque jusqu'à l'exécution de son plan que seul Louis connaissait.

Pour une messe basse comme seules les femmes savent les dire, Isabelle rapprocha ses lèvres de l'oreille de Louis :

– Tu te souviens lorsque pour la première fois avec Odilon et Julie tu venais chez mes parents ? N'est-ce pas que tu avais bien calculé ton affaire ?

Et elle en rit encore ; gourmande et amoureuse, ses dents qu'adore Louis mordent le lobe de son oreille : Louis rit toujours lorsqu'elle le taquine !

– Si je m'en souviens ! Ton genou ne lâchait pas le mien !

Le bois de châtaignier du lit fleurait bon la cire d'abeille ; au chaud entre le matelas de laine, cardée du dernier automne, et l'édredon de plumes, Louis et Isabelle s'aimaient. D'avoir senti la mort de près ravivait leur amour ; cette journée de combat, les morts, les blessés, tout les ramenait à la réalité de leur vie, le bonheur d'être deux. Lui se sentait rempli de mots d'amour à murmurer comme si leurs vingt années de mariage n'eussent pas suffi à les dire. À la ferme, souvent ils entendaient mieux le silence que des paroles banales, et, le soir, fatigués d'une journée de labeur, ils se plaisaient à respecter un moment le mystère de la nuit plutôt que le troubler de mots insignifiants.

Louis sent le moment venu ; pour mieux ressentir l'effet de ses paroles, il la serre contre lui, pose sur son épaule une main qui la caresse.

– Isabelle ?

– Oui, Louis.

– Je t'ai écoutée. Je me refuse à redevenir le roi ; aux Tuileries nous ne pourrions plus nous aimer comme ici.

Telle une biche lâchée, elle se jette sur lui, colle ses lèvres sur sa bouche :

– Ô ! Merci, je t'aime, je t'aime encore plus ! J'ai pensé à cela depuis les nouvelles de Calais. Paysanne, je t'aime paysan. Je ne me vois pas l'épouse du roi ; tout Paris se moquerait. Pour moi, cela me serait égal : mais ils te mépriseraient d'avoir pris pour femme une paysanne ; et cela, jamais je ne l'accepterai. Je me connais ; j'en giflerais une duchesse !

Et de toute sa force, de la paume de ses mains Isabelle fait jaillir le duvet de l'édredon !

– Je veux t'aimer comme toujours nous nous sommes aimés, chez nous, dans notre chambre, sans personne qui nous surveille sous le prétexte de nous protéger.

Elle pouffe de rire !

– Pourquoi ris-tu ?

– Tu me vois t'appeler « Sire » ?

Il la prend dans ses bras, lui clôt la bouche d'un baiser.

– Comment vas-tu faire ?

– C'est le plan de Philibert. Dès demain matin incognito Moëlsheim part à Paris prendre certains contacts. Vergezac, dont l'épaule, bien soignée par les dames blanches, sera rétablie lorsque notre ami sera rendu à Paris, attendra ici les pigeons voyageurs du vieux frère Cartelinches. Lui aussi a passé la soixantaine, et jamais n'a cessé d'élever et dresser ses volatiles. Par eux, nous serons tenus informés de l'état des négociations. En fonction des réponses de mon frère, nous aviserons.

De ses doigts tant chéris de Louis, Isabelle amoureusement caresse le visage de son homme adoré. Ils s'enlacent pour traverser la nuit. À soixante ans, Louis demeure robuste, et Isabelle aime l'amour. Le soleil du matin, par l'ajour dans le dyke, les trouve enlacés et noués l'un à l'autre.

Monté pour mieux rêver tout en haut du donjon de la forteresse, Philibert en esprit serre dans ses bras Upanisad sous le dôme de lierre au sommet du Devès.

Ramourouscle exténué souffrait atrocement. Son mollet blessé aurait nécessité du repos mais sans aucun arrêt il devait chevaucher. Au Puy, il réfléchit.

Sans doute Louis XVIII avec Blacas se trouvait-il à Paris. De toute façon l'urgent faisait nécessité de trouver un médecin qui panserait sa blessure correctement et de plus le renseignerait sur le meilleur itinéraire pour Paris. Il se rendit sur le Breuil ; un quidam lui indiqua un médecin tout proche, rue Portail d'Avignon. Ce dernier eut le tact de se montrer peu curieux de l'origine de sa blessure, mais il la soigna bien et se fit mieux payer encore. S'imaginant qu'une route pour Paris plus courte que celle de l'aller existait peut-être, Ramourouscle s'en enquit.

– Le mieux à cheval serait de prendre par la Chaise-Dieu, Ambert, Thiers, Vichy, Moulins, puis Nevers. C'est la route de Paris, vous n'aurez qu'à la suivre. Mais à votre place, avec votre blessure, je choisirais la première diligence. Bonne route !

Blacas l'avait mal orienté ; quelle idée de le faire courir avec ses hommes par Dijon et par Lyon ; des dizaines de lieues en plus ! Arrivés plus tôt, la surprise aidant, le guet-apens eût tourné à leur avantage.

Pour sûr que malgré sa blessure il ne pouvait perdre du temps en diligence ! Déjà que sa mission était ratée, si en plus il traînait à rendre compte ! Les diligences n'allaient pas vite, s'arrêtaient à chaque poste. Il ne craignait pas trop la colère de Louis XVIII, encore que… Mais celle de Blacas, implacable car ignorant de l'action, avec des avis sur tout, des opinions toutes faites sans jamais avoir rien vu. Il hésita à fuir, galoper vers le sud, se cacher, gagner sa vie à autre chose, auprès d'un nouveau maître. Oui, mais pour le coup Blacas le ferait rechercher par la police du royaume et une fois retrouvé, car il le serait, son compte serait bon, tant il savait de choses. Exécuteur des basses œuvres, en sachant trop sur tout, aucune pitié ne pourrait lui être accordée.

Avec de bons chevaux, relayant à chaque poste, il ne mit que cinq jours pour couvrir les cinq cents kilomètres qui par Nevers séparent Le Puy de Paris. Moëlsheim, parti trente-six heures après lui, arriva aux Tuileries une heure à peine après seulement… Mais il n'était pas blessé et chevauchait douze heures par jour d'un relais à l'autre, du lever au coucher du soleil, ne mangeant que sur le pouce.

La nuit tombait, comblait les rues obscures, quand Ramourouscle toucha la porte d'Italie. Des troupes russes en bonnet de fourrure la surveillaient avec indifférence. Il prit au galop son avenue éponyme, par de petites rues rejoignit les quais de Seine, les descendit jusqu'au pont du Carrousel qui le jeta sur les Tuileries. À la grande grille d'entrée, renversée le 10 août 1792, remplacée par Bonaparte, des gardes-françaises qui n'en avaient que le nom sous leur uniforme encore d'empire malgré leurs plumets blancs et non plus rouges de la garde impériale, assuraient à l'inverse des Russes une surveillance sévère ; tout autour du palais, et même dans les jardins, des cavaliers patrouillaient en permanence. Un maréchal des logis s'approcha, Ramourouscle tira sur le mors de sa monture qui s'arrêta tout net. Douloureusement, il se laissa glisser sur sa jambe valide, se tint debout à terre sans lâcher la selle ; un garde saisit la bride.

– Mot de passe ?

– Je l'ignore, je rentre de mission. Faites-moi annoncer à monsieur de Blacas.

Ce que surtout ignorait Ramourouscle était que Blacas venait d'être promu Premier ministre. À son nom, le maréchal des logis dévisagea avec attention sa trogne rubiconde, rentra dans la cour des Tuileries où sur la gauche se tenait le corps de garde d'où il revint accompagné d'un officier dont l'uniforme et les bottes reluisantes semblaient plus familiers aux parquets cirés qu'à la boue des combats.

– Monsieur le Premier ministre vous attend-il ?

– Oui, conduisez-moi.

L'aplomb de Ramourouscle ôta les derniers doutes de l'officier.

– Qui dois-je annoncer ?

Ramourouscle se dit qu'une particule ne pouvait que convaincre un peu plus l'officier de garde.

– Monsieur de Ramourouscle.

– Suivez-moi.

L'officier se dirigea vers une porte monumentale, prit un escalier où une maison eût pu tenir à l'aise, et au premier étage poussa une autre porte par laquelle deux hommes à cheval eussent pu passer de front sans se gêner. Là, il appela un huissier.

– Annoncez, je vous prie, monsieur de Ramourouscle à monsieur le Premier ministre.

L'huissier s'inclina, marcha comme une pendule comtoise tout le long d'un vaste corridor jusqu'à une porte dorée. Là se dressaient deux gardes sabre au clair. L'huissier leur confia Ramourouscle, gratta à la porte, entra.

– Qu'il entre ! prononce une voix que Ramourouscle reconnaît pour celle de Blacas.

Ramourouscle fait trois pas claudicants, s'incline tandis que l'huissier sort à reculons en refermant la porte. Blacas ne semble pas de bonne humeur.

Entre les intrigues de Talleyrand et celles de Fouché, les pressions des occupants, les prétentions des émigrés qui reviennent sans avoir rien appris, il s'avère bien difficile à Louis XVIII d'être roi et encore plus à Blacas d'être son Premier ministre.

– Alors ?

– Nous les avons retrouvés.

– Encore heureux, je vous avais dit où ils tenaient caché celui que vous deviez éliminer avec les siens.

– Le problème est qu'ils nous attendaient.

– Ils ?

– Sept gentilshommes sans compter un colosse d'une soixantaine d'années fort comme un Turc.

– C'était lui ! Le roi m'avait prévenu que jeune homme il faisait montre d'une force d'hercule.

– De plus,

– De plus ?

– Ils ne se terraient point dans une ferme, mais au cœur d'une forteresse construite sur le sommet d'un dyke, fortifiée de cavernes.

Blacas pour le coup ne répondait pas, songeait aux imprenables grottes de Mandrin. Il avait ordonné la force là où il fallait la ruse.

– Le combat a été rude ; moi-même j'ai le mollet traversé par une balle.

– J'attends.

– Les autres se sont battus comme des lions !

– Et alors ?

– Je crois qu'ils ont été tués.

Blacas pâlit d'abord, puis la rage lui monte au visage. Il se lève, se plante devant Ramourouscle :

– Vous croyez ?

– Lorsque j'ai vu le combat perdu j'ai préféré bride abattue courir vous prévenir.

– Vous êtes un incapable doublé d'un imbécile ! hurle Blacas. Il fallait agir par surprise, l'observer, le saisir alors qu'il se trouvait je ne sais où, mais seul. Attaquer de front, c'est bon pour les crétins ! Que va dire le roi ?

Et du talon Blacas frappe les lames du parquet, enrage de cet échec.

– Un imbécile ! Vous êtes un imbécile ! glapit-il encore plus fort.

Derrière lui une porte s'ouvre. Louis XVIII, après un trop bon dîner, tenait à honorer de sa présence la soirée qu'il offrait à sa nouvelle cour. Le podagre, bien qu'assis, ne souhaitait y assister jusqu'au bout, préférant digérer en paix. Il confiait à son frère Charles le soin d'y faire le beau. Aidé par deux valets préposés à cette charge, il rejoignait son cabinet avant de passer dans ses appartements lorsqu'il entendit l'algarade dans celui de Blacas qui provisoirement jouxtait le sien.

– Laissez-moi, messieurs, dit-il aux deux hommes, et donnez-moi mes cannes. Je vous sonnerai.

Pesamment sur ses cannes il s'appuie et pas à pas pousse son énorme masse vers la porte de son Premier ministre.

– Qui est un imbécile ?

Ramourouscle s'incline bas, cherche à se glisser sous le parquet. Blacas se tait, salue le roi comme à Versailles.

– Sire, c'est le chef de la troupe qui devait réussir la mission que vous savez.

– Laissez-moi deviner. Il a échoué ; cela ne m'étonne pas, ces fiers-à-bras échouent toujours.

Blacas lui avance son fauteuil dans lequel il s'écroule. Sur le parquet du corridor se rapproche à vive allure le bruit impatient d'un cavalier éperonné.

– Laissez-moi passer ! crie-t-on derrière la porte. Monsieur de Blacas m'attend !

Le roi et son Premier ministre devinent une échauffourée entre les deux gardes, l'huissier et quelqu'un qu'ils ignorent.

– Qu'est-ce encore ? interroge le roi.

– Je suis monsieur le duc de Moëlsheim, gentilhomme du roi, dit l'intrus qui après avoir écarté et les gardes et l'huissier, d'un vigoureux coup d'épaule a ouvert la porte du cabinet. Il salue Louis XVIII, ostensiblement ignore Blacas, se plante face aux deux hommes.

D'un signe, le roi intime à l'huissier et aux gardes de se retirer et de refermer la porte. Louis XVIII a reconnu l'un des gentilshommes de Calais ; grand politique, il saisit vite : si ce duc de Moëlsheim s'est permis de forcer la porte du Premier ministre, il se sent diablement sûr de lui.

– Je pourrais, monsieur, appeler la garde et vous faire arrêter. Mais j'imagine que pour vous être permis ce coup de force, vous disposez d'un jeu bien pourvu en atouts.

– En effet, sire.

– Je vois avec plaisir que vous m'appelez sire et non plus Votre Altesse. Vous reconnaissez donc votre roi ?

– Auparavant, sire, j'accuse ce spadassin d'avoir voulu assassiner votre frère et monsieur Blacas de lui en avoir donné l'ordre. Si sept gentilshommes, anciens gardes-françaises, ne l'avaient pas défendu au prix, pour certains, de leur sang, le roi de France serait mort. Blacas aurait réussi ce que n'a pu faire la Convention en 1793. Cela s'appelle un crime de lèse-majesté et mérite la mort.

Machiavel supérieur, Louis XVIII s'étonne, lâche ses exécutants, et aussitôt accuse :

– Si vous avez commis ce forfait, messieurs, vous serez durement punis. Laissez-moi et attendez dans mon cabinet.

Terrorisé, Ramourouscle se voit perdu et du regard supplie Blacas. Celui-ci, imperturbable, admiratif et connaisseur de la duplicité du roi, fait signe au damné de le suivre.

– Vous voyez bien, monsieur que j'aime et respecte mon frère.

– Votre frère n'imagine pas un seul instant que Blacas ait pris seul l'initiative de cette tentative d'assassinat. Nous autres, gentilshommes du roi, avons combattu le dix août 1792 pour le sauver lui et la couronne, au contraire de la plupart de ses proches qui dès les premiers jours de la Révolution l'avaient abandonné. Si la monarchie a été si facilement renversée par les révolutionnaires, la faute en revient à la noblesse qui a préféré émigrer plutôt que faire cercle autour du roi. Aux Tuileries, nous restions bien peu à vouloir combattre. Le roi, certes, ne possédait pas le tempérament d'un roi. Mais peu importe la personne. Il fallait réussir l'évasion du roi pour restaurer la royauté le moment venu. C'est pourquoi nous avons tous les sept organisé le complot de la substitution qui incognito a permis de sauver le roi.

– Mais la monarchie est rétablie, monsieur.

– Elle a pour elle la force des occupants, mais non pas la légitimité. Votre frère uniquement en dispose.

– Que veut-il ? Que j'abdique ?

– Lui seul peut en décider.

Louis XVIII semble commencer à perdre son beau sang-froid qui lui fait terminer ses parties d'échec par le moqueur et satisfait « Échec et mat, monsieur. »

– Et si je vous faisais arrêter, cette affaire serait close, me semble-t-il.

Mais aussitôt il mesure son erreur ; si cet homme se tient imperturbable devant lui, ses arrières doivent être solides. Un joueur n'avance pas son cavalier sans la protection de sa tour ou même de sa dame.

– Louis XVI se ferait reconnaître. Il possède seul la mémoire de tout ce qu'il a fait entre votre émigration et la prise des Tuileries. Cette mémoire, les cours d'Europe la connaissent. Elles le reconnaîtraient pour le roi légitime et vous ne seriez plus Louis XVIII. J'ajoute que, Louis XVI de retour sur son trône, vous auriez à rendre compte de votre tentative de fratricide, doublée du crime de lèse-majesté.

– Que demande mon frère ?

– La paix.

– Et à quelles conditions ?

– Lui seul vous les dira. Il vous faut le rencontrer.

– Et si j'accepte ? Où ?

Louis XVIII se veut habile mais Moëlsheim se garde de la même erreur que Philibert à Calais.

– Il vous le fera dire.

– Quand ?

– Il vous le fera dire.

– Quel sera mon interlocuteur ?

– Moi-même. Il serait nécessaire que Sa Majesté me délivrât un laissez-passer d'accès à elle en permanence, sans difficulté et sans mot d'ordre.

Sur le donjon de la forteresse, Vergezac se plaisait à admirer le vallon verdoyant aux aspects si variés.

Il comprenait que ce pays fût aimé des promeneurs et des poètes, adoré de ceux qui l'habitaient. La nature y jouait à cache-cache avec les animaux, et si les dieux celtes se fussent avisés de revenir parmi les mortels, nul doute que ce fût sous la roche de Ceyssac. En bas, sur la prairie qui bordait le ruisseau, Noël gardait ses vaches et ses chèvres. Entre la rivière et le rocher supportant le château, sous son avancée verdoyait un pacage où des porcs en liberté se vautraient dans la boue, enfouissaient leurs groins pour découvrir des racines ou des glands oubliés. Plus bas, les chevaux, ceux du château mêlés à leurs congénères réservés aux travaux, faisaient honneur à la jeune herbe dans une prairie enclose et parfois jouaient à se rouler sur le dos, à échanger des coups de tête, à se renifler les naseaux, quand pour badiner ils ne s'envoyaient pas d'inoffensives ruades.

Tout occupé à sa douce et bucolique rêverie, Vergezac n'aperçut pas venant du nord-ouest le pigeon qui sans heurt et sans bruissement d'ailes se posa derrière lui dans le creux d'un créneau. Avec Mathilde, Isabelle montait par l'escalier à vis lui demander s'il apercevait quelque chose. Moëlsheim parti depuis une semaine pour Paris, normalement un message n'aurait pas dû tarder.

– Maman, regarde, le pigeon, là-bas !

Pivotant sur lui-même, Vergezac s'approche du pigeon posé sur le créneau, prend bien garde de ne pas l'effrayer. Colombophile averti, dans ses mains il le saisit, le réchauffe, le réconforte de caresses et doucement sur sa patte écarte les bords de la bague pour l'ôter et saisir le message.

– Mathilde, emporte dans tes mains le pigeon au colombier et veille à ce qu'il dispose à suffisance d'eau claire et de graines. Ensuite, que personne ne le dérange ; il a besoin de refaire ses forces. Le brave, à tire-d'aile, vole depuis Paris. Isabelle, où Louis se trouve-t-il ?

– Il ne quitte pas un atelier creusé dans le rocher : il y a découvert l'ancienne forge. Vous pensez s'il est comblé ! Je crains qu'il ne se plaise au château davantage qu'à la ferme.

– Comme je le comprends ! Vous a-t-il confié qu'à Versailles il s'était fait aménager un atelier de serrurier au-dessus de son cabinet ?

– Évidemment ! En vingt ans vous pensez bien que nous nous sommes tout dit.

Tous les deux empruntent l'escalier, descendent jusqu'aux salles souterraines, cherchent et découvrent Louis dans un atelier occupé à ausculter le vieux soufflet d'une forge.

– Je crois que je vais pouvoir remettre cette forge en mouvement. Le cuir du soufflet ne me paraît pas trop abîmé. Ah ! Je lis sur vos visages qu'il y a du nouveau.

– Un pigeon du vieux frère Cartelinches vient de se poser avec ce message, répond Vergezac en le lui tendant.

– Prends-le, Isabelle, et lis-le. Tes yeux sont jeunes. Vergezac et moi-même n'avons pas nos bésicles !

– C'est de Moëlsheim : « Votre frère accepte la rencontre. Répondez-moi où et quand. »

Louis réfléchit un instant.

– Il a peur. C'est l'essentiel. Il nous faut aviser. Où sont les enfants ?

– Mathilde soigne au colombier le pigeon messager, Noël garde les vaches au bord de la Ceysse.

– Soyons prudents. Nul ne sait si une autre troupe n'arrive pas. Mon tendre frère et son cher Blacas peuvent vouloir perpétrer l'enlèvement de l'un des enfants pour nous faire chanter. Allons dans la salle d'armes avec les autres et avisons de ce que nous allons répondre au brave Moëlsheim.

Sous la haute cheminée le feu est allumé ; dans cette forteresse, le soleil de mai s'applique de longues semaines à réchauffer ces roches toutes imbibées d'hiver. Ils se tiennent là, tous assis autour de la large table : Louis, Isabelle, Marie-Anne, Philibert, La Roche, rejoints par Malaval, Vergezac et Fromone complètement rétablis. Arrive lentement Charvériat à son tour, appuyé sur sa canne.

Chacun attend les explications de Louis, mais Philibert le premier prend la parole.

– De toute façon, il ne faut rencontrer votre frère ni aux Tuileries, ni en un lieu qui lui soit connu d'avance. D'évidence, il doit ignorer totalement jusqu'au dernier instant le lieu de la rencontre ; souvenons-nous de l'attaque des spadassins. S'il le peut, il recommencera.

– Comment penses-tu le lui faire accepter ? questionne Vergezac.

– Son trône dépend de vous, Louis. Il faudra bien qu'il en passe par vous.

– Si je veux rencontrer mon frère, c'est pour obtenir la paix et lui faire toucher du doigt l'abomination de sa conduite. Je veux le regarder les yeux dans les yeux et je refuserai qu'il détourne les siens. Si nécessaire, je lui saisirai le visage de force et à deux mains ; je suis son roi, après tout.

Et Louis élève ses deux poignes, écarte puis resserre ses doigts comme pinces de forge. Ses yeux indiquent sa colère rentrée ; Isabelle doucement pose sa petite main sur le bras herculéen. Il la regarde et puise en elle le calme.

– Pardon, mes amis, heureusement qu'il ne se trouvait point à portée de mes mains !

C'est Charvériat qui trouve ; bien incapable d'agir, il peut se concentrer en ses pensées.

– Votre frère ne peut s'absenter trop longtemps des Tuileries sans donner de raison. Cela paraîtrait suspect. La rencontre devra se tenir près de Paris, la nuit. L'idéal serait qu'il soit de retour avant le jour pour la cérémonie du lever. Et si vous retourniez dans la forêt de Fontainebleau, au pavillon de chasse de la gorge du Houx ? Votre frère ne chassait jamais, à peine tenait-il à cheval. Fixez le rendez-vous à l'entrée de la forêt, où vous l'attendrez. Dès son arrivée, il changera de voiture, quitte à conserver avec lui deux gardes pour l'assister, vous ne pourrez lui refuser cela. De plus une totale absence de protection apparaîtrait suspecte. N'oublions pas que Fouché veille et que ce génie policier organise sa police de telle façon qu'elle l'informe de tout. Votre frère devra inventer un prétexte plausible pour justifier de sa sortie aussi nocturne que privée. Mais je lui fais confiance pour trouver. Il lui sera difficile d'imaginer une maîtresse compte tenu de ce que chacun sait ! Enfin, il trouvera. Vous l'attendrez dans la salle du bas où vous resterez seul avec lui. Vos amis surveilleront les gardes et de la forêt veilleront sur le pavillon pour éviter toute surprise. Soyez prudent pour la négociation, il s'y montre de première force.

– De toute façon, je sais ce que j'ai à lui dire et pour cela, je veux le rencontrer seul à seul. Il ne partira pas que je n'obtienne son engagement écrit sur ce que j'exige pour m'assurer de vivre en paix. Et s'il se révèle nécessaire – Louis montre ses mains – je saurai lui faire peur. Cet homme manque cruellement de courage physique, je garde souvenir de nos enfances à Versailles. Il craignait l'escrime, jamais n'acceptait de se mesurer à moi ou même à mon frère Charles. Il ne me souvient pas de jamais l'avoir vu jouer.

Louis se tait, ses yeux interrogent Isabelle :

– Ma mie, accepterais-tu de venir avec moi ? J'aimerais tant qu'il connaisse la femme pour laquelle je repousse le trône.

– Moi aussi j'ai le désir de connaître celui qui a ordonné la mort de l'homme que j'aime, celle de Noël notre fils, et la nôtre sans doute.

Marie-Anne, jusque-là silencieuse, se remémorait Versailles et sa jeunesse dorée, se souvenait du jeune comte de Provence, aujourd'hui Louis XVIII, si méprisant pour tous et surtout les jeunes femmes. Il lui semblait jaloux de Thomas-Antoine de Ceyssac, bel homme, fabuleux cavalier, merveilleux danseur, adulé de toutes les femmes, devenu son mari, réincarné en son fils Philibert, qu'elle trouve triste de visage et ailleurs d'esprit depuis la nuit suivant l'attaque. Il doit exister un secret, une femme. Mère, elle ne le découvrira sans doute qu'après toutes les autres. Marie-Anne connaissait à son fils de nombreuses aventures, il passait à Versailles puis au pays de Ceyssac pour un homme à bonnes fortunes, mais jamais il ne semblait avoir connu l'amour définitif qui fixe l'homme à la femme qu'il aime.

– Si mon âge ne vous effraie pas, mais je crois avoir montré après l'attaque mes talents de cavalière, j'aimerais en être aussi.

Philibert imperceptiblement, hoquette, surpris par sa mère. Lui aussi se doute qu'elle sait.

Marie-Anne ignore l'élue, mais possède la certitude que son fils enfin saigne du cœur, frappé de la divine blessure, celle par laquelle entre l'amour vrai dans tous les cœurs élus.

– Vous le voulez, ma mère ? Vous serez avec nous. Maintenant faisons le compte. Louis, puisque désormais vous souhaitez être appelé ainsi ; La Roche, Vergezac, Malaval et Fromone pour leur vaillance ; Charvériat, vous êtes tout excusé, vos blessures sont trop fraîches pour risquer de les rouvrir dans une si longue course, et surtout dans un combat possible. Vous devez respecter les sept jours. Il me paraît préférable que vous demeuriez à faire préparer la défense de la forteresse au cas où ; ajoutons Isabelle et vous ma mère, puisque vous le désirez. Vergezac, avant notre départ, pourrez-vous apprendre à l'un de ceux qui vont rester la conduite des pigeons de façon à prévenir ou être prévenus si besoin se révélait ?

Tout autour de la table, les visages s'interrogent. Charvériat ne se voit point monter la garde au sommet du donjon. Et tout d'abord, qui reste à part lui ? Julie, Mathilde, Noël, au château ; Jacques et Bernadette dans leur ferme. Ni Julie, ni Mathilde n'aimeront guère, semble-t-il, passer leurs journées à tous les vents sur cette haute tour. Par contre, Noël, pourquoi pas ? Isabelle se lève, quitte la salle, monte l'escalier à vis, débouche au sommet du donjon.

Comme c'est beau ! Elle ne se lasse pas d'admirer ! Le val du pré ondule ses bosselés, l'herbe d'avril verdit du jus dont raffolent les bêtes ; leur lait sera si parfumé ! Au milieu du troupeau, Noël, le manche de son couteau bien en main, affûte avec la lame les pousses droites de coudrier. Elles seront flèches parfaites pour son arc. Il aperçoit sa mère au jour d'un créneau, pince la flèche entre le pouce et l'index plié, s'assure que l'empenne plaque bien à la corde, bande ses jeunes muscles qui tendent l'arc à fond, lâche la flèche qui monte droit et vite jusqu'au haut du donjon. Habile à l'arc, souvent avec les autres enfants de Ceyssac ils refaisaient entre eux les sièges que soutenaient les princes de Polignac pendant les guerres de religion.

– Bravo ! lui crie sa mère. Mais peux-tu venir ? Ton père veut te parler. Je descends surveiller les bêtes en ton absence.

Surpris de la demande, Noël, l'arc et ses flèches à la main, laisse sur le pré vaches et chèvres, court au pont sur la Ceysse, traverse le bourg, y croise sa mère :

– Monte vite dans la salle d'armes ! Les hommes t'y attendent.

Comme c'est impressionnant de voir assemblés ces hommes et cette dame ! Il ne les voit ensemble qu'à table et alors le vin les rend joyeux ; ici, ils paraissent si sérieux ! C'est bien sûr Louis, son père, qui lui parle d'abord :

– Noël, tu aimes les animaux ?

– Bien sûr, père.

– Nous avons une mission importante à te confier. Il nous faut partir pendant quelques jours, madame la baronne de Ceyssac, le baron Philibert, ta mère, moi-même, et quelques autres,

– Nous allons rester tout seuls ? s'inquiète Noël.

– Non, rassure-toi. Jacques et Bernadette, tes grands-parents, demeureront au bourg, et au château avec toi, Julie, Mathilde en compagnie de notre ami Charvériat. Pour plus de sûreté, il m'est impossible de révéler où nous allons. Pendant notre voyage, par les pigeons voyageurs, nous nous adresserons des messages. Pour les réceptionner, il te faudra monter très souvent au sommet du donjon t'assurer qu'un pigeon ne s'y est pas posé.

– Moi ?

– J'ai pensé à toi. À ton âge, les jambes sont bonnes, les escaliers ne font pas peur.

– Mais qui gardera nos vaches ?

– Je m'en occuperai avec toi, te remplacerai chaque fois que nécessaire, le rassure Julie.

– Te voilà soulagé ? Si un pigeon se pose, tu le prends et descends le remettre à notre ami Charvériat ; ensuite, n'oublie pas de donner à boire et à manger au messager, de l'abriter dans le pigeonnier pour l'y faire reposer.

– Mais qui va m'apprendre tout cela ?

– Moi-même, lui répond Vergezac. Tu verras, bien vite tu te prendras d'amitié pour ces enfants du vent.

La cavalcade venait de dépasser Nemours. En cinq longues journées, cavaliers et cavalières avaient parcouru quatre cent cinquante kilomètres. Malaval, Vergezac, Fromone, dopés des remèdes des dames blanches, ne se ressentaient pas de leurs blessures. À chaque relais de poste, l'équipée changeait de chevaux, au milieu de la journée se contentait d'un morceau sur le pouce. Ils chevauchaient jusqu'à la nuit tombée, un peu plus tôt, un peu plus tard selon la distance à la plus proche hostellerie. Le matin, on sellait à l'aurore. Ils étaient venus sans le savoir par l'itinéraire de Ramourouscle, jusqu'à Nevers où ils rencontrèrent la Loire. Bien volontiers Marie-Anne, qui malgré ses dires commençait à fatiguer sur de si longs parcours, y aurait troqué les chevaux pour une gabare jusqu'à Briare au fil de l'eau. Isabelle, à bonne école depuis son mariage avec l'un des meilleurs cavaliers de France et devenue par lui excellente cavalière, se rangeait à l'avis des hommes : les gabares naviguaient lentement, dépendaient du bon plaisir du gabarier auquel il fallait graisser la patte pour en obtenir des étapes rapides. Et puis, une gabare supplémentaire eût été nécessaire compte tenu des chevaux, ce qui divisait la troupe en deux et inévitablement ralentissait le voyage. L'avantage des chevaux résidait dans la liberté des cavaliers, mais surtout dans leur rapidité. Avant de quitter Ceyssac, il avait fallu attendre le message de Moëlsheim fixant la date du rendez-vous. Pointilleuse se révélait la négociation avec Louis XVIII et encore plus suspicieuse avec Blacas. Le roi ne faisait rien sans son maudit Premier ministre. Autant qu'il le pouvait, cet homme soupçonneux en diable tentait de brouiller les cartes pour se rendre incontournable dans la négociation. Moëlsheim savait Louis XVIII dépendant, du fait de son désir inassouvi du trône ; il ne transigea en aucun cas sur l'essentiel. Les deux frères se rencontreraient en un lieu tenu secret et qui le resterait après l'entrevue fraternelle. Le choix des deux gardes, revêtus de la tenue des mousquetaires gris qui venaient d'être rétablis, fut examiné de près afin qu'en aucune façon avant 1789 ils n'eussent pu aller au pavillon de la gorge du Houx. Pour plus de sûreté, Moëlsheim exigea que ces deux mousquetaires fussent nés hors de France et après 1790.

À dix heures du matin en cette sixième journée, un beau soleil réchauffait la forêt, plus somptueux, plus grave peut-être que les autres jours ; les bouleaux arboraient leurs premières feuilles vert d'eau, les hêtres, les chênes de plusieurs siècles s'habillaient d'un vert profond.

L'odeur d'humus mouillé rappelait à Philibert la forêt des dames blanches et le parfum d'Upanisad. Cinq jours auparavant, à la veille du départ, la folie d'amour faillit le faire galoper au sommet du Devès y revivre une nuit nouée au corps divin. Il crut qu'elle l'estimerait moins de ne pas remplir sa mission, de ne pas respecter la parole donnée à Louis, à ses amis. Chevalier dans l'âme, il sentait sur lui le regard de sa dame, se persuadait qu'elle le suivait invisible, le protégeait en ange gardien, mais en même temps le refuserait pour amant s'il manquait à la parole donnée. Fou d'amour et de sacrifice pour les siens, il monta sur le donjon, y passa la nuit sous les belles étoiles originelles, qu'Upanisad sans doute elle aussi contemplait.

Brusquement, un dévalement luxuriant d'arbres de toutes espèces enveloppa la cavalcade à la croix de Saint-Hérem, aux derniers pavés du roi. Après eux, la forêt les avalerait et la route ne serait plus que chemin sous les herbes et la mousse. Au carrefour de la route ronde qui tournait autour d'Avon, un cavalier attendait. Aussitôt Philibert reconnut Moëlsheim. Le gentilhomme du roi s'avança ; pour le laisser venir la cavalcade s'arrêta. Par prudence, de crainte d'une surprise, personne ne descendit de sa monture ; chacun se tenait prêt à éperonner au cas où.

– Alors, cher ami ? questionne Louis dont la monture fume sous le poids de l'hercule. À la grande écurie on lui sélectionnait des chevaux entiers hauts et forts comme lui. Les chevaux de poste étaient des tout-venant, pas toujours à sa taille.

– J'ai pris mes précautions, me suis assuré de n'avoir pas avoir été suivi. Et vous-même ?

– Je ne le crois pas non plus, La Roche chevauchait en arrière-garde, y veillait, répond Philibert. D'ailleurs, j'aperçois notre ami : il nous rejoint. À quand le rendez-vous ?

– Demain soir seulement. J'ignorais à un jour près quand vous arriveriez malgré le messager volant lâché par ce cher Vergezac au moment de votre départ. Frère Cartelinches l'a bien réceptionné comme en 1792 au sommet de la tour Saint-Jacques. Figurez-vous que dès la signature du concordat il s'était aménagé dans la tour un logement coquet où il vit en moine douillet. Je me suis émerveillé en arrivant au pavillon de la gorge du Houx, bien que j'eusse dû m'y attendre, de n'apercevoir que des arbres, des fougères et des ronces. Apparemment, personne n'y est venu depuis notre dernier passage en décembre 1792. Cela fait vingt-deux ans ! Le pavillon s'en trouve inaccessible, invisible. La forêt l'a entièrement avalé. J'ai dû me frayer un passage à coups de sabre. L'intérieur me paraît inhabitable. Nous disposons ainsi d'une discrétion certaine. Mais ne nous attardons pas à ce carrefour, suivez-moi.

Sur leur gauche, ils prennent la route ronde jusqu'aux gorges de Franchard ; arrivés à la croix, une sente depuis longtemps restée à l'état de broussailles les conduit au pied du mont Aigu où débouche celle du Houx. De l'autre côté, au nord, court le chemin qui rejoint la route de Paris. C'est par elle que Louis et ses gentilshommes, l'après-midi de la substitution, déboulaient depuis Paris vingt-deux ans auparavant. Louis pense à Irène dont jamais il n'a parlé à Isabelle. Ce soir, ou demain matin, il lui faudra le dire. Il ne sied pas qu'entre eux demeure cette vieille ombre.

Moëlsheim, le matin, a reconnu les lieux et retrouve ses brisées ; les hommes dégainent leurs sabres et dans la mêlée de branches frayent une trouée à Marie-Anne et Isabelle. Au pied d'un mur de briques qui sans doute est celui du pavillon, une bécasse picore. Un éclair roux jaillit et la mâchoire du renard se referme sur elle. Elle pousse un cri bref qui attire l'attention de Louis ; il a tant chassé ici ! Roi, il courait le grand gibier mais la petite chasse lui donnait peut-être plus de satisfaction. Ses chiens levaient le cerf, sa vue perçante et son ouïe surprenaient bécasses et grives ; lui-même les rôtissait embrochées à la chaleur des braises de l'âtre, sous la bonne cheminée du pavillon. Dans un froissement de ronces et de brindilles le renard disparaît, puis tout redevient calme. Après le passage des chevaux, la piste s'en trouva tracée. Moëlsheim, suivi de tous, sauta à terre. La porte d'entrée, défoncée il y avait vingt-deux ans par l'adresse et l'épaule de

Louis, baillait ouverte, et, dans l'entrée, des herbes folles prenaient leurs aises, poussaient, envahissaient. Des tentacules de ronces s'introduisaient, s'agrippaient aux murs, aux meubles, grimpaient aux tapisseries. La grande salle comme l'escalier conduisant à la chambre se révélaient obstrués de toiles d'araignées ; des nids d'hirondelles se collaient au-dessus de la porte. Tels des intrus dans ce nid végétal, tous les huit s'immisçaient, écartant à grands coups de branches brisées et les enroulant autour d'elles, les plus encombrantes des toiles d'araignées. Il fallut ressortir couper des fougères et des genêts pour balayer la table, les bancs, les meubles, de leurs saletés accumulées. Femmes, Marie-Anne et Isabelle montèrent explorer ce que Louis leur indiquait pour chambre. Elles redescendirent vite ; ce qui avait été un lit apparaissait éventré, déchiré, moisi, pourri par le temps, l'humidité et sans doute les mouches, moustiques et autres insectes dont c'était la demeure. Louis se taisait, jamais il n'aurait voulu revoir ce naufrage.

Moëlsheim avouait n'avoir pu imaginer de tels ravages du temps. Dans les sacoches de son cheval attendaient des provisions pour deux jours. Malgré les risques, on décida de faire du feu. Des fagots desséchés, des bûches vermoulues demeuraient entassés contre les piles de la cheminée. Isabelle rassembla des poignées de brindilles, des branches de fagot ; Moëlsheim lui prêta son briquet. Fille de la terre, elle savait conduire le feu. La flamme bientôt s'éleva haute et claire. Louis s'extasiait, se demandait comment se rendre utile.

– Philibert ! Souvenez-vous : la cave, le tokay ! Si personne ne l'a bu, il est encore bon. C'est un vin de roi, un vin qui tient un siècle !

Sur le manteau de la cheminée, il s'empare d'une bougie, allume la mèche à la flamme. Philibert et lui descendent à la cave ; tous les tokay sont là : sous leur douce poussière, ils dorment paisiblement. Chacun prend deux bouteilles, remonte, la mine gourmande.

– Mes amis regardez ! Isabelle ! Le vin de mon premier beau-père, l'empereur d'Autriche. Je vais en ramener à mon second, ton père, Jacques Charlanches ! Lui au moins le mérite bien, il garde nos enfants !

Tous les huit maintenant, comme corsaires dans leur antre, ripaillent joyeusement du jambon cru entier, du pâté de faisan, du fromage de brie que Moëlsheim a déballés ; ses vins de bordeaux sont sur la table mais non pas débouchés tant les convives préfèrent honorer le vin du roi de France.

Le temps s'écoulait à boire et à manger, la nuit s'installait, et quoique pour préserver les bougies, la salle ne fût éclairée que des flammes et des braises de l'âtre, il faisait si clair dehors qu'on y voyait comme dans un crépuscule. Attachés à leurs longes au milieu des broussailles, les chevaux s'affairaient à rechercher les herbes qui leur convenaient, certains ayant préféré s'allonger, ne souhaitant pas pour cette nuit servir à d'autres cavaliers.

Dans la salle, chacun s'arrange comme il peut. L'unique fauteuil est laissé à Marie-Anne ; Isabelle et Louis, sur deux chaises près de la cheminée s'arrangent tous les deux. Vergezac, La Roche, Malaval, Fromone, Moëlsheim et Philibert, chacun comme il le peut, allongé sur le parquet, son chapeau sous la tête en guise d'oreiller, tente de s'assoupir. La main de Louis trouve celle d'Isabelle qui abandonne la sienne. Dans la pénombre, deux sourires se confient. Si tout va bien, demain, enfin, ils pourront et pour toujours retrouver leur bonheur à Ceyssac.

Vers l'aube, le jour glissa ses premiers signes. Le jeune soleil du matin entrait par la porte enfoncée, les chevaux tiraient sur leurs longes, quêtant de nouvelles herbes, leurs naseaux levés humant la senteur de la source qui sourd derrière le pavillon. On avait peu dormi et chacun craignait de se lever par peur de léser les autres du sommeil du matin. Ce fut Marie-Anne qui la première s'étira et se leva de son fauteuil. Tous n'attendaient qu'elle et aussitôt sortirent respirer l'air encore rafraîchi de l'aurore passée. Les chevaux furent détachés, conduits à la source, attachés un peu plus loin où l'herbe s'offrait intacte.

– À quelle heure arrivent-ils, et par où, mon cher Moëlsheim, s'enquiert Louis dans sa hâte d'en finir.

– À onze heures du soir ; la berline de votre frère débouchera à la Table du Roi.

– Là où la cour de mon grand-père déjeunait sur l'herbe les jours de chasse royale ?

– Exactement. La berline à deux chevaux sera conduite par un mousquetaire gris, un autre sera à l'intérieur, sur la banquette avant, pour la protection de votre frère. C'est ce qui a été convenu ; la garde officielle, un escadron de mousquetaires gris, s'arrêtera à Dammarie-les-Lys.

– À un quart d'heure de galop de la Table du Roi, souligne Louis.

– Louis XVIII et sa garde accordent foi à notre promesse de gentilshommes que nous assurerons la sécurité de votre frère à partir de cet instant. Je les rencontrerai avec Philibert, Fromone et Malaval. Si nous nous parjurions, ce qu'à Dieu ne plaise !…

– Et que j'interdis,

– Les mousquetaires gris auraient tôt fait de nous rattraper et nous anéantir. Vous nous attendrez au pavillon avec Isabelle, la baronne de Ceyssac, et la protection de Vergezac et La Roche. Si à onze heures et demie du soir nous ne sommes pas de retour, et vous n'attendrez pas une minute de plus, sauvez-vous tous les cinq ventre à terre ; pour cela tenez-vous à cheval, prêts à foncer. Rendez-vous à Paris à l'hôtel Saint-Florentin où le prince de Bénévent se trouve l'hôte du tsar.

– Le prince de Bénévent ? Vous voulez dire cette canaille de Talleyrand ? Le tsar de toutes les Russies loge chez cette fripouille ? Cette merde dans un bas de soie, comme l'appelait Bonaparte ? Le tsar de toutes les Russies ne craint pas de se salir ! Quelle époque ! Raison de plus pour ne jamais remonter sur un trône et demeurer paysan !

Moëlsheim aurait tant à dire qu'il ne relève pas.

– Vous vous ferez reconnaître par le tsar. Ce ne sera guère difficile ; vous seul savez exactement tout ce qui s'est passé à Paris depuis la fuite de votre frère. De plus votre sœur Élisabeth qui jamais ne vous a quitté, ni à Versailles, ni aux Tuileries et encore moins au Temple, seule survivante à avoir cru vous voir vivant alors que c'était votre sosie, vous reconnaîtra facilement ; il sera à peine besoin d'évoquer entre vous certains souvenirs intimes datant de la prison du Temple que votre frère ignore du fait de son absence. Enfin, le tsar n'aime pas Louis XVIII ; il serait tout heureux de voir remonter sur le trône le roi légitime. Tout cela, votre frère le sait. C'est pourquoi il respectera ses engagements.

– N'en parlons donc plus, dit Louis. Mon frère s'aime bien trop lui-même et encore plus l'argent pour méconnaître ses intérêts. Dans le détail, comment cela va-t-il se passer ?

– Je vous l'ai dit, à Dammarie-les-Lys, Philibert, Fromone, Malaval et moi-même attendrons à cheval la berline royale et l'escadron de mousquetaires.

Pour plus de sûreté, nous nous tiendrons dissimulés derrière la lisière de la forêt, là où elle est aussi haute qu'épaisse. De plus, il fera nuit. Souhaitons cependant un peu de lune pour ne pas nous empêtrer dans les broussailles et suffisamment nous reconnaître. J'ai repéré le lieu. Nous nous présenterons alors à la portière de la berline, respectant une distance suffisante des uns aux autres pour pouvoir nous couvrir. Nos armes seront chargées, armées, prêtes à faire feu. Il demeure convenu que je m'approcherai seul de Louis XVIII et pourrai ainsi lui parler au cas où adviendrait un changement incontournable et de dernière minute. Je me placerai devant l'équipage et la berline me suivra. Philibert et Malaval resteront en arrière-garde pour s'assurer que l'escadron demeure à Dammarie-les-Lys. Fromone, immobile, attendra posté derrière la lisière au cas où. Il nous rattrapera seulement après s'être assuré de l'absence de félonie. Nous prendrons le trot jusqu'à la Table du Roi. Je m'arrêterai devant la berline pour donner à Philibert et Malaval le temps de piquer un galop en retour. Ils s'assureront ainsi auprès de Fromone que nous n'étions pas suivis. Si tel est le cas, tous trois rejoindront la berline en arrière-garde ; je prendrai alors la route Ronde jusqu'à son croisement avec celle d'Avon. Là, tout l'équipage se retrouvera à l'entrée des gorges du Houx, à quelques dizaines de mètres du pavillon. Le mousquetaire gris à l'intérieur de la berline sautera à terre, ainsi que celui faisant fonction de cocher. Louis XVIII descendra… Je m'aperçois que nous avons oublié,

– Qu'il est bien incapable de marcher en forêt, parmi les broussailles, et en pleine nuit ! s'exclame Marie-Anne pouffant de rire.

– Mon pauvre frère ! Qu'allons-nous en faire ?

– L'asseoir dans mon fauteuil ! Avec les deux mousquetaires, vous le porterez à quatre…

– Même à six, ajoute Philibert. À Calais, il m'a semblé énorme !

Pour la première fois depuis longtemps les neuf rient de bon cœur.

La journée se passe à attendre, à élargir la brèche végétale à coups de sabre, à bien vérifier qu'il est possible de passer de front en portant le fauteuil. Loin d'eux, dans la forêt, à intervalles réguliers, des coups de haches résonnent, réglés par l'élan de bras vigoureux et le bref silence qui succède à chaque coup.

– Des bûcherons, dit Philibert.

Et de nouveau son esprit retourne à la forêt du mont Devès, sous le dôme de lierre, où Upanisad divine le retient en son cœur…

Marie-Anne et Isabelle tentent de remédier à la misère de la grande salle en y posant sur la table dans une carafe d'eau une brassée de rameaux aux bourgeons éclatés.

Lentement, le soleil disparaît derrière les arbres et l'air petit à petit devient plus frais, du même bleu que le ciel encore éclairé ; puis des clairs-obscurs, des noirs, des rouges profonds à l'horizon des cimes annoncent le crépuscule. La nuit s'installa, avala les arbres que l'on devinait plutôt qu'on ne voyait. Maintenant il aurait fait plein noir si la lune ne s'était pas levée. Le silence étouffait certains bruits, en permettait d'autres. Moëlsheim consulta sa montre ; elle marquait dix heures. Sans dire mot, Philibert, Fromone et Malaval se consultèrent d'un regard définitif, allèrent quérir leurs chevaux, sellèrent, vérifièrent leurs pistolets, firent glisser les lames des sabres dans leurs fourreaux, s'assurèrent d'être prêts, sautèrent en selle.

– N'oubliez pas : onze heures et demie !

Les cinq autres les virent s'éloigner, bientôt ils disparurent dans la nuit des broussailles et des hautes futaies.

– Écoutez ! dit Philibert.

Moëlsheim et Malaval, Fromone en retrait, eux aussi entendaient. Sur la route de Melun à Fontainebleau le sourd martèlement des huit cents sabots de l'escadron résonnait de plus en plus fort. L'escapade du roi devait demeurer discrète, mais le protocole couplé aux impératifs de sécurité s'avérait inflexible. Des Tuileries à Fontainebleau, l'escorte ordinaire du roi ne pouvait être supprimée. Après le rendez-vous prévu seulement, la berline royale irait seule sous la protection des gentilshommes. Dissimulés derrière le bosquet en lisière repéré par Moëlsheim, les quatre gentilshommes du roi apercevaient se rapprochant la masse noire ondulante, puis sous la lune la vague des cimiers gris, puis les bustes des cavaliers, et les chevaux enfin lorsqu'ils furent près d'eux.

Éclairée de deux lampes, la berline se tenait à l'intérieur de l'escadron, parfaitement protégée. Arrivé à la sortie de Dammarie-les-Lys, l'officier supérieur qui commandait les gardes leva une main gantée de blanc. L'escadron fit halte sur un espace herbeux utilisé comme foirail en bordure de la forêt de Fontainebleau. Les mousquetaires de protection à gauche de la berline écartèrent leurs montures pour laisser leur camarade cocher manœuvrer et extraire son équipage de l'escadron. Une lampe à la main, l'officier s'approcha de la portière où apparut à la vitre baissée un visage bourbonien sous une perruque neigeuse fripée en nid-de-pie. Elle émergeait d'une cravate en soie blanche, elle-même éclairant une veste bleu marine alignant quatre croix d'or et de vermeil. C'étaient celles que lui avaient remis pour honorer son accession au trône, leurs majestés impériales et royales le tsar de Russie, l'empereur d'Autriche, les rois d'Angleterre et de Prusse. Louis XVIII s'obligeait à les porter, reconnaissant aux occupants de son royal rétablissement. La berline dégagée, Moëlsheim à cheval émergea de la nuit du bosquet, s'avança vers la portière, ôta son chapeau à la suisse, souvenir du dix août ; sur un signe royal, l'officier s'écarta.

– Comme convenu, je montre le chemin à Votre Majesté.

– Comme convenu, répète, laconique, Louis XVIII.

Le mousquetaire en vis-à-vis passe la tête par la portière, crie à son camarade de suivre Moëlsheim. Malaval, puis Philibert, à leur tour quittent le bosquet, placent leurs montures derrière la berline. Prudent, Philibert, souvent tourne la tête derrière lui, puis ausculte la lisière pour s'assurer que Fromone à l'arrière des arbres s'en trouve bien dissimulé.

La Table du Roi est là, baignée de nuit dans la clarté lunaire. Depuis le temps ! Louis XVIII ne reconnaît pas ce lieu de pique-nique d'après chasse royale. Il arrivait dernier, n'avait ni l'âme ni surtout le corps Nemrod, se faisait suivre d'une chaise et d'une table ; même jeune homme, il tenait en horreur de manquer de confort. Philibert et Malaval réapparaissent par un galop d'arrière-garde. Moëlsheim s'approche :

– Sire, nous allons maintenant entrer en forêt. Bientôt nous serons arrivés.

– Faites donc.

Et de l'autre côté se tourne le visage royal. Au hasard des fondrières, de-ci de-là cahote la berline. Malgré les deux lampes, le mousquetaire gris se demande où l'on se trouve et surtout où l'on va.

– Un vrai coupe-gorge, sire.

Le roi ne répond pas, sait bien qu'il ne peut que suivre s'il veut garder son trône.

Dans une flaque de boue, l'eau sous les roues s'ébroue. Les chevaux tirent, arrachent la berline. Encore un peu, elle s'arrête. Contre les vitres des deux portières, noires de nuit, se frottent des branchages. Moëlsheim saute de cheval, écarte les branches, s'approche de la portière. De l'intérieur de la berline, le mousquetaire abaisse la vitre.

– Où sommes-nous ?

– Arrivés. Enfin, presque.

Avec Isabelle et Marie-Anne, Louis s'approche ; depuis le temps que dans la nuit leurs yeux se font à l'obscurité, le clair de lune leur suffit pour bien se diriger ; suivent Vergezac et La Roche qui portent le fauteuil. Les deux mousquetaires gris se tiennent maintenant aux côtés de Moëlsheim qui ouvre grand la portière. Philibert et Malaval ont sauté de cheval et eux aussi sont là. Fromone, un temps après, les rejoint.

Péniblement, s'appuyant sur ses deux cannes, Louis XVIII se lève. Arrivé à la portière, ses mousquetaires prennent le relais, le réceptionnent ; dès que sur le sol inégal et broussailleux il a posé ses souliers vernis au bout de ses bas de soie noire, ils lui offrent leurs bras solides pour qu'à la seule lueur des deux lampes de la berline il puisse rester debout.

Le roi relève la tête après s'être assuré de son nouvel équilibre ; dans la pâle clarté, le visage de son frère apparaît là, devant le sien. Tous se sont écartés. Fulgurante, sans qu'ils se consultent, la scène revient à l'esprit des deux frères. C'était au printemps 1772, à Versailles. Le comte de Provence, futur Louis XVIII avait dix-sept ans et son frère le dauphin, futur Louis XVI, dix-huit. Avec Marie-Antoinette, la jeune dauphine, ils conversaient tous les trois dans l'appartement du comte de Provence. Sur la cheminée paradait une porcelaine que ce dernier avait en haute estime. Louis, dauphin de France, délicatement la poussait, savourait l'angoisse et la haine dans le regard du jeune frère, la poussait encore jusqu'à ce qu'elle se brisât sur la dalle de marbre. Le comte de Provence, oubliant le respect dû, se jetait sur le dauphin et les deux frères aussitôt roulaient sur le tapis, s'y battaient comme des chiens. Il fallut que Marie-Antoinette tentât de les séparer ; la lutte ayant cessé, elle dut les réconcilier. Depuis toujours ils se haïssent ; l'attaque de Ceyssac en est une suite logique.

Cependant, malgré la nuit, il faut faire bonne figure. Cela fait vingt-deux ans qu'ils ne se sont pas vus : la nuit de la fuite. En ce début de nuit, pour fuir plus sûrement, le comte de Provence s'éclipsait seul, abandonnant son épouse, sans prévenir personne ; et il n'avait pas été rattrapé ! Le roi prenait soin de toute sa famille, et de cette charité la providence ensuite ne le récompensait pas. À Varennes, Drouet le reconnaissait, et toute la famille royale se retrouvait prisonnière dans une chambre d'auberge.

Pour mimer qu'ils s'embrassent, les deux frères se frottent les joues l'une contre l'autre. Tous les deux se reconnaissent, au regard, au visage. Mais comme ils sont différents ! Louis XVIII se retrouve podagre, seul. Louis, à soixante ans, robuste paysan du Velay, demeure solide. Il sent sur lui le regard aimant d'Isabelle et celui attentionné de Marie-Anne. Cet homme bon se voit entouré d'amis fidèles et sûrs, prêts à verser leur sang pour lui, alors que les deux mousquetaires gris ont la mine et sans doute l'âme aussi grises que leur nouvel uniforme. « On » n'avait pas osé restaurer le véritable habit des mousquetaires du roi !

– Je suis confus de vous recevoir en pareil lieu, mais après l'embuscade de votre sinistre Blacas, l'endroit devait être tenu secret. Vous n'y êtes jamais venu. Mon ami Moëlsheim m'a prévenu de vos difficultés à marcher, ce n'est pas cependant que vous nourrissiez mal vos jambes. Aussi bien madame la baronne Marie-Anne de Ceyssac vous a-t-elle fait apporter son fauteuil. Elle est mère de notre ami Philibert. Avec les autres gardes-françaises et les suisses, il combattait pour moi le dix août ; sans doute vous en souvenez-vous ? Vos mousquetaires et mes amis vous porteront. Mon frère, il ne sied pas qu'en famille nous nous ignorions ; je vous présente mon épouse Isabelle, née Charlanches. Elle m'a donné le bonheur que le pouvoir refuse. Quand je pense que le Ramourouscle de votre Blacas a tenté de nous tuer !

Tel un clown triste, Louis XVIII cache sa pâleur sous le blanc et la poudre qui inondent son visage. Isabelle s'approche, et, comme chez elle, pose ses deux lèvres sur la joue de son beau-frère. Pouah ! Le parfum mêlé au blanc et à la poudre cimentent le visage, salissent et empestent les lèvres. Louis l'avait prévenue : à Versailles, ils paradaient tous ainsi. Brave, elle tend l'autre joue. Mais Louis XVIII ne rend pas le baiser ; à peine esquisse-t-il un sourire. Embrasser une paysanne ! Il n'embrassait même pas sa femme.

– Allons, mon frère, finissons-en. Je vous remercie pour le fauteuil, j'éprouve en effet quelques difficultés à marcher.

Et sans gêne aucune il s'y effondre. Les deux mousquetaires gris saisissent chacun un pied de derrière, Vergezac et La Roche chacun un de devant. Hélas ! le podagre est si lourd que Malaval et Moëlsheim doivent s'emparer des cannes, les glisser sous le milieu du fauteuil et soulever eux aussi. Louis marche devant, Marie-Anne et Isabelle pouffent par-derrière ; Philibert, prudent comme renard échaudé, protège avec Fromone la marche en arrière-garde. Sur le royal visage, quelques branchages éraflent un peu la poudre, parfois un peu le blanc, s'accrochent à la perruque, la placent de travers. Imperturbable, Louis XVIII paraît ne rien sentir. Au pavillon, éclairé par les bougies et les flammes de l'âtre, les stries aux joues du roi se révèlent aux regards ; aux Tuileries, les valets vont s'interroger. Le fauteuil est déposé entre la table et la cheminée, Louis XVIII n'en décolle point. Louis s'assied en vis-à-vis. Isabelle et Marie-Anne prennent une chaise, se postent de part et d'autre. Les mousquetaires gardent la porte, de même que Moëlsheim et Philibert. Vergezac, Malaval, La Roche et Fromone remontent à cheval, patrouillent aux alentours. Leur instinct flaire une surprise, tout leur paraît aller trop bien.

Maintenant, à la lumière des hautes flammes de l'âtre et des bougies, les deux frères se retrouvent. Le visage de Louis éclate de santé, sa peau respire le grand air, ses yeux prennent pitié de celui qu'il y a peu ses mains voulaient étrangler. Brusquement, il se retient de ne pas les laisser faire. Avoir donné ordre de tuer son fils Noël ! Pour lui, il pardonnera. Pour son petit garçon, il faudra l'aide de Dieu ! Louis XVIII ne comprend pas ce frère aîné, ce benêt ! Après la substitution, il aurait dû fuir en Suisse et de là chez son beau-frère l'empereur d'Autriche : aujourd'hui il serait roi en titre. Tout cela pour une petite paysanne dont il a fait sa légitime épouse !

Le podagre impuissant qui jamais n'a pu aimer que lui ni connaître de femme ne comprend pas cela. L'amour préféré au trône ! Quel imbécile ! Le bougre se porte bien, quelle santé ! Lui, il n'a plus de jambes. Déjà qu'il ne possédait rien entre ! Il ne garde que la tête et l'estomac ! Quant au cœur, il n'en a jamais ressenti la présence en sa poitrine !

L'aîné se tait, laisse son cadet s'avancer à découvert. Tirez le premier, monsieur mon frère assassin !

– Honnêtement, je ne vous savais pas vivant.

– C'est bien pour cette raison que je le suis toujours. Voyez-vous, mon frère, grâce à mes gentilshommes ici présents, à la baronne de Ceyssac qui souvent vous croisait à Versailles, même si vous semblez aujourd'hui l'avoir oubliée, et à d'autres amis qui m'attendent, j'ai découvert l'amitié. Isabelle, mon épouse, que vous avez refusé d'embrasser, m'a apporté l'amour. Cela, je ne l'aurais jamais cru.

Et Louis prend la main d'Isabelle assise à son côté, y dépose un baiser qu'elle lui rend sur la sienne.

– Mon seul sentiment déjà connu était ma tendresse pour mes enfants, les trois que m'a donnés Antonia. Je pense sans cesse à mes deux fils morts, l'un en mai 1789, l'autre au Temple parmi les rats. Je ne l'ai appris que longtemps après.

Et malgré les années, ce vrai père essuie une larme.

– Il m'a été rapporté qu'à la mort de mon petit dauphin, Louis XVII, un sourire imperceptible a trahi votre satisfaction de pouvoir être roi. Mais je ne vous en veux pas, vous n'avez jamais connu l'amour. Isabelle m'a donné trois autres enfants, dont un fils ; ils se portent à ravir. Si Ramourouscle et ses spadassins l'avaient tué, ni vous ni votre infâme Blacas ne seriez encore en vie.

Louis XVIII se tait, attentif, mais indifférent à tout ce qui n'est pas lui. Louis, profondément, inspire.

– Quel bonheur que de ne pas être roi ! J'ai pu connaître l'amitié puis l'amour, et enfin la tendresse. Je ne voulais plus, et ne veux plus être roi. Mes amis voulaient que je le sois ; moi, je ne le veux plus. À Calais, ils ont sondé vos intentions. Si vous eussiez été bon frère et surtout honnête, vous m'auriez reconnu pour roi, et aussitôt je vous aurais cédé la couronne. Mais avec Blacas vous avez ordonné cette tentative d'assassinat, mise en échec par la vaillance de mes amis. Comme Moëlsheim vous l'a assuré aux Tuileries, je dispose de moyens indiscutables pour me faire reconnaître ; les autres rois ne vous aiment pas, me préféreraient sur le trône, en particulier l'empereur d'Autriche dont, ne l'oubliez pas, je reste le beau-frère…

Louis XVIII écoute, tel un sphinx de plâtre.

– Mais je ne veux pas être roi. Je vis un bonheur que vous ne connaissez pas : celui d'être paysan. Vivre au milieu de la nature, des prés et des bois, au rythme du soleil et des saisons ; vous êtes incapable d'en savourer le bonheur ! Et puis Isabelle ne se voit pas en robe de cour recevoir des hommages hypocrites et perdre ses journées à se faire servir. Et nos enfants, Isabelle ? Ils perdraient leur liberté de courir la campagne, de rire avec qui ils veulent.

Son frère le regarde ; décidément ce frère aîné a perdu la raison. Avoir été roi de France, pouvoir le redevenir, et demeurer paysan !

– Cependant, il est une chose que je veux, et veux absolument.

Pour le coup, Louis XVIII s'inquiète ; c'est la première fois que son frère parle en roi ! Même les mousquetaires gris se retournent.

– C'est la paix ! Vous allez me signer cette reconnaissance ; et je vous préviens, elle n'est pas à négocier, mais à parapher telle quelle.

Louis sort un papier de sa poche, une belle feuille pliée en enveloppe. Son regard se durcit.

– Lisez, et signez. C'est votre roi qui vous l'ordonne.

Et il tend le papier. Louis XVIII, pour le coup intimidé, s'exécute et lit :

« Je, soussigné Louis XVIII, reconnais avoir vu de mes yeux mon frère aîné Louis XVI vivant. Il me laisse la couronne de France à la condition expresse que je respecterai sa vie et celle de sa famille, de même que leur liberté à tous. Si je me parjurais comme je l'ai déjà fait, les gentilshommes du roi mon frère me reprendraient la vie comme j'avais donné ordre de l'exécuter sur sa personne et celles de sa famille. »

Marie-Anne se lève, tend au roi la plume et l'encrier plein d'encre de Chine que pour cela elle a ramenés de Ceyssac. Louis XVIII va pour saisir la plume lorsqu'un coup de feu retentit suivi d'un cri et de gémissements. Philibert et Moëlsheim plaquent au sol les deux mousquetaires, les croient de connivence.

– Moëlsheim, maintenez-les, je cours au secours de nos amis. Je ne m'étais pas trompé, lance-t-il à Louis, Isabelle et Marie-Anne.

– Si vous m'avez trahi, vous le paierez, mon frère.

– Je vous assure…

– N'assurez rien. Nous verrons.

Louis se lève, dégage son pistolet de son ceinturon, tire son sabre hors du fourreau.

– En attendant, signez, ce sera fait.

Marie-Anne et Isabelle suivent au-dessus les doigts trop blancs ; ils saisissent la plume et rageusement signent le papier.

Des bruits de pas dans les fourrés s'approchent du pavillon. Philibert et Vergezac traînent en le portant par-dessous les aisselles un homme blessé perdant son sang. Il ne s'agit pas d'un mousquetaire de l'escorte.

– La Roche et Malaval restent à monter la garde derrière le pavillon à côté de la berline, déclare

Philibert. On ne sait jamais. Mais laissez les mousquetaires se relever, ils ne semblent pas dans le coup.

– Pardieu ! C'est cet imbécile de Ramourouscle ! s'écrie Louis XVIII. Que diable faites-vous ici ?

– Oh ! le roi !

– Répondez !

– Monsieur Blacas m'a renvoyé, sire, après l'échec que vous savez. Je me rendais vers Le Puy au village dont je porte le nom. J'en suis natif. Je voulais m'y refaire une vie. Je traversais à pied la forêt lorsque j'ai aperçu la berline. Je me suis dit que si j'en dételais un cheval, j'irais plus vite qu'à pied, d'autant que ma blessure à la jambe me fait toujours souffrir.

– Ainsi à Ceyssac, c'était sur ta jambe que j'avais tiré ! Cela t'apprendra à vouloir assassiner les honnêtes gens, s'exclame Louis hilare !

– Voler un cheval du roi ! C'est le bagne assuré pour la vie, assène sèchement Louis XVIII.

– Croyant à un guet-apens, explique Vergezac, je lui ai lâché un coup de pistolet. Il s'est mis à hurler comme un cochon à la tuaille ! La balle lui a traversé le bras. Il ne pourra plus se battre avant longtemps.

Brave Isabelle ! Elle se lève, prend dans un petit sac les serviettes propres et les onguents amenés au cas où.

– Je ne devrais pas vous soigner, vous ne le méritez pas. À Ceyssac, c'est nous que vous vouliez tuer. Mais ce ne serait pas humain. Allongez-vous.

Upanisad

LONGEANT L'ALLIER au fond de sa vallée, la cavalcade apercevait Moulins, tranquille et charmante capitale du Bourbonnais que les tours de sa cathédrale permettaient de deviner un peu auparavant. En trois journées de trot, on avait parcouru deux cent cinquante kilomètres à peu près depuis la forêt de Fontainebleau. Dès après la signature, tout était allé bien vite. Louis XVIII n'avait manifesté aucun désir de se faire pardonner, s'était seulement assuré que les gentilshommes aideraient ses mousquetaires à le porter dans sa berline, et fouette cocher ! Louis demeurait triste de cette fuite hâtive dans la nuit de la forêt.

– Décidément, mon frère reste un sans cœur. Jamais il ne sera aimé. Je crains pour lui que bien vite malgré les guerres passées les Français regrettent leur empereur. Ils oublient si vite !

Et Louis de rire !

– Pourquoi riez-vous ? s'étonne Isabelle.

– Connaissant Bonaparte, il ne m'étonnerait pas qu'il revienne au printemps et que mon frère à nouveau fouette cocher vers Bruxelles ; mais cela n'est plus notre problème. Nous voilà enfin seulement paysans ; comme vous Isabelle, j'ai hâte de retrouver nos enfants, et Julie, avec notre ami Charvériat. Décidément, je ne me plais qu'à Ceyssac, parmi ses paysans. Et vous autres, mes amis ?

– Nous en avons parlé entre nous. Si nous le souhaitons, Philibert et sa mère nous offrent l'hospitalité de leur dyke pour le restant de nos jours, répond Vergezac. Rien ne me retient plus au Puy où je vis seul. Et puis, Philibert, votre donjon est merveilleux pour mes pigeons ramenés de la rue Pannessac !

– Et nous de même pour Lyon et Strasbourg, ajoutent à l'unisson Malaval et Moëlsheim. Nous avons repéré de charmantes maisons dans ce petit village du Velay. Nous en achèterons une, peut-être deux, pour y finir nos jours. En particulier celle au pied de la roche, au bord de la Ceysse. Je jardinerai et taquinerai la truite. J'en ai repéré beaucoup à virevolter dans les remous parmi les pierres. Et puis, qui sait ? Les guerres de Napoléon ont fait de nombreuses veuves ! Malgré notre âge, les cœurs à prendre ne doivent point manquer.

Il est des silences qui parlent. Celui de Philibert s'assourdissait si éloquent que Louis l'entendit.

– Et vous mon ami à qui je dois tant, vous qui avez eu l'idée de la substitution, vous qui en avez été l'âme, vous ne nous confiez mot.

– Je voulais vous le confier ce soir à l'auberge, entre la poire et le fromage. Dès la sortie de la forêt de Fontainebleau, après le départ de Louis XVIII, j'ai bien failli succomber à l'appel du mont Devès et vous quitter aussitôt. Je me suis repris, de crainte d'une attaque sur la route. Maintenant, mes amis, vous ne craignez plus rien. Je vous quitterai demain matin, galoperai jusqu'au sommet du mont Devès. Mes seuls arrêts seront pour soigner mon cheval.

– Le mont Devès ? répète Louis. Vous voulez vous faire ermite ?

Isabelle comprend. Pendant toute la route, de Ceyssac à la forêt de Fontainebleau, et même auparavant, depuis son retour de la forêt du Devès après y avoir raccompagné Upanisad, Philibert ne semblait plus le même ; d'évidence, son esprit ou plutôt son cœur se trouvait ailleurs. Femme, elle avait deviné.

Marie-Anne sourit, et Isabelle lit ce sourire.

– Je crois, mon fils, que vous feriez mieux de révéler à vos amis qu'il n'est point question d'ermitage mais d'un cœur qui sous une cape blanche en appelle un autre.

– Oh ! s'exclame Louis, comme tout cela est galamment tourné. Vous parlez comme dans l'Astrée !

– Eh bien ! Oui, s'épanche Philibert. Lorsque je suis remonté à la forêt du mont Devès avec Upanisad, nos cœurs se sont croisés. À la clairière, Upanisad m'a fait grande faveur, conduit par la main jusqu'à une grotte dissimulée, merveilleusement éclairée de micas phosphorescents, royalement garnie de meubles en chêne millénaire brillants et odorants de cire d'abeilles sauvages. Au centre, en une cupule creusée dans une pierre volcanique, des braises rougeoyantes tempéraient agréablement la grotte. Une eau délicieuse filtrée de la forêt emplissait un bassin d'or où nous pouvions nous rafraîchir. Disséminés autour de sa couche, des plateaux de feuilles d'argent supportaient des aliments appétissants préparés par les dames blanches. Sa couche de satin broché de fleurs sur une laine odorante des herbes de la forêt nous attirait à elle. Nous nous sommes aimés, nos deux vies désormais ne pouvaient être qu'une. Upanisad, divinité unique, de pure lignée druidique, prêtresse chamanique, quoique la plus jeune d'entre elles, est reine des dames blanches. Elle seule détient le secret de vie ; il a redonné âme à notre ami Charvériat. Je ne voulais pas vous abandonner pour votre ultime mission ; cela, elle l'a compris, m'a confié qu'outre mon amour, cet esprit chevalier me grandissait en elle. Nous nous sommes juré que dès la paix signée avec votre frère, pour toujours je la rejoindrai.

Philibert dévisage Marie-Anne :

– Et vous, ma mère, êtes-vous heureuse de mon amour ?

– Je m'inquiétais et souvent languissais de vous savoir seul. Comment ne serais-je pas heureuse ? Embrassez-moi, Philibert. Promettez-moi seulement de venir tous les deux me rendre visite, avec ma première petite-fille !

Leurs deux chevaux, comme s'ils comprenaient, se rapprochent tête-bêche ; trop bons cavaliers pour avoir besoin de sauter à terre, mère et fils dans leurs bras se retrouvent comme jamais depuis longtemps. Le bruissement des eaux de l'Allier, les coulis d'air dans les branches des saules qui y boivent, protègent leur tendresse. Louis et Isabelle, Fromone, La Roche, Vergezac, Moëlsheim et Malaval volontiers laisseraient une larme sourdre de leurs paupières. Ils savent que les quitte le meilleur d'entre eux, celui qui a tout conçu, qui a sauvé leur roi.

Le lendemain matin, devant l'auberge au pied de laquelle coule l'Allier, la cavalcade dès l'aube s'apprêtait à monter à cheval selon qu'il convenait. Philibert s'approcha de Louis :

– Permettez-moi une dernière fois de vous appeler Sire.

– Je vous le permets d'autant plus que grâce à Dieu plus jamais je ne serai roi !

Et les deux amis se serrent dans leurs bras. Versailles est exorcisé.

L'aimé d'Upanisad embrasse tous ses amis, s'attarde à Isabelle :

– Embrassez vos parents, et Julie.

Malgré le soleil dans les yeux, Philibert saute en selle, galope vers le sud. Lorsque au loin sur la route de Paray-le-Monial une première descente avale sa silhouette, Vergezac les tire de leur chagrin :

– Mes amis, en avant pour le dyke de Ceyssac ! Mais, au trot seulement !

Épilogue

Il nous avait fallu plusieurs semaines pour inventorier les archives mises à notre disposition. Plusieurs fois, passionnés de nos découvertes, nous retournions sur les lieux, vérifiions dans notre ferme et au village la concordance avec les vieux papiers poussiéreux, difficiles à déchiffrer. Notamment, nous comptâmes et recomptâmes les squelettes des spadassins de Ramourouscle, grattâmes la poussière sur leurs os pour retrouver les traces des blessures. Par contre, nous respectâmes ceux de Charlotte. D'ailleurs, je ne tenais pas à voir Charles casser et défoncer notre salle de bains pour déterrer ses os. Que les restes de cette pauvre femme reposent en paix ! Pour les squelettes de la cave, Charles creusa une fosse et les y enfouit. Pardessus, il coula une dalle. Qu'eux aussi dorment en paix ! Quant à nos jeunes amis Florence et Nicolas, ils ne surent rien non plus. Seuls les lecteurs auront découvert le secret de la substitution !

Le Puy-en-Velay, avril 2006–octobre 2007

Albert DUCLOZ

Table des matières

Dans la même collection

Les textes de la collection Terre de poche nourrissent la mémoire collective à travers des histoires fortes, des récits de voyage, des documents historiques ou des chroniques intimes.

AGUILLON Arlette
Le Puits aux frelons
La Maîtresse du moulin

ALIA Josette
Le Pensionnat

AMOUROUX Henri
La Vie des Français sous l'Occupation

ANGLADE Jean
Les Mains au dos

ARNAUT Robert
Les Corneilles blanches

AUBARBIER Jean-Luc
L'Honneur des Hautefort
Les Démons de sœur Philomène

AUCOUTURIER Alain
Le Milhar aux guignes

AUDIDIER Robert
Les Sentiers de traverse

AUJOULAT Noël
Le Village perdu

BARRAL René
Les Soleils de l'hiver
Un été cévenol

BËCK Paul
P'tit Paul

BELARD Paul
Moissons d'enfance

BERNIER Daniel
Camille, les terres meurtries

BESSON André
Folle avoine
La Grotte aux loups

BORDES Gilbert
Le Chat derrière la vitre

BOUCHARDY Christian
Le Fugitif de la Saint-Jean

BOUCHET Maurice
La Fille du pertuis
La Pierre au mercier

BOUDOU Josette
La Maison d'école
Les Grillons du fournil

BOURRET Johan
Dans la gueule du loup
Le Camp des loups
Sœur Charité

BOUSSUGE Micheline
Barthélemy le ferblantier
La Maison d'Anaïs

BRIAND Charles
De mère inconnue
Le Seigneur de Farguevieille

CABROL Laurent
L'Enfant de la Montagne noire
Le Crime de la Noël

CAPPEAU Marie-Nicole
Chantemerle

CASTELAIN Anne-Marie
La Promesse
Les Amours de Louise
Le Loup du marais

CHALAYER Maurice
Les Promesses du haut pays
Un buisson d'aubépine

CHAUVIGNE Jean
Le Secret de Marie

CLEMENT-MAINARD Michelle
La Foire aux mules
La Fourche à loup
Marie-Mai

COLLIN Yvon
Journal d'un enfant de troupe

CORNAILLE Didier
Le Pays d'où je viens
Le Vol de la buse
Les Gens du pays

COSMOS Jean
La Dictée

D'ARCES Amicie
Les larmes des Polonaises

DE MAXIMY Hubert
La Rebouteuse de Champvieille
La Revanche du bâtard
Le Bâtard du Bois noir

DE MAXIMY René
La Ferme des neuf chemins
Le Puits aux corbeaux

DE PALET Marie
La Demoiselle
La Tondue
Les Terres bleues
Retour à la terre

DANA Jacqueline
La Partie de cartes
La Réfugiée de Saint-Martin

DECK Olivier
Cancans
L'Auberge des Charmilles
Les Chopines
Les Rumeurs du Gave

DEFAY Renée
Tes petits pieds dans la trace de mes sabots

DELAHAYE Pierre
La Messagère de l'aube

DELPASTRE Marcelle
Les Chemins creux
Cinq heures du soir

DODANE Michel
La Malédiction des Mouthier
Les Enfants de la Vouivre
Les Herbes noires

DOURIAUX Hugues
Le Clos des grognards
Le Temps des loups

DUBOIS Yvonne
Couleur de terroir
L'Ocarina rouge
La Vallée des cyclamens

DUCLOZ Albert
Les Dames blanches

DUFOUR Hortense
Ce que l'océan ne dit pas
La Fille du saulnier
Le Bois des abeilles
Le Bouchot

DUPORGE Bernard
Les pins de la discorde

DUPUY Daniel
Fontcouverte
Les quatre Jeudis

ECOLE-BOIVIN Catherine
Mimi Guillam,
cahier de vie d'une institutrice

EGEN Jean
Le Partage du sang

EXBRAYAT Charles
Rachel et ses amours

FAINDT Roger
Les Âmes simples

FARNEL Joseph
La Ballade du petit Joseph

FEUILLERAT André
La Clef des champs

FRONTENAC Yvette
L'Etoile rousse
La Demoiselle du presbytère

GAGNON-
THIBAUDEAU Marthe
Au fil des jours
La Boiteuse

GALONI Pierre
La Fille du Pitaud
Le Pitaud

GAMARRA Pierre
Le Maître d'école
Les Enfants du pain noir

GAY Marie-Claude
Le Serment de Saint-Jean-
de-Luz
Une famille bien comme il faut

GENEVOIX Maurice
Le Jardin dans l'île

GIMBERT Yveline
L'Oeil de l'auberge
L'Ombre des chênes

GLEIZE Georges-Patrick
La Vie en plus
Le Chemin de Peyreblanque
Le Destin de Marthe Rivière
Le Sentier des pastelliers
Le Temps en héritage

GRIFFON Robert
Au bonheur du pain
Le Bedeau de la République
Le dernier Forgeron

GUIHENEUF Vladimir
Mémoires d'un médecin de campagne

HEURTE Yves
Le Pas du loup

JAILLER Isabelle
La Ferme des hautes terres

JEANJEAN Roland
La Mort du loup

JEURY Michel
La Classe du brevet
Le Crêt de Fonbelle

JUDENNE Roger
Drôle de moisson
La Maison d'en face
Les bons Jours

JULIEN Henri
La Bâtisse aux amandiers

LAFAYE Claude
L'éblouissant Orage
La Maison de l'espoir

LARDREAU Suzanne
Orgueilleuse

LAURENT Jean-Paul
L'autre Montagne
La Ferme aux loups

LIME Jean-Hugues
La Chasse aux enfants

LIMOUZIN René

Les Cèpes de la colère

LOUTY Pierre

Léonard, le dernier coupeur de ronces

Les Fiancés de la Briance

MAGNON Jean-Louis

Les Belles du Midi

Les Hommes du canal

MALROUX Antonin

La dernière Estive

La Noisetière

Le Soleil de Monédière

MAMERE Noël

La Malédiction des justes

Le Combat des humbles

Les Forçats de la mer

MARNY Dominique/
GOUREVITCH Jean-Paul

Ne disons pas au jour les secrets de la nuit

MAZEAU Jacques

De l'autre côté de la rivière

La Ferme d'en bas

La Malédiction de Bellary

La Rumeur du soir

La Vengeance du loup

Le Pré aux corbeaux

Le Retour de Jean

Terre de sang

MERCADIE Louis

Marie Talabot, une Aveyronnaise dans le tourbillon du XIXe siècle

MOSCA Lyliane

Les Gens de Laborde

MOUCHEL Jean

Le Fils d'Hélène

PELISSIER Patrice

L'Ange et le loup

PERREVE Paul

La Burle

Les Galoches rouges

PEYRAMAURE Michel
Le Bonheur des Charmettes
Le Château de la chimère

PINCE Jacques
Le Goût du blé
Les Blouses grises

PLAIT Annie
Les longues Saisons

PLUCHARD Mireille
Halix de Bagard Dame de soie
Le Puits sans nom

POURRAT Henri, L'OLAGNE Jean
Sur la colline ronde

PRORIOL René
Antoinette, une vie de femme en 1900

PUIJALON Bernadette
Le Moulin des retrouvailles

QUEREILLAHC Jean-Louis
La Moiss-batt
Rouge est ma terre
Trois sillons de terre rouge

RABUTEAU Pascal
Les Faveurs de Sophie

RIBES Georges
Les Gens de la vallée

ROSSET Jean
Les Porteurs de terre

ROUANET Marie
Apollonie

ROUIL Jacques
Les Rustres

ROUQUET Jean
L'Enfant de la borie

ROYER Roger
La Colombière

SABOURIN Pierre
La Terre des coteaux

SELO Joël
Les vieux Démons

SERIA Joël
Les Galettes de Pont-Aven

SOURY André
Le Pain blanc

SOYEZ Jean-Marc
Julia
La Tuile à loups

TABARY Philippe
Le Pays retrouvé

TAMAIN Louis
L'Encre violette
Le Temps de l'école
Médecin de campagne

TOUATI Claude-Rose
et Lucien-Guy
Une maison dans les herbes

TUAILLON-NASS Gisèle
L'Etranger alsacien

VAISSIERE Marie-Louise
Marie, fille de Cocagne

VALETTE Paule
Les Jours derrière
la montagne

VENTRE Julien
Julien, berger des collines

VERDIER Henri-Antoine
La Fille du bénitier
Les Lentilles vertes

VERRIER Michel
La Ferme des Pitaval
La Rivière aux secrets
Là où les chèvres sont
pires que les loups
Le Chien qui faisait peur
au diable
Le Mystère de Millepertuis

VIGOULETTE Daniel
Les Ombres du Léman

VINCENT Claude
Les Roses de l'hiver
Quatre pieds de terreau

VITTE Louis-Olivier
L'Enfant de la rivière
La Servante

XENAKIS Françoise
J'aurais dû épouser Marcel

ZIMMERMANN Daniel
Le Gogol

Imprimé en U.E.
Dépôt légal : décembre 2013
ISBN : 978-2-8129-1015-9

Du même auteur

Aux Éditions De Borée

Julie bon pain
Le Violon d'or
Les Jacinthes sauvages
Une étrange récolte

Autres éditeurs

Citadelles d'orgueil
La métamorphose de la cigale
La Vengeance du Marais
Le Piège à loups
Les Amants de juin, prix Claude Favre de Vaugelas 2007
Les Enfants des étoiles
Les Larmes de Chanteuges
Les Mystères d'Anaïs
Lettres d'Algérie à mes parents
Pas à pas dans la neige

Les Dames blanches